Thomas Prinz

Ankunft in Bukarest

Roman

DITTRICH VERLAG

CIP-Einheitsaufnahme: Thomas Prinz
Ankunft in Bukarest / Thomas Prinz -
Köln: Dittrich, 2000

ISBN 3-920862-63-5

2. Auflage

Lektorat: Lisa Fitting
Umschlaggestaltung: Guido Klütsch
Umschlagbild: »Alte Fabrik im Winter«,
Gemäde von Lutz Voigtmann
Druck und Bindung: Freiburger Graphische Betriebe

Für Anna

Personen und Handlungen sind frei erfunden.
Jede Ähnlichkeit mit Lebenden oder Verstorbenen
wäre rein zufällig und nicht beabsichtigt.

1

Mittwoch, 2. Februar 1997. Der Airbus setzte zur Landung an. Aus den tief hängenden Wolken tauchte eine verschneite, flache Landschaft mit einigen lang gezogenen Dörfern auf, die einen jämmerlichen Eindruck machten. Nur selten war ein Auto zu sehen. Der Airbus sank weiter, überflog eine vierspurige Straße und setzte mit sanfter Präzision auf.

»Liebe Fluggäste, wir sind soeben in Bukarest-Otopeni gelandet. Flugkapitän Ernst und seine Crew möchten sich von Ihnen verabschieden. Wir wünschen Ihnen einen angenehmen Aufenthalt. Das Wetter: bedeckt, die Temperatur beträgt minus vierzehn Grad. Bitte vergessen Sie nicht, Ihre Uhren um eine Stunde vorzustellen. Es ist jetzt 16 Uhr und 5 Minuten.«

In Deutschland war es zwar auch nicht gerade warm gewesen, dennoch traf mich der eisige Wind auf der Gangway wie ein Schlag. Neben dem Flugzeug stand ein unerwartet moderner Bus, von dem ich wusste, dass er aus den aufgelösten Beständen des Flughafens München Riem stammte. Der Busfahrer trug eine Fellmütze und rauchte ein übel stinkendes Kraut. Das Flughafengebäude wurde gerade renoviert und versteckte sich hinter einem Gerüst. Als der Busfahrer den Beweis erbracht hatte, dass die komplette Besetzung eines Airbusses in sein Fahrzeug passte, fuhr er los. Die drangvolle Enge setzte sich in der Halle vor den Schaltern für die Passkontrolle fort. Ich kämpfte mich bis zu dem Schalter vor, an dem in rumänischer Sprache »nur für Diplomaten« stand, und hielt dem Uniformierten meinen nagelneuen blauen Diplomatenpass entgegen.

»Frau Dr. Valentin?«

Ich drehte mich um und schaute in ein graues Viereck. Die obere Hälfte des Vierecks bestand aus exakt gescheitelten Haaren und die untere aus einem rechtwinklig ausrasierten Vollbart. Zwischen den grauen Haaren erkannte ich das pausbäckige Gesicht eines etwa vierzigjährigen, korpulenten Mannes mit rechteckiger Brille, der mich fragend-fröhlich anschaute.

»Charlotte Valentin?«

»Ja.«

Aus dem fragenden wurde ein erleichtertes Viereck.

»Guten Abend, ich bin Rolf Nutzler. Ich bin von der Botschaft und soll Sie abholen und ins Hotel bringen. Ich hatte schon gedacht, ich komme zu spät, aber hat ja noch mal hingehauen. Prima. Wie war der Flug?«

Nun, wie war der Flug? Wie Flüge nun einmal sind. Kaum hatte ich eine Standardantwort formuliert, stellte Nutzler die nächsten Fragen aus seinem Smalltalk-Fundus: nach dem Wetter, meinen »sicherlich sehr hektischen letzten Wochen in Deutschland« und der Zentrale, wie er das Auswärtige Amt nannte.

Zum Glück lag mein Koffer als einer der ersten auf dem Förderband. Wir gingen, ohne kontrolliert zu werden, durch den Zoll und kämpften uns durch eine dicht stehende Menge von Abholern und Taxifahrern. Nutzler führte mich zu einem älteren Mercedes Benz, lud meinen Koffer ein und öffnete mir die Tür. Auf der

Fahrt in die Stadt erschöpfte sich allmählich sein Fragenrepertoire und er wechselte zum Reiseführerstil. Bukarest habe drei Millionen Einwohner. Im Winter sei es saukalt und im Sommer unerträglich heiß. Die Versorgungslage habe sich in den letzten zwei Jahren gebessert für all diejenigen, die genug Geld hätten. Es gebe einige nette Kneipen und Restaurants, diverse Discos und Nightclubs, Spielcasinos und andere Freizeitmöglichkeiten. Ich fragte nicht weiter nach.

An der Botschaft arbeiteten ungefähr 40 Entsandte und noch einmal genauso viele Ortskräfte. Bukarest sei kein Traumposten, aber auch nicht so schlecht wie sein Ruf, resümierte er. Wir fuhren an dem alten Flughafen Baneasa vorbei, der nur noch für Inlandsflüge genutzt wurde und direkt am Stadtrand lag. Zwei Kilometer weiter erreichten wir das Sofitel.

»Ganz neu«, erklärte Nutzler. »Internationale Klasse. Da brauchen Sie sich beim Suchen nach einer Wohnung nicht zu beeilen. Ich habe Sie erst mal für vierzehn Tage hier untergebracht. Sie können jederzeit verlängern, denn es gibt nicht viele Gäste.«

Nutzler begleitete mich bis zur Rezeption. Ich füllte die Anmeldung aus:

Name: Charlotte Valentin,

Geburtsdatum: 4.6. 1965,

Beruf: Diplomatin,

Arbeitgeber:

»Schreiben Sie einfach ›Deutsche Botschaft, Bukarest‹«. Nutzler blickte mir neugierig über die Schulter. »Soso, Sie sind also auch Zwilling«, stellte er fest.

»Das genügt«, sagte ein junger schwarzhaariger und ausgesprochen gut aussehender Rumäne hinter der Rezeption, deutete auf den Meldebogen und lächelte mich an. Ich lächelte zurück.

»Die Botschaft ist drei Kilometer von hier in Richtung Stadtzentrum«, unterbrach Nutzler den Flirt. »Solange Sie noch keinen eigenen Wagen haben, schlage ich vor, dass Sie sich ein Taxi nehmen. Dienstbeginn ist offiziell um 7 Uhr 45, aber das nimmt keiner so genau.« Er verabschiedete sich mit einem Händedruck und einem Lachen.

Ich stieg in den Fahrstuhl und fuhr in den zehnten Stock. Der livrierte Kofferträger schloss Zimmer 1007 auf. Ich gab ihm Trinkgeld und war endlich allein. Das Zimmer entsprach dem Standard eines Fünf-Sterne-Hotels, war geräumig und nobel eingerichtet mit großem Bett, Schreibtisch, einer Sitzecke, Fernseher, Stereoanlage und einem Bad in weißem Marmor. Ich zog Mantel und Stiefel aus, ging ins Bad, wusch mir Hände und Gesicht und fuhr mit den Fingern durch meine kurzen Haare. Früher hatte ich meine Haare blond gefärbt, weil ich mit meiner Farbe, einem undefinierbaren Ton zwischen dunkelblond und hellbraun, nicht mehr zufrieden gewesen war und weil der Vater meiner Tochter auf blonde Frauen vom Typ Claudia Schiffer stand. Vor drei Jahren hatte ich Schluss gemacht – mit dem Färben und dem Mann. Ich hatte mir die Haare auf einen Zentimeter abgeschnitten und mir vorgenommen, über die Farbe und Länge meiner Haare und auch den Rest meines Lebens fortan selbst zu entscheiden.

Ich schaute in den riesigen Spiegel, der eine komplette Wand des Bades einnahm, drehte mich zur Seite und prüfte meine Figur, als ob das spärliche Lufthansamenü etwas an den 69 Kilo hätte ändern können. Mein Gewicht kontrolliere ich, seit ich denken kann, denn bei Wettkämpfen waren Sieg und Niederlage entscheidend davon abhängig gewesen, in welcher Gewichtsklasse man antrat. Ich war immer in der Klasse bis 70 Kilogramm angetreten. Dieses Gewicht hatte ich nur während meiner Schwangerschaften überschritten.

Nach der Geburt meines Sohnes vor fünf Jahren während meines Studiums in den USA war es mir leicht gefallen, meine Figur wieder hinzukriegen. Das Studium ließ mir ausreichend Zeit und Leos Vater war Basketballprofi in der NBA mit Verständnis für meine sportliche Leidenschaft und Geld für ein Kindermädchen. Leider war seine überwiegend weibliche Fangemeinde ständig hinter ihm her und er nicht willensstark genug, sich für meinen eher bürgerlichen Lebensentwurf zu entscheiden.

Nach der zweiten Schwangerschaft war es wesentlich schwieriger wieder in Form zu kommen. Simon war ein angehender Anwalt und ich lag in den letzten Zügen mit meiner Doktorarbeit, als er mit seinem Golf Cabrio auf der Autobahn ins Heck meines alten Benz rauschte. Trotzdem hatten wir einen ziemlich guten Start. »Liebe auf den ersten Blick« hatte ich das damals genannt. Heute würde ich die übereilte Heirat und die zweite Schwangerschaft eher auf meinen damaligen Seelenzustand zurückführen: Beziehung in die Brüche gegangen, berufliche Unsicherheit und das Gefühl, der Verantwortung für ein Kind nicht gewachsen zu sein. Da erschien die erstbeste Gelegenheit als »große Liebe«. Während ich die letzten Kapitel meiner Doktorarbeit schrieb, fand Simon mit Hilfe seines Vaters einen Job in einem Großunternehmen. Ab diesem Zeitpunkt habe ich ihn kaum mehr gesehen, weil er nicht vor 20 Uhr nach Hause kam. Dafür erwartete er, dass ich abends die treu sorgende Hausfrau spielen sollte. Das Judo-Training und meine Vorstellung von einem eigenen Job kollidierten mit seinem Lebensentwurf. Ein halbes Jahr habe ich versucht, die Rolle der Hausfrau und Mutter zu spielen. Dann antwortete ich auf eine Annonce in der Zeitung. »Wohngemeinschaft – drei Erwachsene, sieben Kinder – sucht neue Mitbewohner eines Altbaus in der Südstadt«. Am Tag, als ich die Zusage erhielt, demnächst im Auswärtigen Amt anfangen zu können, zog ich aus. Ich hinterließ einen Zettel auf dem Küchentisch mit meiner neuen Telefonnummer. Drei Tage später rief er an, entschuldigte sich, dass es so lange gedauert habe, aber er habe einfach keine Zeit gehabt. Er sei mittlerweile die rechte Hand des Vorstandsvorsitzenden und kandidiere außerdem für die CDU. Wie hatte ich blöde Kuh nur auf diesen Kerl hereinfallen können. Schon das Auto hätte mich stutzig machen müssen. Am nächsten Wochenende brachte er noch ein paar Koffer mit den Klamotten und Spielsachen der beiden Kinder. Seitdem habe ich ihn nicht mehr gesehen. Damals wog ich 78 Kilo und ich glaube, die einzige Ähnlichkeit zwischen Claudia Schiffer und mir war die Farbe der Haare und die Größe des BHs. Vielleicht war das der Grund, dass die Trennung für beide Seiten eine Erleichterung war. Enttäuscht war ich eigentlich nur, weil er sogar die Beziehung zu unserer Tochter abbrach.

Die Wohngemeinschaft entpuppte sich als absoluter Glücksgriff. Sie wurde für die nächsten drei Jahre zu meiner Großfamilie: drei Mütter, ein allein erziehender Vater und neun Kids. Wir waren organisiert wie ein Kleinunternehmen mit Köchin, Putzfrau und Aupair. Ich begann damals wieder mit dem Training. Zuerst lief ich jeden Tag am Rheinufer. Ein paar Wochen später fand ich sogar wieder den Mut, das

Judo-Training aufzunehmen. Seit damals geht es mir wieder gut. Ich bin in einem körperlichen und seelischen Gleichgewicht.

Zufrieden trat ich ans Fenster, zog die Vorhänge zurück und schaute über die Stadt. Links vor mir lag die Messehalle, schräg dahinter das »Haus der Freien Presse«, ein Klotz aus der stalinistischen Zeit – Zuckerbäckerstil, wie man ihn in fast allen ehemaligen Ostblockhauptstädten findet. Den größten Teil meines Ausblicks nahm der Herastraupark ein, der kaum dreihundert Meter vor dem Hotel begann und sich um einen See erstreckte. Erst dahinter, in einiger Entfernung, waren die Lichter der Innenstadt erkennbar.

Ich räumte meinen Koffer aus, hängte meine bescheidene Garderobe in den Schrank und entschloss mich zu einer Erkundung der Örtlichkeiten. Nach einer halben Stunde kam ich zu dem Ergebnis, dass man mich zwar nobel, aber inmitten einer ziemlich ausgestorbenen Gegend untergebracht hatte. Das Hotel verfügte über Bars, Restaurants, eine ziemlich große Ladenpassage, in der man von Designerklamotten bis zu den neuesten BMW-Modellen all jenen Luxus kaufen konnte, den ich bislang mit dem Land Rumänien am wenigsten in Verbindung gebracht hatte. Die Ladenpassage öffnete sich zum einem Rondell, hinter dessen gläserner Fassade sich ein Pub befand, das den schönen Namen Manhattan-Café trug. Der Schriftzug aus blauem Neon versuchte die Skyline New Yorks nachzuzeichnen und die Gäste waren anscheinend bereit, acht Mark für ein Bier hinzulegen und sich dadurch den Duft der großen weiten Welt zu erkaufen. Das war es dann auch schon.

Ich ging zurück auf mein Zimmer. Keine hundert Meter vor dem Hotel war ein LKW-Parkplatz, auf dem sich trotz der Kälte ein paar Prostituierte herumtrieben. Vier Frauen standen im Licht einer Straßenlampe und rauchten. Von meinem Zimmer im zehnten Stock schien es, als sei die Gruppe in einer eigenartig tänzelnden Bewegung. Gegen die Kälte traten sie von einem Bein auf das andere, die Körper in wippender Bewegung und die Arme eng vor der Brust verschränkt. Ein Mercedes fuhr langsam heran und hielt neben ihnen. Die Frauen beugten sich zum Beifahrerfenster hinunter und verhandelten mit dem Freier. Dann stiegen zwei von ihnen in den Fond des Wagens, der auf der Straße drehte und am Herastrau-Park entlang in Richtung Innenstadt davonfuhr. Der Herastrau-Park ist der größte Park Bukarests und zieht sich um den sichelförmigen Herastrau-See vom Sofitel aus zwei Kilometer weit in die Stadt hinein. So war es zumindest in meinem Stadtplan eingezeichnet, den ich mir schon vor sechs Monaten gekauft hatte, als mir ein Kollege aus der Personalabteilung erklärte, man beabsichtige mich nach Rumänien zu versetzen.

»Sicherlich kein einfaches Land«, hatte mein Personalplaner fast entschuldigend erklärt. »Aber wo ist es denn heutzutage noch einfach? Nehmen Sie mal die komplette ehemalige Sowjetunion. Was da an neuen Posten entstanden ist!« Der Mann machte eine wegwerfende Handbewegung. »Kasachstan, Usbekistan, Turkmenistan. Ja, wer will denn dahin? Kein Mensch. Fragen Sie mal einen unserer Kollegen, was er davon hält, die nächsten drei Jahre in Aschgabad zu verbringen oder in Duschanbe. Die laufen hier weinend aus dem Büro, drohen mit dem Personalrat, der Frauenbeauftragten, der Familienbeauftragten und mit Tod und Teufel. In Durban, Salzburg und Lüttich haben wir die Konsulate zugemacht und in Almaty und Taschkent neue Vertretungen eröffnet. Es macht einfach keinen Spaß mehr, Leute in solche Nester zu schicken. Dabei geht es meinem Kollegen nebenan nicht besser. Der ist für Afrika zuständig. Das ist auch so ein Trauerspiel. Sudan, Zaire, Ruanda, Angola, Äthiopien. Krieg, Bürgerkrieg, Aufstände, Entführungen, Aids, Malaria.«

Ich hatte Mitleid mit dem Mann, der sich inzwischen in Rage geredet hatte.

»Bei Ihnen kommt noch erschwerend hinzu, dass Sie eine Frau sind. Allein stehend! Da fällt der ganze arabische Raum weg. Die würden Sie da gar nicht akzeptieren. Ja, meine Güte, was bleibt denn da noch? Ich kann doch nicht alle nach Paris und Kopenhagen schicken. Aber ich biete Ihnen, Frau, äh, Valentin an, dass Sie nach Rumänien etwas ganz besonders Schönes bekommen. Mein Wort drauf.«

Nach dem Gespräch hatte ich mir eine Landkarte von Rumänien, einen Stadtplan von Bukarest und eine Einführung in die rumänische Sprache gekauft. Ich habe dreimal die Woche Rumänischunterricht genommen und mir Bücher über Land und Leute besorgt. Jetzt war ich froh und erleichtert, endlich hier zu sein.

Inzwischen hatten auch die beiden anderen Frauen einen Freier gefunden. Hinter dem Park waren die spärlichen Lichter der Innenstadt erkennbar und ich war gespannt, wie es morgen bei Tage aussehen würde.

2

Donnerstag, 3. Februar. Um 7 Uhr 30 stieg ich vor dem Sofitel in ein Dacia-Taxi. Dacias sind in Craiova produzierte Lizenzbauten des Modells 12 von Renault. Sie beherrschten das Straßenbild Rumäniens wie einst die Trabis die DDR. Der Fahrer trug eine Pelzmütze und grobe Fausthandschuhe. Unterwegs war er ständig damit beschäftigt, die gefrorene Atemluft von der Innenseite der Windschutzscheibe zu kratzen.

»Heizung kaputt«, schrie er gegen undefinierbare Klapper- und Motorgeräusche ankämpfend zu mir in den Fond und lachte aus einem unrasierten Gesicht.

Über breite Boulevards führte der Weg entlang des Herastrau-Parks bis zu einem großen offenen Platz, über den in der beginnenden Morgendämmerung vereinzelte Dacias huschten.

»Piaţa Aviatorilor«, schrie mein walachischer Kutscher und kratzte dabei ein Guckloch in das Seitenfenster. Der Platz der Flieger also, an dessen südlicher Verlängerung sich das Monument zu Ehren der Helden der Luftfahrt erhob, ein überdimensionaler Bodybuilder mit zu Schwingen ausgestreckten Armen. Der Taxifahrer umrundete den Muskelflieger und bog nach links in die Strada Rabat ab. Nach 500 Metern öffnete sich die Straße zu einem kleinen dreieckigen Platz, in dessen Mitte sich eine Grünfläche befand. Der Platz, die Bürgersteige und sogar die Straße wurden von Hunderten von Menschen belagert. Der Fahrer bahnte sich einen Weg durch die Menge und hielt vor einem grauen mit Stacheldrahtrollen bewehrten Tor. An dem hässlichen vierstöckigen Gebäude dahinter hing ein ovales gelbes Schild mit einem stilisierten schwarzen Adler und der Aufschrift »Botschaft der Bundesrepublik Deutschland«. Daneben waren zwei schwenkbare Kameras befestigt, die den Eingangsbereich abtasteten. Ich zahlte das Taxi mit ein paar tausend Lei – zusammen nicht mehr als drei Mark – und stieg aus.

Neben dem Botschaftseingang standen zwei uniformierte rumänische Polizisten und beäugten mich neugierig. Ich drückte gegen das Tor. Es war verschlossen. Einer der beiden Polizisten deutete auf ein Schild mit der Aufschrift »Besuchszeiten Montag - Freitag 8.30–12.00 Uhr«. Ich lächelte ihn an und erklärte ihm, dass ich keine Besucherin sei, sondern hier arbeiten würde.

»Bine aţi venit – herzlich willkommen«, sagte der Polizist.

Eine Klingel, die früher einmal am Torpfosten befestigt gewesen war, baumelte an zwei losen Drähten aus brüchigem Beton. Ich klingelte und wartete. Ich klingelte noch einmal und hörte ein Rauschen in der Gegensprechanlage.

»Ja?«

»Charlotte Valentin, ich bin eine neue Mitarbeiterin.«

Die Tür ging auf. Ich betrat das Botschaftsgelände. Nachdem die Tür wieder ins Schloss gefallen war, wurde der Summer für die Eingangstür zur Botschaft betätigt. Ich trat ein und befand mich in der Sicherheitsschleuse. Hinter einer Panzerglasscheibe saß ein junger Mann in schwarzer Hose und weißem Hemd mit dem Emblem des Bundesgrenzschutzes. Über eine Gegensprechanlage fragte er mich nach meinem Ausweis. Ich legte den blauen Diplomatenpass in ein Schubfach unter der Panzerglasscheibe. Er kontrollierte den Pass eingehend und schob ihn dann zurück.

»Tut mir Leid, Frau Dr. Valentin«, sagte er, »aber ich habe hier schon alle möglichen Tricks erlebt.« Dann öffnete er die innere Tür der Schleuse.

Ich fragte nach dem Leiter der Botschaftsverwaltung, der im Amtsjargon den Titel »Kanzler« führt.

»Der Kanzler?«, sagte der Grenzschützer mit bayerischem Tonfall und lächelte vielsagend. »Der Kanzler kommt selten vor neun – wenn er kommt. Und wenn er dann da ist – na ja, was erzähl ich. Sie werden schon sehn. Gehen S' zum Nutzler. Der is scho' im Haus.«

Nutzler hatte ziemlich untertrieben mit seiner Bemerkung, dass man es mit dem Dienstbeginn nicht so genau nehme. Auf meinem Weg in den zweiten Stock lief ich durch ein nahezu ausgestorbenes Gebäude.

Nutzler saß hinter einem großen Schreibtisch, der fein säuberlich aufgeräumt war. In einem Halbkreis hatte er sein Handwerkszeug aufgebaut: Kugelschreiber, Brieföffner, Locher, Hefter, Stempelhalter und Stempelkissen, das Telefon und einen runden Visitenkartensammler. Hinter ihm hing ein großes Porträt des Bundespräsidenten und es schien, als lächle Roman Herzog wohlwollend über seine Schulter. Nutzler legte die Zeitung beiseite.

»Na, wie geht's? Das ist ja ein Wetter, was? Minus 20 Grad heute Nacht. Unglaublich. Und es soll noch schlimmer kommen. Für morgen ist Schneefall vorhergesagt. Das kann heiter werden. Letztes Jahr waren wir zehn Tage total eingeschneit. Flughafen zu, Bahnverbindung unterbrochen, Straßen blockiert – rien ne va plus. Ich habe so was schon geahnt und letzte Woche noch mal Heizöl gebunkert. Hier in der Botschaft wird jedenfalls keiner frieren müssen.«

Er lehnte sich zurück, strahlte mich breit grinsend an und wartete anscheinend auf meine Reaktion: schaut her, wie klug der Nutzler ist. Ich schwieg.

»Und, erste Nacht in Bukarest gut verbracht?«

»Ja, danke. Herr Nutzler, ich würde gern mein Büro sehen und mich dort möglichst bald einrichten.«

»Tja, Frau Dr. Valentin, das ist so eine Sache. Schauen Sie, Ihr Posten ist neu. Vor Ihnen hat es keinen Referenten für ›Technische Zusammenarbeit‹ gegeben, dessen Büro Sie einfach übernehmen könnten. Die Botschaft ist in den letzten Jahren personell stark angewachsen, doch leider ist der Büroraum auf dem alten Stand geblieben. Wir haben uns daher vor einiger Zeit entschieden, den Hausordnungsdienst, der aus sechs Beamten des BGS besteht und die Hälfte des vierten Stocks bewohnt, auszuquartieren, um Raum für neue Büros zu schaffen. Leider ist uns bis jetzt die Anmietung eines passenden Gebäudes noch nicht geglückt.«

»Was soll das heißen?«

»Wir haben kein Büro für Sie, aber seien Sie ohne Sorge, denn wir werden das Problem lösen. Der Pressereferent, Herr Breitmeier, hat heute seinen letzten Arbeitstag. Sein Nachfolger kommt erst in vier Wochen. Sie können also zunächst in Breitmeiers Büro unterkommen. Danach finden wir dann eine Lösung für Sie.«

Das fing ja gut an. Nutzler wurde mir immer unsympathischer. Es war weniger die Tatsache, dass er mit dieser Nachricht den Traum eines jeden Berufsanfängers von einem hellen, stilvollen Büro zerplatzen ließ. Es war die gewundene Form des Sprechens, sein Willi-Wichtig-Gehabe, das mir auf den Zeiger ging.

»Heute werde ich Sie zunächst einmal im Hause bekannt machen. Um 10 Uhr haben Sie einen Termin bei Botschafter Reuter. Und jetzt sollten wir erst einmal in die Registratur gehen, denn dort steht die Kaffeemaschine. So gegen halb neun trifft sich da immer eine Gruppe netter junger Kollegen.«

Nutzler ging voran; ich hatte in dem verwinkelten Gebäude mit zwei Treppenhäusern Schwierigkeiten, die Orientierung nicht zu verlieren.

»Das hier war früher mal der Dienstbotenaufgang.«

»Und daran hat sich bis heute nicht viel geändert, denn Dienstboten sind wir alle in diesem Haus.«

Ein kleiner älterer Mann mit Halbglatze, rundem Kopf und buckliger Gestalt kam das enge Treppenhaus herauf, zwängte sich an Nutzler vorbei und blieb eine Stufe über mir stehen, so dass er mir annähernd auf gleicher Höhe in die Augen schaute.

»Von Böhnsen. Ich bin die Stimme der Vernunft in diesem Affenhaus.«

Er schob den Unterkiefer vor und flüsterte mir zu, ich solle doch nachher mal bei ihm vorbeikommen. Dann drehte er sich abrupt um und ging weiter. Den Rücken gebeugt, die verbliebenen Haare unter seiner Halbglatze viel zu lang für einen gewöhnlichen Bürokraten und mit schlurfenden Schritten erinnerte er eher an einen verschrobenen Theaterintendanten als an einen Diplomaten.

»Da haben Sie ja schon ein Faktotum kennen gelernt. Von Böhnsen ist Kulturreferent, ein merkwürdiger Kauz, aber verschaffen Sie sich selbst Ihre Eindrücke.«

In der Registratur stand eine Gruppe von circa zehn zumeist jungen Leuten mit Kaffeetassen in der Hand. Schon vor der Tür konnte man lautes Lachen hören, das kurz verstummte, als Nutzler die Tür aufmachte, dann aber sofort wieder einsetzte, als man erkannte, dass keine Gefahr drohte. Das war also die Klatschbörse, Gerüchteküche und Kaffeerunde.

»Guten Morgen. Da hier schon ein ordentlicher Teil des Botschaftspersonals versammelt ist, möchte ich die Gelegenheit nutzen, unsere neue Mitarbeiterin, Frau Dr. Charlotte Valentin, vorzustellen. Frau Dr. Valentin ist die neue Referentin für Technische Zusammenarbeit.«

Nutzler stellte alle der Reihe nach vor, doch ich konnte mir kaum einen der Namen merken. Diese Unaufmerksamkeit hat damit zu tun, dass ich mir bei einer Vorstellung die Menschen anschaue. Ich suche nach Zeichen in ihren Gesichtern, ihrer Körperhaltung und ihren Bewegungen. Ich schaue in die Augen und registriere, ob sie zurückschauen oder mir ausweichen, ob das Lächeln offen, ängstlich oder gekünstelt ist. Die Art und Weise eines Händedrucks bleibt mir besser im Gedächtnis als die austauschbare Buchstabenkombination, die sich zu einem Namen zusammenfügt.

Nutzler überließ mich der Kaffeerunde, nicht ohne noch einmal auf den Termin mit Botschafter Reuter hinzuweisen.

»Also, nochmals herzlich willkommen.«

»... auf dieser Insel der Glückseligkeit«, ergänzte

einer der Kaffeetrinker. »Aber Vorsicht, denn von den 160 Inseln der Glückseligkeit, wie unser Minister die Auslandsvertretungen einmal bezeichnete, ist das die einzige mir bekannte, auf der ein von der UNO bislang völlig vernachlässigter Bürgerkrieg ausgetragen wird.«

Alle lachten erneut los.

»Kommen Sie direkt aus Bonn?«, wollte eine junge und ausgesprochen gut aussehende Frau wissen, die von allen, wie ich später bemerkte, nur Susi genannt wurde.

»Ja, ich war zwei Jahre bei 214 und davor zwei Jahre bei 1-AF.«

Im Auswärtigen Amt haben die unterschiedlichen Referate Nummern und einige werden mit Buchstabenkürzeln bezeichnet. 214 war das Osteuropareferat und 1-AF stand für Aus- und Fortbildung, womit die Diplomatenschule in Ippendorf gemeint war, die fast alle deutschen Diplomaten durchlaufen müssen – mit Ausnahme der Seiteneinsteiger, die bisweilen von den jeweiligen Regierungsparteien angeblich aufgrund ihrer besonderen Verdienste, zumeist jedoch aus Versorgungsgründen zum AA abgeschoben werden.

»Und davor?«, fragte ein blonder Schlaks.

»Davor war ich in den USA und habe studiert.«

»Reiche Eltern, was?«

»Oh Mann, Georg, das musst du gerade sagen. Wer hat denn gerade von Papa einen nagelneuen 3er BMW geschenkt bekommen?« Susi schaute ihn vorwurfsvoll an.

»Mein Vater war Fabrikarbeiter und für das Studium in den USA hatte ich ein Stipendium«, antwortete ich. Die Geschichte mit meinem Vater war zwar nicht falsch, aber andererseits nur die halbe Wahrheit.

Er hatte zwar tatsächlich in einer Fabrik gearbeitet, war dann aber in den Betriebsrat gewählt worden, was der Anfang einer politischen Karriere gewesen war, die ihn bis in den Bundestag und in ein Ministeramt geführt hatte. Aber das lag schon eine ganze Weile zurück und ich rede nicht gern darüber, weil man dann vielleicht denkt, ich sei nicht aufgrund eigener Leistung, sondern aufgrund von Beziehungen in meinen Job gekommen.

Eine Stunde später saß ich im Vorzimmer des Botschafters. Die Sekretärin, Frau Dunkel, eine rundliche und anscheinend resolute Fünfzigjährige telefonierte.

»Hör zu, Gerd, wenn es schneit, haben wir wieder den gleichen Schlamassel wie letztes Jahr und wie bei jedem größeren Regen. Es kommt an allen Ecken durch.«

Sie lauschte in den Hörer und verzog das Gesicht, als füge ihr Gesprächspartner ihr körperliche Schmerzen zu.

»Junger Mann. Du bist jetzt seit drei Monaten an dieser Botschaft und müsstest allmählich wissen, dass hier nichts ist, wie es sein sollte. Also, noch mal ganz langsam zum Mitschreiben: Schnee fällt aufs Dach, wir heizen, Isolation mangelhaft, Schnee schmilzt, wir gehen baden.«

Sie lauschte wieder in den Hörer.

»Ja wie, bin ich der Hausmeister oder du?« Frau Dunkel zündete sich eine Zigarette an.

»Schön und gut, du hast noch andere Probleme. Kannst du dir vorstellen, was es für einen Eindruck macht, wenn der Botschafter seine Gäste zwischen Plastikeimern mit Tropfwasser empfängt? Weißt du, was das für ein Gefühl ist, wenn du morgens ins Büro kommst und dein Schreibtisch samt PC steht in einer Lache? Ja, ja, ja – ich werd hier noch wahnsinnig.«

Sie knallte den Hörer auf das Telefon und schaute mich an. »In so einem Laden möchte ich auch nicht Hausmeister sein: Wasserrohrbruch im Hof der Visastelle, der Brenner der Heizanlage in der Residenz des Botschafters defekt, ein Öltank leck und ein total perforiertes Dach. Die Hütte gehört abgerissen.« Sie sah mich mit breitem Lächeln an.

»Sie müssen Frau Dr. Valentin sein. Herzlich willkommen. Ich sage dem Botschafter Bescheid.«

Sie griff erneut zum Hörer. »Frau Dr. Valentin, Herr Botschafter.«

Kurz darauf ging die Tür auf und ein aristokratisch wirkender, großer, hagerer Mann kam mir mit ausgestreckter Hand entgegen. »Frau Valentin, seien Sie willkommen.«

Er zog mich in sein Büro, das ebenso wie der Rest der Botschaft in einem ziemlich verwahrlosten Zustand war. Die Decke war an mehreren Stellen verschimmelt, die Wände waren feucht und vergilbt.

Anscheinend war er meinem Blick gefolgt, denn er sagte: »Ja, es sieht schlimm aus hier. Das ganze Gebäude müsste renoviert werden. Ich habe das auch schon mehrfach angeregt, doch es tut sich nichts. Sicher überrascht Sie das, aber wenn Sie diesen Verwaltungsapparat mit seiner Beamtenmentalität erst einmal kennen gelernt haben, wird Sie so schnell nichts mehr verwundern. Letztes Jahr hatten wir 15.000 Mark übrig in dem Topf, der zum Tanken der Dienstwagen vorgesehen ist, weil die Benzinpreise gefallen sind und zwei unserer Autos über Monate wegen Motorschadens nicht fahren konnten. Gleichzeitig fehlte uns seit Juni Geld, um die Telefonkosten bezahlen zu können, weil die Gebühren gestiegen sind und wir außerdem mehr Mitarbeiter haben als früher. Nichts wäre natürlicher gewesen, als das Geld aus dem Benzin-Topf für die Telefonkosten zu nutzen. Unmöglich. Einfach unmöglich. Wir mussten das Benzingeld zurückmelden und jeden Monat seitenlang begründen, warum wir Extramittel für die Telefonrechnung brauchten. So viel zum Stichwort ›moderne Verwaltung‹.«

Er führte mich zu einer verschlissenen Kunstledergarnitur, bot mir Kaffee an, den ich ablehnte, und schlug dann eine Mappe auf, bei der es sich anscheinend um meine Personalakte handelte.

»Hier stehen einige bemerkenswerte Dinge über Sie. Begabtenförderung durch die Studienstiftung des deutschen Volkes, Studium der Volks- und Betriebswirtschaft in München, erfolgreiche Sportlerin, Judo-Europa- und Weltmeisterin, mehrfache deutsche Meisterin, Mitglied der deutschen Olympiamannschaft in Seoul. Master-Abschluss der Harvard University in Boston, Promotion am Institut für Europäische Integrationsforschung, allein stehend, zwei Kinder.«

»Und was finden Sie daran so bemerkenswert? Die Tatsache, dass eine Frau in dieser Männerdomäne arbeitet – noch dazu allein erziehend und mit zwei Kindern?«

»Nein, bitte vermuten Sie in mir keinen Moralapostel. Ich bewundere nur, dass Sie es anscheinend geschafft haben, einige Dinge gleichzeitig zu tun, die nicht leicht vereinbar sind.«

»Mit dem Wettkampfsport habe ich schon vor acht Jahren aufgehört. Das Studium und die Kinder – es ging irgendwie. Ich hatte ein Stipendium. Es gibt Leute, die haben es schwerer.«

»Wo sind Ihre Kinder jetzt?«

»Ich habe in Bonn in einer Art Wohngemeinschaft gewohnt. Man könnte es auch ›Großfamilie‹ nennen. Bis ich hier ein Haus gefunden habe, bleiben die Kids noch da.«

»Wird Ihr Lebensgefährte, äh, ich meine Ihr Partner, wird er dann auch hierher…?«

»Nein, ich lebe allein.«

»Entschuldigen Sie meine Neugierde. Vielleicht sollte ich doch lieber zu Ihrer neuen Aufgabe kommen.«

Der distinguierte Herr Reuter, der mir in seinem zu weiten Anzug in einem zu großen Sessel gegenübersaß, hielt mir einen Vortrag über die deutsch-rumänischen Wirtschaftsbeziehungen. Man habe in den letzten Jahren zunehmend lernen müssen, dass Kapital allein nicht genüge, um die Staaten Osteuropas an die Europäische Union heranzuführen. Einige dieser Länder müssten vielmehr wie Entwicklungsländer behandelt werden, denen man neben finanziellen auch technische Hilfen zukommen lasse, worunter man Experten, Berater und deren Projekte verstehe. Für diese Projekte, die von der Landwirtschaft bis zum Bankensystem einen weiten Bereich umfassten, solle ich nun zuständig sein. Er lasse seinen Mitarbeitern großen Freiraum, wolle lediglich in wichtige Entscheidungen einbezogen werden und stehe ansonsten jederzeit für Rückfragen zur Verfügung.

Reuter konnte nicht wissen, dass ich mich seit über sechs Monaten intensiv auf meine neue Aufgabe vorbereitet hatte, einschließlich des Sprachkurses. Während er erzählte, hatte ich Gelegenheit, ihn eingehend zu beobachten. Er war 63 Jahre alt. Das wusste ich aus Bonn. Wären seine wachen Augen nicht gewesen, hätte ich ihn für älter gehalten. Die Haut war aschfahl und tiefe Falten hatten sich in sein Gesicht eingegraben. Der Mann war krank – todkrank, davon war ich überzeugt.

»Also, Frau Valentin, wenn Sie irgendwelche Fragen haben, kommen Sie auf mich zu. Leider fällt mir zur Beschreibung des Betriebsklimas kein besserer Vergleich als der eines kalten Krieges ein, doch ich habe die Hoffnung nicht aufgegeben, dass sich das allmählich ändert, wenn wir mehr junge und kooperative Mitarbeiter bekommen und einige der Kombattanten versetzt werden. Da zähle ich auf Sie. Lassen Sie sich nicht von einem der Streithähne vereinnahmen, und wenn Sie Hilfe brauchen, steht Ihnen meine Tür immer offen.«

»›Selbst ist die Frau, meine Herrn‹, wie mein Urgroßvater Karl Valentin immer zu sagen pflegte.«

Zum ersten Mal sah ich ein Grinsen auf seinem Gesicht.

Der erste Versuch, mich zu vereinnahmen, fand kurz darauf statt. Ich klopfte an von Böhnsens Bürotür. Er öffnete in gebeugter Haltung, zog mich in das Zimmer, schaute auf dem Flur nach links und rechts und schloss dann die Tür.

»Sie waren schon beim Botschafter«, begann er. »Der hat Ihnen sicher schon seine Sicht der Dinge dargelegt. Die ist aber falsch.«

Von Böhnsen legte eine Spannungspause ein. »Falsch, falsch und nochmals falsch. Dieser Mann ist ja gar nicht in der Lage, eine Botschaft zu führen. Er unterschätzt die Rumänen. Die Rumänen sind ein geniales Volk von wahrhaft europäischer Größe. Gerade in meiner Domäne, der Kultur, wird das deutlich.«

Von Böhnsen redete sich in Rage, verlor immer wieder seinen roten Faden, wenn er denn überhaupt je einen gehabt hatte, und kehrte unvermittelt wieder dorthin zurück, wo er schon dreimal gewesen war. Ich musste mir mehrmals auf die Zunge beißen, um nicht loszulachen. Als ich nach einer halben Stunde seinen Redefluss mit dem Hinweis auf einen anderen Termin unterbrach, war er sichtlich enttäuscht. Gerade habe er ansetzen wollen, mir zu erklären, welche Gefahren in den nächsten Tagen auf mich lauern würden. Das sei wichtig für mich und er empfehle mir dringend, ich möge mich an ihn halten. Er werde mir mit Rat und Tat zur Seite stehen. Ich versicherte ihm, wie dankbar ich für die erste wirklich stringente Einführung in die rumänische Kultur sei, dass ich seine Ratschläge beherzigen und sobald wie möglich wieder auf ihn zurückkommen würde. Er nahm diese Antwort ohne einen Anflug von Misstrauen entgegen.

Ich schloss die Tür hinter mir und lachte still vor mich hin.

»Sie, Sie da!«

Ich schaute hoch. Ein gut aussehender Mann Ende dreißig kam die Treppe herunter mit ausgestrecktem Zeigefinger auf mich zu.

»Genau Sie meine ich. Lachen Sie nicht. Die Rumänen sind ein geniales Volk von wahrhaft europäischer Größe.« Er schob den Unterkiefer vor und rollte – Böhnsen imitierend – mit den Augen. Dann fing er an zu grinsen und stellte sich als Thomas Heissenberg vor. Heissenberg war etwa einen Meter neunzig groß. Eine braune Haarsträhne fiel ihm über die Stirn. Er trug ein modisches Sakko mit passender Weste, dezenter Krawatte und einer hellen Hose. Dem äußeren Schein nach hätte er besser als Art-Direktor in eine Werbeagentur gepasst als in eine deutsche Botschaft auf dem Balkan.

Normalerweise sei er für die Programme der Bundesregierung zur Stabilisierung der deutschen Minderheiten in Siebenbürgen und im Banat zuständig, seine eigentliche Beschäftigung sei jedoch eine soziologische Studie über das extrem abnorme Verhalten von Diplomaten in dieser Vertretung.

»Aber das ist geheim – versteht sich.« Da auch ich ja nun ein Teil dieser Studie sei, würde er mich zwecks besserer Beobachtung heute Abend gern zum Essen einladen, soweit ich noch nichts vorhätte. Ich lehnte ab, denn ich hatte bereits etwas vor.

Ich fragte ihn nach Frank Messer und er erklärte mir den Weg in ein Nebengebäude, in dem die Visastelle untergebracht war. Frank war Visasachbearbeiter und ich kannte ihn seit unserer gemeinsamen Zeit in der Ausbildungsstätte des Auswärtigen Amtes. Er hatte dort die Ausbildung zum gehobenen Verwaltungsdienst absolviert und mir nebenbei über die Fallstricke des internationalen Familienrechts geholfen. Frank Messer war ein Sunnyboy, der Schwarm aller Frauen, ein Typ, der immer im Mittelpunkt steht, einer, der nie erwachsen wird, ständig in irgendwelchen Schwierigkeiten steckt, in die er sich selbst hineinmanövriert hat – ein liebenswerter Chaot.

Im Hof der Botschaft herrschte Chaos. Bauarbeiter standen in einer metertiefen Grube, deren Grund mit schlammbraunem Wasser bedeckt war, und ein blonder Bierbauch schrie quer über den Hof: »Stancu, schmeiß die Pumpe an, wenn die Pfütze zufriert, ist alles verloren.«

»Kompressor kaputt, Chef«, schrie ein älterer Rumäne aus einer der Garagen zurück.

Der Bierbauch warf einen Zigarettenstummel in den Schlamm und lief unablässig fluchend an mir vorbei zu den Garagen.

Auch im Visagebäude musste ich meinen Pass vorzeigen. Ich ging an vier Schaltern vorbei, an denen sich Visaantragsteller um die begehrten Etiketten bemühten, die zur Einreise nach Deutschland berechtigten. Es herrschte Gedränge, Geschiebe und ein unglaublicher Lärm. Ich ging in den ersten Stock und war gerade dabei zu überlegen, warum an den Schaltern ausschließlich Frauen saßen, als sich zwei Hände wie Zangen von hinten um meinen Hals legten und mir die Kehle zudrückten. Meine Hände fassten die Unterarme des Angreifers und zogen sie nach vorne. Mein Rücken krümmte sich und ich spürte, wie seine Beine den Halt unter dem Boden verloren. Auf dem Weg über meine Schulter gaben seine Hände meinen Hals frei. Ich drehte mich leicht zur Seite und dann schlug der Angreifer mit einem fürchterlichen Krachen auf den Holzdielen auf. Vor mir lag Frank Messer.

»Hy Charly, willkommen in Bukarest.«

Zwei Jahre lang hatte ich vergeblich versucht, ihm Judo beizubringen. Zwar hatte er es bis zum fünften Kyu gebracht, aber wirklich gut konnte er nicht mehr werden. Wer mit zwanzig anfängt, wird die Bewegung immer erst durchdenken und nie zu jener Schnelligkeit und fließenden Automatik finden, die einen guten Judoka auszeichnen. Ich hatte mit sieben Jahren angefangen.

Ich half ihm auf die Beine. Er stopfte sich das Hemd in die Hose und schob seine Krawatte zurecht.

»Werden hier alle Neuen so empfangen?«

»Keine Sorge, außer dir hätte das bislang noch keiner überlebt.«

Er führte mich in sein Büro und schenkte mir Tee ein. Der Duft des Darjeeling weckte angenehme Erinnerungen.

Franks Büro war spartanisch eingerichtet und anstelle des Fotos des Bundespräsidenten hatte er eine Karikatur von Friedrich Karl Waechter mit dem Titel »Wahrscheinlich guckt wieder kein Schwein« aufgehängt, eine Zeichnung mit einer Gans, die einen Kopfstand macht, wobei sich der Kopf in einem Schuh befindet. Daneben steht ein Schwein, das diesem Kunststück bewundernd zuschaut.

Das Telefon klingelte.

»Nein, Susi, geht nicht. Nein bitte, äh, ich kann jetzt nicht, äh. – Aufgelegt. Verdammter Mist, was bildet die sich eigentlich ein?«

»Ich seh schon: immer noch die alten Probleme.«

»Ich tu mein Bestes, nun ja.« Er setzte ein Gesicht auf, als habe man einen Sechsjährigen beim Naschen erwischt.

»Davon bin ich überzeugt. Was ist hier eigentlich los? Hunderte von Menschen stehen da draußen anscheinend schon in aller Herrgottsfrühe.«

»Die stehen teilweise drei bis vier Tage. Es gibt sogar Profis, die stellen sich an und verkaufen dann weiter vorne ihren Platz, um sich sofort wieder hinten anzustellen. Wir stellen hier jeden Tag 500 Besuchsvisa aus und prüfen weit mehr als 500 Antragsteller täglich. Wir kontrollieren die Anträge und versuchen, die schwarzen Schafe herauszufischen. Das gelingt uns nur teilweise. Die meisten Asylanträge – wenn man mal von Ex-Jugoslawien absieht – kommen von Rumänen, die mit unseren Visa eingereist sind. Wir stehen unter Druck von allen Seiten. Für die einen sind wir nicht hart genug und die anderen beschweren sich, wir würden mit unseren rigiden Kontrollen Geschäftskontakte verhindern. Die Polizei wirft uns vor, dass ein erheblicher Teil der in Deutschland tätigen Prostituierten mit unseren Visa einreist. Dabei können wir selbst dann einen Antrag nicht ablehnen, wenn wir wissen, dass die betreffende Person in Deutschland in einem Bordell arbeiten wird.«

Ich schaute ihn fragend an.

»Du wirst das bald sehen. Die Typen sind wirklich unverkennbar. Wie aus dem Kino: Goldkettchen, Mercedes tiefer gelegt und mit Spoiler, Rolex und Vokuhila-Frisur.«

»Vokuhila?«

»Vorne kurz, hinten lang. Die legen eine einwandfreie Einladung auf den Tisch, alle Papiere sind in Ordnung, gegen die Mädels liegt nichts vor, und auch wenn wir genau wissen, was gespielt wird, können wir einen Antrag nicht ablehnen. Die würden sofort Klage vor einem deutschen Verwaltungsgericht einreichen und wir würden gerichtlich zur Ausstellung eines Visums verdonnert. Unsere einzige Handhabe ist es, eine Kaution zu verlangen. Da gehen wir regelmäßig bis zur Höchstgrenze von 7000 Mark pro Visum. Die Jungs bleiben dabei aber ganz cool, packen locker 14.000 oder 21.000 Mark in bar auf den Tresen und grinsen dabei. Nach genau drei Monaten – das ist die maximale Zeit für unsere Visa – kommen die Mädels zurück und wir müssen die Kaution wieder auszahlen. Statt Irina geht dann eben ihre Freundin Ioanna mit nach Deutschland und das geht immer so weiter. Mädels gibt es hier genug. Das ist wirklich ein Scheißjob. Hier auf diesem Platz sitzt du zwischen allen Stühlen.«

»Und wie geht es dir dabei?«

»So wie Waechters Gans. Ich mach ein Kunststück, aber wahrscheinlich guckt wieder kein Schwein. Apropos Schwein. Lass uns essen gehen.«

Frank Messer war ein fauler Mensch, der normalerweise sogar die zweihundert Meter bis zum nächsten Briefkasten mit dem Auto zurücklegte. Jetzt lief er seit fünf Minuten neben mir her.

»Was ist, hast du kein Auto? So kenne ich dich gar nicht.«

»Da sprichst du in der Tat ein ernsthaftes Problem an. Mein Auto ist weg.«

»Wie ›weg‹? Gestohlen?«

»Das eigentlich vermutlich nicht – noch nicht.«

»Was denn?«

»Verliehen. Eher verliehen.«

»An wen?«

»Na ja, Tatjana, eine Freundin, fragte mich, ob sie den Wagen für ein paar Stunden haben könne. Da sage ich natürlich nicht nein. Sie wohnt zusammen mit Michaela, deren Dacia einen Motorschaden hatte. Die musste aber dringend nach Temesvar zu ihrer Familie. Der Vater war wohl schwer erkrankt. Eigentlich wollte sie nur für einen Tag, aber die Mutter hat sie nicht mehr weggelassen. Daraufhin hat ihr Bruder, der geschäftlich ohnehin nach Bukarest wollte, den Wagen mitgenommen.«

»Ja und? Wann war das?«

»Vor vier Tagen. Er ist vor vier Tagen in Temesvar losgefahren.«

»Dann müsste er ja seit drei Tagen hier sein.«

»Der Bruder wollte wohl noch über Satu Mare, irgendetwas abgeben. Also jedenfalls müsste er demnächst kommen. Ich rechne stündlich damit.«

»Was sagt denn Tatjana?«

»Ach, hör auf. Immer was anderes.«

Die Mittagspause verbrachten wir in einer Pizzeria am Bulevardul Aviatorilor und danach setzte ich meine Vorstellungsrunde in der Botschaft fort.

Zunächst stattete ich Dr. Binder, dem Gesandten und Stellvertreter des Botschafters, einen Besuch ab. Binder war circa 60 Jahre alt, klein, rund und trug einen braunen Anzug, den er mit Sicherheit nicht dort erstanden hatte, wo Heissenberg seine Garderobe kaufte. Er war seit über fünf Jahren in Rumänien. Dr. Binder galt als Kenner der politischen Szene des Landes. Er gab mir einen groben Überblick über die jüngsten Entwicklungen.

»Weihnachten 1989 wurde Ceausescu gestürzt, der über 30 Jahre lang eine der grausamsten Diktaturen der Welt angeführt hatte. Er hat in diesen drei Jahrzehnten aus einem blühenden Agrarstaat eine unwirtschaftliche Industriebrache gemacht und das Land politisch isoliert. Selbst im Ostblock war er ein Außenseiter. Sein Personenkult und Größenwahn waren unübertroffen. Zum Schluss hatte er in der internationalen Staatengemeinschaft nur noch wenige Freunde. Dazu zählten so honorige Regime wie Nordkorea und Libyen. Den Menschen ging es immer schlechter. Selbst Grundnahrungsmittel waren kaum mehr in ausreichender Menge verfügbar. In Bukarests größtem Kaufhaus, dem Unirea, standen Hunderte von Verkäuferrinnen vor leeren Regalen. Damit er das

Volk unter Kontrolle halten konnte, hatte er mit der allgegenwärtigen Securitate ein Herrschaftsinstrument aufgebaut, gegen das sich die Stasi wie ein kleiner Wohltätigkeitsverein ausnahm. Und dennoch: im Dezember 1989 kam es in Westrumänien, in Temesvar nahe der ungarischen Grenze zu Demonstrationen. Ceausescu ließ in Bukarest eine große Gegendemonstration zu seiner Unterstützung organisieren. Doch als er sich der vermeintlich freundlich gesonnenen Menge zeigte, schlug die Stimmung der Masse in Sekunden um. Plötzlich brüllten alle ›Nieder mit Ceausescu‹. Der hat dann noch versucht sich mit einem Hubschrauber in Sicherheit zu bringen, aber in Tirgoviste, 80 Kilometer weiter nördlich, wurde er dann festgesetzt und nach einem Schnellverfahren zusammen mit seiner Frau hingerichtet. Danach kam ein Reformkommunist ans Ruder, der 1996 durch den honorigen Universitätsprofessor Constantinescu abgelöst wurde. Sicher ist das alles recht unübersichtlich. Man kann die politische Lage vergleichen mit der DDR nach dem Sturz Honeckers. Stellen Sie sich vor, es hätte keine deutsche Vereinigung gegeben und Egon Krenz führte eine Minderheitsregierung der PDS, die von alten Stalinisten und neuen Nationalisten gestützt wird. Wenn Sie sich dann noch eine zerstrittene und handlungsunfähige Opposition dazudenken, eine belastete Justiz, eine korrupte Polizei und den immer noch existenten Geheimdienst Securitate, dann haben Sie eine ungefähre Vorstellung davon, wie sich Rumänien in den letzten Jahren entwickelt hat. Nun, seit Constantinescus Wahlsieg gibt es zumindest eine gewisse Hoffnung, aber auch eine demokratische Regierung steht vor kaum überwindbaren Schwierigkeiten. Die Wirtschaft liegt danieder und schrumpft weiter und das Licht am Ende des Tunnels ist noch nicht in Sicht. Leider gibt es in dieser Botschaft auch Stimmen, die dieses Land lieber heute als morgen in die NATO und die EU aufnehmen möchten und bei ihrem Bemühen mit den übelsten Knechten des ehemaligen Ceausescu-Regimes zusammengearbeitet haben. Zum Glück ist Ihr Arbeitsbereich davon aber kaum belastet.«

Frau Dr. Wilms war das, was man gemeinhin als Blaustrumpf bezeichnet. Sie leitete die Wirtschaftsabteilung der Botschaft und war die derzeitige Nummer drei. Die Frau war vermutlich 45 Jahre alt und empfing mich mit höflichen und distinguierten Worten. In der kurzen Einführung über ihren Arbeitsbereich gebrauchte sie mehrmals das Wort »Pflicht« und auch sonst machte die Grauhaarige im grauen Kostüm eher den Eindruck, als sei ihr die Arbeit und das Leben überhaupt eine Last, die sie mit Aufopferung pflichtgemäß trage. Als sie zum dritten Mal erwähnte, welche Unmengen von Arbeit sie zu bewältigen habe, ergriff ich die Chance, mich zu verabschieden, damit sie ihr Tagewerk fortsetzen könne.

Es war bereits dunkel, als ich um 17 Uhr mit dem Taxi in mein Hotel fuhr. Hier im nördlichen Teil von Bukarest waren die Straßen breite, schöne Alleen. Hinter den Baumreihen sah man bisweilen imposante, wenn auch meist vergammelt wirkende Villen. In der Nähe des Sofitel gab es einen großen Platz mit einem Triumphbogen und ich konnte mir allmählich vorstellen, warum die Stadt in den zwanziger und dreißiger Jahren »Paris des Ostens« genannt worden war.

Um 18 Uhr holte mich Frank ab. Der Sportclub lag auf der anderen Seite des Herastrauparks.

»Steaua war der Militärclub. Dynamo gehörte der Securitate. Da gibt es bis heute noch alte Loyalitäten.«

»Ich dachte, die spielen nur Fußball.«

»Nein, die haben alle möglichen Sparten. Judo ist allerdings nicht gerade Volkssport in Rumänien. Ein paar gute Leute haben sie trotzdem.«

Der Umkleideraum war kaum geheizt und wir beeilten uns, in unsere Judoanzüge zu kommen. Das Training hatte bereits begonnen. Etwa 20 junge Frauen, fast alle mit schwarzem Gürtel, waren mit Aufwärmübungen beschäftigt. Der Trainer war ein drahtiger Mittelgewichtler mit früh ergrauten Haaren. Er unterbrach die Übungen, eilte freudig auf mich zu, stellte sich mit Silviu vor und begrüßte mich überschwänglich mit einem rumänischen Redeschwall. Ich hatte Schwierigkeiten ihm zu folgen.

»Sie müssen Charlotte sein. Frank hat Sie angekündigt. Wir fühlen uns sehr geehrt und freuen uns sehr, dass Sie mit uns trainieren können. Das hier ist die Frauenriege von Steaua, wir haben eine Jugendeuropameisterin unter uns, außerdem die rumänische Meisterin und Vizeeuropameisterin von 1995, Irina Moldoveanu, und noch zwei Mädchen aus dem Nationalteam – und Ihren Kollegen. Seit er mitmacht, ist die Beteiligung der Damen sehr viel regelmäßiger und das Frauenjudo zu einer der beliebtesten Abteilungen bei Steaua geworden.«

Die Frauen lachten, Frank protestierte und ich bedankte mich für den freundlichen Empfang.

»Vor vier Wochen war ich zum ersten Mal hier und nur, um für dich einen Trainingsplatz zu finden«, entschuldigte Frank sich bei mir. »Seitdem habe ich einmal die Woche mit den Mädels trainiert. Es ist einfach netter hier als bei den Männern und…«

»Mergem«, rief Silviu. »Los geht's.«

Nach dem Aufwärmprogramm folgten Dehnübungen. Dann teilte Silviu die Frauen in Paare ein. Wir schleppten Matten heran und begannen mit dem Kampftraining. Ich bildete mit Marina, eine der beiden Frauen aus dem Nationalteam, ein Paar. Wir begannen mit verschiedenen Eindrehtechniken. Silviu ging von einem Paar zum nächsten und korrigierte hier und da die Ausführung der einzelnen Techniken. Marina erklärte, dass sie zunächst ein paar Schulterwürfe üben wolle. Da sei bei ihren letzten Wettkämpfen einiges schief gegangen. Ihre ersten beiden Würfe ließ ich zu, rollte auf der Matte ab, stand auf und nahm wieder Kampfhaltung an. Den dritten Wurf blockte ich. Sie versuchte mich über ihre Schulter zu zerren. Ich verlagerte mein Gewicht. Es war klar, dass sie es nicht schaffen konnte. Ein misslungener Schulterwurf bringt den Angreifer in eine schlechte Position. Er steht mit dem Rücken zum Angegriffenen, der seinerseits nun einen guten Gegenangriff starten kann.

»Siehst du, genau das ist mir in letzter Zeit ein paar Mal passiert.«

»Du gehst nicht nah genug ran und brichst mein Gleichgewicht nicht. Deshalb kommst du nicht unter meinen Körperschwerpunkt und kannst mich nicht aushebeln.«

Ich fasste sie an Arm und Schulter, stellte dann meinen rechten Fuß dicht vor ihren, drehte mich langsam und zog sie dabei aus dem Gleichgewicht. »Wenn du so weit bist, verliert der Gegner den Halt. Er bringt kein Gewicht mehr auf die Füße und er kann auch nicht mehr angreifen.« Ich unterbrach die Bewegung und wiederholte sie noch einmal in Zeitlupe und dann in normaler Geschwindigkeit. Marina fiel vor mir auf die Matte, rollte geschickt ab und stand wieder.

»So, jetzt du.«

Nach ein paar Minuten unterbrach Silviu die Übungen und wechselte die Paare. Den Wurfübungen folgten Übungen zu Bodentechniken. Ziel dieser Sequenzen war es, einen auf dem Bauch liegenden Gegner auf den Rücken zu drehen, einen Festhaltegriff auszuführen und so ein frühzeitiges Ende des Kampfes herbeizuführen. Das Ende des Trainings bestand aus freien Kämpfen. Silviu teilte mir eine 17-jährige Frau zu, die im letzten Jahr die Jugendeuropameisterschaft gewonnen hatte. Sie war schnell und hatte eine gute Technik, aber es fehlte ihr an Kraft und Erfahrung. Zweimal fiel sie auf angetäuschte Attacken herein und ließ sich auf die Matte zwingen.

Die anderen Frauen hatten inzwischen mit dem Training aufgehört und sich in einem Kreis um unsere Matte versammelt. Silviu nahm das Mädchen von der Matte und teilte mir Irina Moldoveanu zu. Sie mochte Mitte zwanzig sein, hatte meine Größe, war mir aber an Gewicht und Kraft überlegen. Ich verhielt mich defensiv, parierte ihre Angriffe, bis ich in der Art, wie sie sich bewegte, ihren persönlichen Stil, ihre Stärken und Schwächen erkennen konnte. Beim nächsten Angriff der Moldoveanu blockte ich nicht nur, sondern nutzte ihren Schwung für einen Konterwurf. Sie fiel über meine Hüfte und ich war sofort über ihr. Der Kampf war entschieden. Unsere Zuschauer applaudierten. Wir nahmen erneut Kampfhaltung ein. Sie griff erbittert an, aber ich konnte blocken und sie mit einer Fußattacke aus dem Gleichgewicht bringen. Sie ging erneut zu Boden. Meine Gegnerin lief vor Scham und Zorn rot an.

»So, Mädels, Schluss für heute. Wir sehen uns am Freitag.« Dann wandte er sich zu Irina und nahm sie in den Arm.

»Es ist keine Schande, gegen diese Frau auf die Matte zu gehen. Vor zehn Jahren war sie unbesiegbar und hat über zwei Jahre nicht einen Kampf verloren.«

Irina schüttelte mir die Hand.

»Du hast nichts verlernt. Es wäre schön, wenn du in Zukunft mit uns trainieren könntest.«

Ich bedankte mich und sagte zu.

Frank bewohnte die mittlere Etage einer Villa gegenüber der Botschaft Uruguays. Im Erdgeschoss wurde eine Tür geöffnet und eine blonde Vierzigjährige erschien im knappen Morgenrock, eine Zigarette in einer Hand voller Ringe und mit roten langen Fingernägeln. Ohne mich eines Blickes zu würdigen, sagte sie auf Rumänisch zu Frank: »Du hast die Miete für Januar und Februar noch nicht gezahlt. Ich komme morgen und hole mir die erste Rate.«

Frank schien – soweit ich das in dem kargen Licht des Flures erkennen konnte – rot zu werden.

»Da…, da…, doamna Maria, darüber müssen wir noch mal reden.« Eilig ging er die Treppe hinauf.

»Es ist nicht gut, wenn man direkt über der Vermieterin wohnt.« Er schaute mich entschuldigend an.

Er hatte sich komplett neu eingerichtet, einschließlich eines zwei mal zwei Meter großen Designerbetts.

Während er in der Küche eine Flasche Prosecco öffnete, zog ich mich aus, schlüpfte unter seine Decke und deponierte eine Schachtel mit Kondomen auf dem Bücherregal neben dem Bett.

Frank stellte das Tablett mit den Gläsern neben mich auf den Boden und zog sich ebenfalls aus. Er deutete auf die Kondome. »Ein Zehnerpack?«

»Keine Sorge, er ist nicht mehr ganz voll.«

Seit ich ihn das letzte Mal gesehen hatte, war er muskulöser und schwerer geworden. Ich zog ihn ins Bett und streichelte ihn.

»Du hast heute zwei der besten Judoka in Europa besiegt: die rumänische Nachwuchshoffnung und die derzeit beste Judoka des Landes. Wie gut musst du gewesen sein, als du noch Wettkämpfe bestritten hast. Ich hätte dich damals gern gesehen.«

»Ach, hör auf. Die Zeiten sind vorbei. Ich denke selten zurück.« Ich knetete seinen Hintern.

»Ganz schön muskulös für einen Beamten.«

»Der Fitnessclub im Sofitel ist meine einzige Freizeitbeschäftigung.«

»Und wozu hast du dir dieses Monstrum von einem Bett gekauft?«

»Nur für dich.«

Ich biss ihm in die Unterlippe, packte einen Gummi aus und zog Frank zwischen meine Beine. Er hatte nicht vergessen, wie er mir die größte Freude bereiten konnte.

Später stand ich auf, schenkte mir von dem Prosecco nach und löschte das Licht. Dann kroch ich an ihn heran und kuschelte mich an den warmen Körper. Er legte die Hand um mich, seufzte tief und ich wusste, dass er schlief. Ich nippte an meinem Glas. Ich könnte bei ihm wohnen, hatte er mir vor ein paar

Stunden angeboten und schnell ein »vorübergehend« hinzugefügt, weil er wohl dachte, es würde mir dann leichter fallen, ja zu sagen.

Es hatte mich große Anstrengung gekostet, mich aus meiner letzten Beziehung zu befreien. Ich war ausgebrochen, obwohl es mir nach außen hin gut ging. Der Vater meiner Tochter war ein gut aussehender junger Anwalt aus einer wohlhabenden Familie. Es hatte schön angefangen und war dann doch sehr schnell an unvereinbaren Vorstellungen über ein gemeinsames Leben gescheitert. Ich wollte kein Leben als die Frau an seiner Seite. Ich wollte nicht in seinem Schatten stehen. Je stärker er mich in diese Rolle drängte, um so sicherer wurde ich, dass ich in dieser Beziehung fehl am Platze war. Ich hatte mich beim Auswärtigen Amt beworben, kam in die Endauswahl und wurde angenommen. Ich nahm die Kinder, packte zwei Koffer und zog nach Bonn. Ich lebte seit damals ohne feste Beziehung. Und ich war auch jetzt nicht bereit, mich auf eine feste Beziehung einzulassen, und Frank hielt ich bei aller Liebenswürdigkeit nicht einer dauerhaften Bindung fähig. Ich hatte Franks Angebot abgelehnt.

3

Freitag, 4. Februar. Die Morgenrunde findet jeden Dienstag und jeden Freitag statt. Sie beginnt um 9 Uhr 30. Unter Leitung des Botschafters nehmen an ihr die Leiter der Arbeitseinheiten teil. Die Morgenrunden existieren an fast allen deutschen Auslandsvertretungen. Sie dienen dem Informationsaustausch, der Koordinierung und der Aufgabenverteilung. In New York nennt man sie Elefantenrunde und in Bukarest die Muppet-Show. Dass dieser Ausdruck nicht zufällig entstanden war, lernte ich an diesem Freitagmorgen.

Die Show fand in einem abhörsicheren und fensterlosen niedrigen Raum im dritten Stock statt. Das Mobiliar bestand aus braunen Kordsesseln mit Chromgestell, wie sie vor zehn Jahren häufig auf Sperrmüllsammlungen zu finden waren. Ich machte eine Begrüßungsrunde bei den Anwesenden und setzte mich in eines der musealen Möbel.

Die Wilms trug heute ein dunkelblaues Kostüm und dazu den gleichen ernsthaften und pflichtbewussten Gesichtsausdruck wie am Vortag. Neben ihr saß ein gut aussehender Mann Anfang vierzig, der sich als Baltasar Jobst vorgestellt hatte. Er war der Leiter des hiesigen BND-Büros. Neben ihm saß

Thomas Heissenberg in einem tadellosen Anzug und lächelte mir verschwörerisch zu. Auf der anderen Seite eines niedrigen Holztisches saß ein grauhaariger älterer Mann, der sich mit sanfter Stimme und glasigen Augen als Walter Rauhbein vorgestellt hatte. Rauhbein war der Kanzler. Neben ihm saß der Militärattaché Hassler in Uniform. Die Rangabzeichen wiesen ihn als Oberstleutnant aus. Er unterhielt sich mit Wagenknecht, dem Konsul. Wagenknecht mochte etwa 35 Jahre alt sein. Er hatte schütteres blondes Haar und trug einen Kinnbart. Über seinem Hosengürtel wölbte sich ein Speckreifen. Neben ihm saß Dr. Binder und blätterte in einer dicken Akte. Kurz darauf kamen der Botschafter und ein ungemein korpulenter, mittelgroßer Mann herein. Der Dicke schloss schwitzend die äußere und innere Stahltür, durcheilte den Raum und setzte sich mit ungeheurer Wucht in den noch freien Sessel neben mich. Eine Wolke aus Alkoholdunst, Mundwasser, kaltem Rauch und Aftershave umfing mich und mir war nun klar, warum ausgerechnet der Platz, auf dem ich saß, bisher frei geblieben war.

Der Botschafter begrüßte die Runde, stellte mich offiziell vor und wies darauf hin, dass mein Nachbar, Herr Breitmeier, heute zum letzten Mal anwesend sei, womit er auf erschreckende Weise Recht behalten sollte. Zum Abschied von Breitmeier und zu meiner Einführung gebe er um 19 Uhr einen großen Empfang, zu dem auch der Kulturminister, der Fernsehchef und einige Staatssekretäre erwartet würden.

»Ich gehe davon aus, dass Sie alle kommen.«

Dann machte er einen kurzen Lagebericht. Als er geendet hatte, gab er das Wort an Dr. Binder weiter, der noch einige Details aus der Parteienlandschaft ergänzte.

Danach kündigte Militärattaché Hassler den Besuch einer rumänischen Militärdelegation in Bonn an.

»Außerdem, meine Herrn, musste ich heute Morgen erneut feststellen, dass sich jemand zum ich weiß nicht wievielten Male auf meinen Parkplatz gestellt hat. Diesmal handelt es sich um das Fahrzeug mit dem Kennzeichen CD 127 172.«

»Ich wusste gar nicht, dass das Ihr Parkplatz ist. Haben Sie den von der Stadt gekauft oder wie geht das?«

Das war Bremer, der Dolmetscher, ein zierlicher Mittvierziger.

»Herr Bremer, ich habe mit dem rumänischen Bewachungspersonal und mit Wissen des Kanzlers die Vereinbarung getroffen, dass mir dieser Platz frei gehalten wird.«

»Sie haben einem von diesen achtzehnjährigen Dorflümmeln eine Mark in die Hand gedrückt und gesagt: ›Hier parkt jetzt nur noch der General.‹ So geht's aber nicht, Herr Oberstleutnant. Wenn Sie vor der Tür parken wollen, müssen Sie früher aufstehen.«

»Aber meine Herrn«, meldete sich der Botschafter.

»Unverschämt. Sie wissen genau, dass ich durch einen Dienstunfall behindert bin.«

»Sie haben sich beim Jagen mit der eigenen Flinte den großen Zeh abgeschossen.« Jetzt hatte sich Breitmeier eingeschaltet.

»Zu der Jagd hatte der oberste Heeresgeneral der rumänischen Streitkräfte eingeladen«, erwiderte Hassler.

»Da kann man ja froh sein, dass Sie nicht mit schweren Waffen zu tun haben.« Das war Dr. Binder, der auch an der Front gegen den Militärattaché beteiligt war.

»Frau Dr. Wilms, bitte berichten Sie von den Gesprächen, die die Firma Trupp in der letzten Woche geführt hat.« Reuter unternahm einen neuen Versuch und tatsächlich wurde die Show kurzzeitig unterbrochen, entflammte jedoch wieder, als Breitmeier an die Reihe kam.

»Ich darf mich bei allen für die gute Zusammenarbeit in den Jahren meines Wirkens hier in Rumänien bedanken.«

»Schön, dass Sie auf Ihre alten Tage den Humor nicht verlieren«, hakte Heissenberg ein, der bislang geschwiegen hatte. Die Bemerkung rief bei der Mehrzahl der Anwesenden Gelächter hervor.

Breitmeier ließ sich nicht beirren.

»Ich werde auch nicht ganz aus Rumänien verschwinden, denn mein beliebtes Kulturquiz im rumänischen Fernsehen wird noch einige Monate ausgestrahlt. Die Sendungen wurden in den letzten Wochen aufgezeichnet.«

»Was, bitte, hat diese peinliche Personality-Show mit Kultur zu tun?«

»Herr von Böhnsen, ich weiß, dass ich aufgrund meiner Popularität und meines Erfolges Neider habe. Dass Sie dazugehören, ist in diesem Kreise hinlänglich bekannt.«

Die Typen hatten Stil. Genial, bissig und bösartig. So etwas hätte ich in diplomatischen Kreisen für völlig unmöglich gehalten. Kaum zu glauben, dass Herr Rauhbein, der Kanzler, bei dieser Vorstellung einfach einschlief. Unverständlich war auch, warum Reuter diese Umgangsformen hatte einreißen lassen. Es war kaum anzunehmen, dass er sich ebenso darüber amüsierte wie ich.

Nach dem Ende der Sitzung ging ich zu Breitmeier. Ich schilderte das Problem mit dem Büro und Nutzlers Übergangslösung.

»Sie können gleich rein. Ich habe alles geräumt. Kommen Sie mit.«

Er rannte die Treppe hinunter. Im ersten Stock rempelte er einen Mann an, der wie ein Hausmeistergehilfe aussah.

»Pass auf, Mann! Tomaten auf den Augen, was?«

Der Rumäne entschuldigte sich unterwürfig. Ich folgte dem Dicken bis ins Erdgeschoss. Vorbei an einer älteren Dame in seinem Vorzimmer stürmte er in sein Büro. Ich begrüßte die Vorzimmerdame, die sich als Magda Popescu vorstellte und mit einem merkwürdigen Akzent redete.

»Ich bin ursprünglich aus Temesvar und stamme aus einer deutschen Familie – Banater Schwaben, davon haben Sie bestimmt schon gehört.«

Ich nickte.

»Aber ich bin schon als Kind nach Bukarest gezogen. Meine Aufgabe ist die Auswertung der rumänischen Presse.«

Breitmeier ließ sich in den Schreibtischstuhl fallen und breitete die Arme aus. »Leer. Fast jedenfalls.« Er meinte offenbar sein Büro. Dann öffnete er den Schreibtisch und holte eine Flasche heraus.

»Wollen sie einen?«

»Nein.«

Er schenkte sich ein Whiskyglas zur Hälfte voll und stürzte den Inhalt hinunter. Er schob die Gardine zur Seite und spähte auf den Platz vor der Botschaft.

»Vom Schnapsbrennen verstehen sie was, die Rumänen. Nach der Morgenrunde brauche ich immer einen. Diese Kleingeister. Bewegen den ganzen Tag nur Aktendeckel. Ich bin doch der Einzige, der hier nach außen arbeitet. Mich kennt im Lande jeder. ›Das ist der Breitmeier. Der Deutsche mit dem Kulturquiz.‹ Das war kurz nach der Revolution. Da kamen die und sagten: ›Schickt uns einen, der weiß, wie man gute Unterhaltung macht, wir wollen weg von diesem Politkram.‹« Er holte die Flasche noch einmal hervor und goss sich ein zweites Glas ein.

»Da hab ich gesagt: ›Leute‹, hab ich gesagt, ›war lange genug beim WDR. Das kann ich euch zeigen, wie das geht.‹ Seitdem bin ich im Programm. Jeden Dienstag von 22 bis 23 Uhr, wenn kein Fußball ist.«

Nun hatte ich zwar vorläufig ein Büro, aber diese Lallbacke machte keine Anstalten, hinter dem Schreibtisch aufzustehen, schaute stattdessen ständig an den Gardinen vorbei, als erwarte er jemanden.

»Tja, schöne Geschichte. Dann wolln wir mal.« Ich stand auf und Breitmeier sah mich fragend an.

»Ach ja.« Er stand auf.

»Wo wohnen Sie eigentlich?«

»Im Sofitel.«

»Haben Sie schon einen Wagen?«

»Nein.«

»Da.«

Er legte einen Schlüssel auf den Tisch.

»Sie können meinen haben. Ich reise morgen aus. Der Wagen wird in zwei Wochen mit dem restlichen Umzug von einer Speditionsfirma abgeholt.«

Ich schaute ihn verdutzt an.

»Wissen Sie, Autos haben mir nie etwas bedeutet. Ein blauer Mercedes G, Baujahr 1991. Tolle Kiste. Sie werden sehen. Steht draußen vor der Tür. Sie können doch Auto fahren, oder?«

»Klar und danke«, sagte ich und griff mir den Schlüssel.

»Ach ja, eins noch. Heute Abend, fünf vor sieben. Können Sie mich da abholen? Das ist der einzige Termin, wo ich ihn eigentlich noch bräuchte. Ich wohne Rabat 10. Gleiche Straße wie die Botschaft. Paar Häuser weiter runter. Alles klar?«

»Fünf vor sieben«, sagte ich und er war endlich draußen. Ich öffnete die Fenster, um den Gestank von Alkohol und Rauch loszuwerden.

Freitags war um 14 Uhr Dienstschluss. Ich fand Breitmeiers Wagen vor der Visastelle. Es war mit Abstand das auffälligste Fahrzeug. Von wegen »Autos haben mir nie etwas bedeutet« – dieser Geländewagen hatte weit über 100.000 Mark gekostet. Aber warum verlieh er die Kiste so großzügig? Ich musste an sein Grinsen denken. Als ich den Wagen öffnete, kam mir die inzwischen hinlänglich bekannte Duftmischung aus Schnaps, Rauch und Rasierwasser entgegen. Das Wageninnere erinnerte mich eher an eine Müllkippe als an einen Luxusgeländewagen. Alte Zeitungen lagen vor und auf den Sitzen. Der Aschenbecher war randvoll und zahlreiche Zigarettenstummel waren herausgefallen. Vor dem Beifahrersitz lag ein umgippter Werkzeugkasten, dessen Inhalt auf dem Boden verteilt war. Dazwischen schaute der Hals einer Schnapsflasche hervor. Auf dem Armaturenbrett lag eine angebissene Lila Pause. Das Leder des Fahrersitzes war so speckig, dass ich mit dem Gedanken spielte, Breitmeier die Schlüssel zurückzugeben. Dann siegte die Vernunft und ich stieg gegen Ekelgefühle ankämpfend ein.

Am Fliegerdenkmal erreichte ich den Bulevardul Aviatorilor, bog am gleichnamigen Platz zum Triumphbogen ab, fuhr entlang des Herastrauparks zum Pressehaus und zu Dreiviertel um den dortigen Kreisel herum, gab kurz Gas und ließ den Wagen vor dem

Hotel stehen. Der weiße Dacia, der schon an der Botschaft hinter mir gewesen war, stand an der Hoteleinfahrt. Jetzt verstand ich Breitmeiers Grinsen. Er wurde beschattet und wollte die Jungs noch ein bisschen ärgern. Ich hatte nichts dagegen.

4

Um 18 Uhr weckte mich der Hotelservice. Ich hatte geschlafen wie eine Tote, was nach der letzten Nacht auch dringend nötig gewesen war. Ich duschte, zog ein kurzes, schwarzes Cocktailkleid an, legte ein Minimum an Farbe auf und zog den Mantel an. Der Dacia war immer noch da. Inzwischen hatte es angefangen zu schneien. Hoffentlich hatte das Auto Standheizung. Dass der Kerl hinter dem Steuer noch nicht erfroren war, merkte ich, als ich losfuhr. Der Dacia war dicht hinter mir.

Breitmeiers Villa war keine 200 Meter vom Botschaftsgelände entfernt. Er schien jede verfügbare Beleuchtung eingeschaltet zu haben. Ich parkte direkt vor der Einfahrt. Inzwischen hatte sich eine dünne, aber geschlossene Schneedecke über die Straße gelegt. Das Tor zu Breitmeiers Grundstück war nur angelehnt und ich trat ein. Auch die Haustür stand weit offen, was schon etwas seltsam war bei diesen Temperaturen. Ich schien auch keineswegs der erste Besucher des Abends zu sein, denn im frischen Schnee waren deutlich mehrere Spuren zu erkennen. Aus dem Haus drang sehr laute Musik. Es handelte sich um die Schlussakkorde des ersten Satzes von Tschaikowskis 1. Klavierkonzert. Breitmeier musste die

Anlage voll aufgedreht haben. Rufen war zwecklos. Sollte ich warten, bis sich die Philharmoniker beruhigt hatten? Ich ging durch den Flur auf die Quelle des übermäßigen Lärms zu, öffnete eine Flügeltür, durchschritt das Esszimmer, hinter dem sich ein riesiges Wohnzimmer befand. Breitmeier lag mitten im Raum bäuchlings auf dem Teppich. Den Oberkörper umgab eine beachtliche Blutlache. Ein Sessel und ein Teetisch waren umgeworfen. Ich stand regungslos und versuchte mich zu konzentrieren. Auf dem Boden lagen mehrere Patronenhülsen. Die Schlussakkorde zogen sich in die Länge. Erst als sie verklungen waren, konnte ich mich in Bewegung setzen. Ich ging um die Leiche herum und schaltete die Anlage aus, bevor der zweite Satz begann. Ich suchte das Telefon. Schließlich fand ich das schnurlose Gerät neben Breitmeier auf dem Teppich. Ich hob es auf und bemerkte, dass es blutverschmiert war. Anscheinend hatte er noch telefoniert. Ich drückte die Redial-Taste und notierte mir die Nummer, die im Display erschien, in Ermangelung eines Notizzettels in die Hand. Dann rief ich die Botschaft an. Nach endlosem Klingeln meldete sich einer der Grenzschutzbeamten. Ich erklärte die Situation und bat darum, sofort einen Arzt und den Botschafter zu verständigen und alle verfügbaren Grenzschützer herzuschicken, den Bereitschaftsdienst in die Botschaft zu beordern und einen Fotoapparat mit Blitzlicht mitzubringen.

Zwei Minuten später tauchten zwei Grenzschützer mit gezogenen Waffen auf. Sie blieben im Esszimmer stehen. Einer nahm ein Handy und wählte eine Nummer.

»Hallo Ulli, stimmt alles. Nein, kein Scherz. Mach jetzt, was sie gesagt hat.«

Zehn Minuten später fuhr Reuter in Begleitung von Heissenberg vor. Ich empfing beide an der Tür und führte sie ins Esszimmer. Reuter fasste sich an den Magen und schaute noch kränker aus als sonst.

»Herr Heissenberg, was machen wir denn jetzt?«

»Nichts anfassen, keinen reinlassen und ein ›citissime nachts‹ an 118.«

118 war das Referat für Geheimschutz und Sicherheit und ein ›citissime nachts‹ war ein Fernschreiben mit höchster Dringlichkeitsstufe, das seinem Empfänger sofort vorgelegt wurde, auch wenn dieser dazu aus dem Bett geholt werden musste.

»Ich nehme das in die Hand. Sie sollten zu Ihren Gästen zurück und Frau Valentin vorstellen. Herr Breitmeier wird ja jetzt keine Cocktailpartys mehr besuchen.«

5

Der Empfang schien ewig zu dauern. Breitmeiers Abwesenheit war von Reuter mit einem Unfall erklärt worden und hatte zu Erstaunen geführt. Ich hatte inzwischen schon weit über hundert Hände geschüttelt und dachte nur daran, wer den anscheinend nicht allzu beliebten Breitmeier einen Tag vor dem Ende seiner Mission ins Jenseits befördert hatte. Es würde interessant werden, die Entwicklung der nächsten Tage zu verfolgen. Ein Staatssekretär aus dem Finanzministerium erklärte mir seit fünf Minuten die Mechanismen bei der Privatisierung der rumänischen Industrie und ich versuchte mir Details des Tatorts in Erinnerung zu rufen. Das war nicht ganz einfach, denn ständig schob sich Breitmeiers Gesicht, die weit aufgerissenen Augen und der offene Mund, vor mein inneres Auge.

Der Staatssekretär fragte mich, was ich von diesem Modell hielt. Ich hatte keine Ahnung, wovon der Mann faselte, und antwortete ihm, dass ich das für einen sehr interessanten Ansatz halte, der sich in der Praxis aber noch bewähren müsse. Außerdem würde ich mich freuen, das Modell in den nächsten Monaten näher zu studieren. Er küsste meine Hand, schaute mich langsam von unten bis oben an und sagte, auch er würde gern einige neuere Modelle aus Deutschland studieren, ob man sich nicht demnächst einmal zusammensetzen solle. Sicherlich würde sich dazu eine Gelegenheit ergeben, erklärte ich und verabschiedete mich mit einem Lächeln.

Die Patronenhülsen hatten vom Esszimmer bis zur Stereoanlage verstreut gelegen. War der Täter auf sein Opfer zugegangen und hatte dabei Schuss um Schuss abgegeben? Eine Vorstellung, die mich intuitiv erschreckte. Um 21 Uhr kam Heissenberg in die Residenz und nahm sofort den Botschafter beiseite. Ich folgte beiden in die Bibliothek. Das Auswärtige Amt hatte prompt reagiert. Es wurde angeordnet, dass wir sofort das rumänische Außenministerium zu unterrichten hätten. Rumänischen Ermittlungsbehörden sei Zugang zu Breitmeiers Haus zu gewähren, jedoch ausschließlich im Beisein von Entsandten. Beweise am Tatort dürften durch rumänische Behörden sichergestellt werden. Mit der nächsten Lufthansamaschine träfen zwei Beamte des BKA ein, die die Befragung von Botschaftsangehörigen übernehmen sollten. Zum Abschluss wurde die Botschaft dazu aufgefordert, bei weiteren Entscheidungen das Amt zu beteiligen.

»Das rumänische Außenministerium ist heute Abend hier mit Direktor Gancea vertreten. Ob wir ihn jetzt informieren sollten, was meinen Sie, Herr Heissenberg?«

Der Botschafter schien verunsichert. Heissenberg war anscheinend seine Stütze.

Heissenberg, der die Idee unterstützte, verließ die Bibliothek und kam kurz darauf mit Gancea zurück. Der wurde informiert und veranlasste das Nötige.

Die Cocktailparty löste sich allmählich auf. Dennoch wurde es 22 Uhr 30, bis der letzte Gast gegangen war und wir erneut am Tatort eintrafen. Fast zeitgleich erschien die rumänische Polizei. Aus einem Polizei-Dacia stiegen zwei Personen, die vor dem Haus auf uns zukamen.

»Polizeimaior Feilinger«, stellte sich einer der beiden vor. Er war von kleiner Statur, hatte einen Bauchansatz und mochte Anfang fünfzig sein. Er hatte eine gelb-rötliche Gesichtsfarbe, die man häufig bei schweren Rauchern und Trinkern findet. Die Stirn war gerade und hoch, die Nase hatte die Form eines Hakens und die Mundwinkel waren heruntergezogen. Die Augen waren klein und in dauernder Bewegung. Feilinger trug einen braunen Anzug mit Stoffkrawatte. Seine graumelierten Haare waren fettig. Er hatte einen mürrischen Gesichtsausdruck.

Erst später wurde mir bewusst, dass das keineswegs mit diesem Fall zusammenhing. Er musste sich diesen Gesichtsausdruck schon vor langer Zeit angewöhnt haben, so dass die heruntergezogenen Mundwinkel auch in den seltenen Fällen noch dominierend wirkten, wenn er grinste.

»Das ist mein Mitarbeiter, Sergent Natea.« Feilinger deutete auf einen circa 30-jährigen bulligen Mann, der ihn um zwei Köpfe überragte und sich hinter ihm hielt, als wolle er dem Inspektor den Rücken freihalten.

»Sie sprechen deutsch?«

»So wie Sie, junge Frau. Es ist meine Muttersprache.«

Ich hatte von der deutschen Minderheit, von den Siebenbürger Sachsen und Banater Schwaben gehört, die trotz aller Bemühungen seitens der Bundesregierung zumeist das Land verlassen hatten, in dem ihre Ahnen teilweise schon seit dem 13. Jahrhundert ansässig waren. Feilinger war Siebenbürger Sachse, 1945 in Hermannstadt geboren, wie er mir später einmal erzählte. Er sei mit den Ermittlungen beauftragt worden, um der deutschen Seite die Verständigung zu erleichtern. Der Botschafter bedankte sich sogleich für dieses Entgegenkommen.

Feilinger verlangte dann den Tatort zu sehen. Er wollte Auskunft über den Toten und darüber, wer die Leiche wann entdeckt habe. Heissenberg beantwortete die Fragen zur Person des Ermordeten.

»War er verheiratet?«

Erst jetzt fiel auf, dass noch niemand an Breitmeiers Frau gedacht hatte.

Der Botschafter erklärte, dass Frau Breitmeier für heute Abend abgesagt habe, um sich von ihren Kindern zu verabschieden. Sie betreue nämlich ein Heim für Waisenkinder am Nordbahnhof und sei für ihr langjähriges Engagement auch schon mit dem Bundesverdienstkreuz ausgezeichnet worden.

Zehn Minuten später kam die Verdienstvolle nach Hause. Der Botschafter, von einem Grenzschutzbeamten alarmiert, eilte ihr entgegen, fing sie in der Diele ab, konnte sie jedoch nicht aufhalten. Die kleine rundliche Frau stürzte in das Wohnzimmer, sah ihren Mann in seinem Blut liegen und brach weinend über ihm zusammen. Reuter versuchte vergeblich sie zu beruhigen.

Der Vertrauensarzt der Botschaft, ein Rumäne, der in Leipzig studiert hatte, als Ceausescu mit den sozialistischen Bruderstaaten noch freundschaftliche Beziehungen pflegte und der bereits offiziell Breitmeiers Tod festgestellt hatte, war mit einer Beruhigungsspritze zur Stelle. Danach wurde Frau Breitmeier von ihrer Freundin Frau Reichelt, der Frau des Zahlstellenleiters der Botschaft, abgeholt. Inzwischen war auch die Spurensicherung eingetroffen sowie ein

Gerichtsmediziner. Der Botschafter beschloss, am folgenden Samstag eine außerplanmäßige Morgenrunde einzuberufen, und gab einem Grenzschützer den Auftrag, das Haus bis auf weiteres mit zwei Kollegen zu bewachen. Reuter fuhr nach Hause und ich beantwortete Feilingers Fragen.

»18 Uhr 55 haben Sie das Haus betreten und die Leiche gefunden. Eine Minute später hat die Musik aufgehört. Tschaikowskis 1. Klavierkonzert, sagten Sie. Der erste Satz, wie lange dauert der etwa?«

»Das steht auf dem Cover und das liegt neben dem Plattenspieler.«

Der Gehilfe des Inspektors brachte das Cover. Es handelte sich um eine ältere Aufnahme von van Cliburn.

»20 Minuten, 15 Sekunden.«

»Dann müsste der Mord also zwischen 6 Uhr 35 und fünf vor sieben stattgefunden haben.«

»Dieses Konzert enthält so viele Fortissimo-Stellen, dass der Mörder ausreichend Gelegenheit hatte, Schüsse abzugeben, ohne dass es draußen sonderlich auffiel.«

Um zwei Uhr morgens wurde die Leiche abtransportiert. Heissenberg verabschiedete sich. Feilinger bedankte sich bei mir. Er holte eine Zigarette aus einer verbeulten Packung, zog einen Teil seiner Oberlippe hoch, so dass eine kleine Öffnung für die filterlose Carpaţi entstand. Dann legte er die linke Hand schützend um die Flamme eines alten Benzinfeuerzeugs und zündete die Zigarette an.

»Die Tür war nicht aufgebrochen. Wahrscheinlich hat er seinem Mörder selbst geöffnet. Gestohlen wurde ja anscheinend auch nichts. Ich sage Ihnen, es war kein Fremder. Breitmeier kannte seinen Mörder. Es ist also nicht ausgeschlossen, dass der Täter im Umfeld der Botschaft zu suchen ist. Das führt mich zu der Frage nach dem Motiv. Das müsste ich jetzt eigentlich herausfinden, und da sind wir bei dem ersten Problem.«

Feilinger wollte damit wohl andeuten, dass Diplomaten einem besonderen Schutz unterliegen und dass er das Botschaftsgebäude sowie das Breitmeiersche Haus nur mit Genehmigung des Botschafters betreten durfte.

»Die Befragung der Botschaftsangehörigen wird morgen durch zwei deutsche Kriminalbeamte beginnen. Ich bin ganz sicher, dass man Ihnen die Ergebnisse zur Verfügung stellen wird.«

Meine Antwort schien ihn nicht zu überraschen, aber auch nicht zu befriedigen. Als ich vor die Tür der Breitmeierschen Villa trat, stellte ich fest, dass die Straße inzwischen von einer dicken Schneedecke bedeckt war. Die Spuren im Schnee waren längst zertrampelt und mit einer neuen Schneeschicht bedeckt.

6

Samstag, 5. Februar. Am nächsten Morgen schneite es immer noch. Ich machte einige Dehnübungen. Nach dem Frühstück ging ich zu dem Mercedes. Es lag eine vierzig Zentimeter hohe Schneedecke auf der Straße und der Verkehr hatte deutlich abgenommen. Breitmeiers Mercedes war unter all den anderen zugeschneiten Fahrzeugen schon aufgrund seiner Größe deutlich zu erkennen. Ich öffnete die Fahrertür und suchte einen Besen oder ähnliches, um den Wagen vom Schnee zu befreien. Unter dem Sitz fand ich eine leere Ginflasche. Vor dem Beifahrersitz lag ein Berg von Abfall – zerknülltes Papier, leere Kekspackungen. Ich faltete einige der Zettel auseinander. »Bezahl oder stirb – du hast noch 7 Tage«, hatte da jemand in rumänischer Sprache zusammengeklebt und abfotokopiert. Ich stutzte und dachte nach. Dann suchte ich weiter und wurde noch zweimal fündig. Der Text war immer der gleiche, nur die Frist lautete einmal auf fünf und einmal auf zwei Tage. Breitmeier war anscheinend erpresst worden. Große Beachtung hatte er den Drohbriefen jedoch offenbar nicht geschenkt, denn sie waren zerknüllt und dort gelandet, wo Breitmeier auch seinen anderen Müll deponierte: vor dem Beifahrersitz.

Im Gepäckraum befanden sich drei Kisten mit Autoteilen. Ich fand auch einen Handbesen und eine fast leere Flasche – diesmal war es Whisky.

Die Morgenrunde fand mit erheblicher Verspätung statt, da die Anfahrt aus einigen entfernteren Stadtteilen anscheinend recht abenteuerlich gewesen war. Die meisten Kollegen waren neugierig darauf, von mir im Originalton zu hören, wie ich Breitmeier gefunden hatte.

Gegen zehn konnte der Botschafter die Morgenrunde eröffnen. Er fasste die wesentlichen Ereignisse der vergangenen Nacht zusammen. Er bat die Anwesenden, sich nach Eintreffen der Ermittler des BKA für Befragungen bereitzuhalten.

»Was heißt denn hier Befragungen? Glauben Sie etwa, dass einer von uns…? He, he, he, zu schön, vielleicht der General, he, he, he.«

»Herr von Böhnsen, ich verbitte mir Ihre Anzüglichkeiten«, protestierte Oberstleutnant Hassler. »Ich werde in der Tat eine Aussage zu machen haben, auch wenn das dem einen oder anderen hier nicht passt. Diesmal wird man meinem Verdacht nachgehen müssen.«

»Auch damals ist man Ihren Hinweisen nachgegangen«, mischte sich Jobst vom BND ein. »Es gab keinerlei Indizien dafür, dass Breitmeier zu irgendeinem Zeitpunkt für die Rumänen gearbeitet hat.«

»Lächerlich. Da hat sich der BND doch wieder hinters Licht führen lassen«, widersprach Hassler.

Jobst grinste. Er leitete das Bukarester Büro des Bundesnachrichtendienstes, war als Diplomat angemeldet und nahm an den Morgenrunden teil. Offiziell war er zweiter Sekretär in der politischen Abteilung. Tatsächlich hatte er den Rang eines Oberst und residierte mit Wohnung und Büro in einer Villa zwischen Botschaft und Breitmeiers Haus.

»Darauf brauch ich ja wohl nicht einzugehen.«

»Bleibt aber festzuhalten, dass Rache für Landesverrat – wenn auch leider kein nachgewiesener Landesverrat – durchaus ein Motiv für einen ehrbaren Offizier sein könnte.« Von Böhnsen schien sich auf den Militärattaché eingeschossen zu haben.

»Da ist zumindest noch ein weiteres Motiv.« Das war Wagenknecht, der Leiter der Rechts- und Konsularabteilung, der feist grinste und sich bislang aus allem herausgehalten hatte.

»Und das wäre?«

»Die gerechte Strafe für fortwährende Beleidigung des Kulturreferenten.«

»Sie meinen, dieser Kretin hätte mich beleidigen können? Lächerlich.«

»Nun, ich erinnere an die Szene, als der österreichische Botschafter zum Abschied seines Kulturreferenten bekannt gab, dass die österreichische Botschaft in Zukunft ohne einen Kulturreferenten auskommen müsse, weil die Stelle gestrichen worden sei. Damals sagte Breitmeier vor versammeltem diplomatischem Corps – laut genug, damit es jeder hören konnte: ›Damit sind die Österreicher immer noch besser dran als wir Deutschen.‹ Worauf Sie, Herr von Böhnsen, sagten: ›Wenn diese Ratte satisfaktionsfähig wäre, hätte ich sie schon längst zum Duell gefordert.‹«

Heissenberg meldete sich zu Wort: »Hören wir doch auf mit diesen Verdächtigungen. Mir fallen mindestens noch drei gute Motive ein und ich darf doch wohl feststellen, dass hier im Raum dem Ermordeten niemand eine Träne nachweinen wird. Zum Glück ist es aber nicht unsere Aufgabe, Verdächtigungen zu äußern. Das können wir den Profis überlassen, die in etwa drei Stunden hier eintreffen werden. Ich möchte vielmehr noch wissen, wie wir den Mord gegenüber der rumänischen Öffentlichkeit darstellen. Wir brauchen eine Sprachregelung, denn eines ist sicher: Sobald die Nachricht vom Ableben des berühmten Quizmasters raus ist, werden hier die Telefone nicht mehr stillstehen.«

»Ich danke Ihnen, Herr Heissenberg. Unsere Trauer und Betroffenheit sollten wir gegenüber der Presse zum Ausdruck bringen und Breitmeiers Verdienste für die Entwicklung der bilateralen Beziehungen, vor allem auf dem Gebiet der Kultur, würdigen. Ich wäre Ihnen, Herr Heissenberg, übrigens dankbar, wenn Sie dazu ein kurzes Kommuniqué entwerfen würden.«

Heissenberg schien wirklich der Einzige zu sein, dem der Botschafter Vertrauen schenkte.

»Ansonsten bitte ich alle Anwesenden, dass sie sich nach Eintreffen der Polizei bereithalten. Sicher wird man Ihnen Fragen stellen wollen.«

Der Botschafter beendete die Sitzung.

»Wenn die mal kommen. Ich habe da so meine Zweifel. Wir waren in den letzten fünf Jahren mehr als einmal völlig eingeschneit.«

Bremer sollte mit seiner Befürchtung Recht behalten: Nutzler, der draußen am Flughafen wartete, rief eine Stunde nach der planmäßigen Ankunftszeit der Lufthansamaschine an und teilte mit, diese sei nach Wien umgeleitet worden. Bukarest sei für internationalen Flugverkehr gesperrt.

Und es schneite immer noch.

»Was machen wir denn jetzt?« Binder hatte Nutzlers Anruf im Vorzimmer des Botschafters entgegengenommen.

»Wir berichten und warten auf Weisung.« Heissenberg schaute Frau Dunkel an, die seufzte und den PC anschmiss.

Im Vorzimmer des Botschafters war eine Art Krisenzentrum entstanden und alle, die nicht schon wieder nach Hause gefahren waren, hatten sich hier zum Kaffee versammelt. Heissenberg hatte seinen Bericht abgesetzt. Bremer hatte ohnehin Bereitschaftsdienst und Frau Dunkel, die Matrone mit rotblond gefärbten kurzen Haaren, war anscheinend immer im Vorzimmer, wenn Reuter auch nur in die Nähe der Botschaft kam.

Um 14 Uhr, der Bericht war gerade eine halbe Stunde weg, klingelte das Telefon. Es war der Leiter des Sicherheitsreferats des Auswärtigen Amtes, der den Botschafter zu sprechen wünschte. Frau Dunkel stellte durch. Heissenberg hatte sich inzwischen eine rumänische Zeitung gegriffen. Das Gespräch dauerte zwanzig Minuten. Danach kam Reuter in das Vorzimmer. Wir schauten ihn erwartungsvoll an.

»Also«, begann er. »Es ist entschieden worden, dass wir bis zum Eintreffen der Kriminalbeamten einen Referenten benennen, der wichtige Aussagen im Zusammenhang mit dem Mord sammelt. Da der Mörder durchaus aus dem Kreis des Botschaftspersonals stammen kann, habe ich vorgeschlagen, dass eine gänzlich unbelastete Person dies übernimmt. Frau Dr. Valentin, Sie sind bis auf weiteres von Ihrer Arbeit freigestellt und kümmern sich um alles, was mit diesem Fall zu tun hat. Sprechen Sie mit den Kollegen über deren Beobachtungen und kümmern Sie sich um diesen Feilinger.«

Ich schluckte. Eigentlich hatte ich keine Lust, mich in diesen Sumpf zu begeben. Das Privatleben anderer Leute, ihre Feindschaften und Intrigen waren mir egal. Andererseits hatte ich nicht vor, bei meinem ersten Auftrag gleich zu kneifen. Außerdem handelte es sich um einen Auftrag des Botschafters. Ihn abzulehnen wäre eine Art Befehlsverweigerung gewesen. Hinzu kam, dass mich diese irren Typen, ihre schrullig-bissige Art, faszinierten. In der Abgeschiedenheit einer unbedeutenden kleinen Botschaft schien es – aus mir völlig unverständlichen Gründen – ihr Hauptziel zu sein, sich gegenseitig in die Pfanne zu hauen. Eine Situation, die so absurd war, dass ich sie schon wieder amüsant fand.

»Na, das kann ja heiter werden«, sagte ich also und versuchte zu begreifen, was dieser Auftrag für mich bedeutete.

»Gratuliere, Frau Kommissarin.« Heissenberg hatte sein zynisches Lächeln aufgesetzt, das wohl Überlegenheit symbolisieren sollte, aber in mir eher den Verdacht keimen ließ, dass er darunter litt, von Reuter für diesen Auftrag nicht ausgesucht worden zu sein.

7

»9-Millimeter-Vollmantelgeschosse. Sechs Einschüsse im Bereich von Brust und Schulter. Alles Durchschüsse. Vier Kugeln haben wir aus der Wand geholt und zwei aus dem Parkett. Die wurden von oben auf das bereits liegende Opfer geschossen.«

Feilinger stand im Durchgang zwischen Esszimmer und Wohnzimmer. Er hatte eine Zigarette im Mundwinkel und trug den gleichen Anzug wie am Vorabend. Selbst die Krawatte war die gleiche. Nur das Hemd schien frisch zu sein. Er klatschte in die Hände. Dann ging er zwei Schritte rückwärts, klatschte erneut und wiederholte diese Prozedur, bis er an den Schrank mit der Stereoanlage stieß. Dann klatschte er noch zweimal in die Hände.

»Breitmeier ist auf seinen Mörder zugegangen, selbst dann noch, als er schon drei Kugeln in der Brust hatte, und der Mörder wich zurück. Deshalb sind die Patronenhülsen von der Treppe durch den ganzen Raum bis zur Stereoanlage verteilt. Fast hätte er seinen Mörder wohl noch erreicht. Zwischen der Leiche und der Stereoanlage, wo die letzten Patronenhülsen lagen, waren kaum mehr zwei Meter Platz. Nach der vierten Kugel ist er umgefallen und der Täter hat ihm dann den Rest gegeben. Das sieht nach

Hass oder Leidenschaft aus. So arbeitet jedenfalls kein Profi.«

»Haben Sie die Waffe?«

»Nein, wir haben heute Morgen die Vorgärten der Umgebung abgesucht. Häufig will sich der Mörder nach der Tat möglichst schnell von der Waffe trennen und wirft sie achtlos weg oder versteckt sie nur mangelhaft. Wir haben nichts gefunden.«

»Haben Sie sonst irgendetwas von Interesse?«

»Die Obduktion war reine Routine. Ein Schuss hat den Herzmuskel verletzt. Das hat letztlich zum Tod geführt. Es kann der erste oder der letzte Schuss gewesen sein. Das lässt sich nicht feststellen.« Feilinger warf den erloschenen Zigarettenstummel in den Kamin, zog ein zerknautschtes Päckchen Carpaţi aus dem Mantel und zündete sich eine neue Zigarette an, die nach dem ersten Zug in den Mundwinkel wanderte, der wie immer leicht nach unten gezogen war.

»Wie geht es nun weiter?«, wollte er wissen.

»Sie sind der Kriminalist.«

»Sie wissen genau, was ich meine. Der Mörder ist von Breitmeier in die Wohnung gelassen worden – ein Bekannter also. Ich habe keinerlei Anhaltspunkte über ein Motiv. Ich weiß nichts von dem Ermordeten. Alle Personen, an die ich mich zunächst halten würde, stehen unter diplomatischer Immunität. Bis Ihre Kriminalisten aus Deutschland kommen, können die wichtigsten Spuren verwischt sein. Der Täter kann sich in aller Ruhe an die Aufräumarbeit machen und ich muss dabei zuschauen.«

»Das Wiener Übereinkommen schützt die Diplomaten vor dem Zugriff der Polizei und der Gerichte des Gaststaates. Sie dürfen niemanden verhaften, aber Sie dürfen die betreffenden Personen befragen.«

»Ich habe keinerlei Druckmittel. Wer nichts sagen will, der lässt es bleiben. Für Ihren Botschafter wäre es eine Kleinigkeit, beim rumänischen Außenminister meine Abberufung zu erreichen, wenn ihm das Ergebnis meiner Arbeit oder meine Arbeitsmethode nicht gefällt – im Interesse der deutsch-rumänischen Beziehungen, versteht sich.«

»Warum sollte er? Wir sind an der Aufklärung des Falles ebenso interessiert wie Sie.«

»Frau Valentin, wie lange sind Sie jetzt in Rumänien, 48 Stunden?«

»Na und?«

»Wenn Sie in den Fall einsteigen, werden Sie bald merken, wie kompliziert die Dinge liegen.«

»Was meinen Sie damit?«

»Sie werden sehen.«

Feilinger war im Begriff zu gehen.

»Wo würden Sie an meiner Stelle denn anfangen?«, fragte ich.

»Bei Breitmeiers Frau.«

»Glauben Sie, dass Breitmeier nach der sechsten Kugel noch telefoniert hat?«

»Unsinn, wie kommen Sie denn darauf?«

»Das Telefon war blutverschmiert, hat das ihre Spurensicherung nicht entdeckt?«

Feilinger betrachtete das schnurlose Telefon. Es wies keinerlei Spur von Blut auf.

»Sie müssen sich irren.«

Sergent Natea öffnete seinem Chef die Wagentür zum Fond des Dacia. Die Geste wirkte lächerlich. Sie hätte zu einem Mercedes gepasst, aber nicht zu der rumänischen Renault-Imitation. Der Wagen fuhr an und hielt nach einigen Metern wieder. Feilinger leierte das Fenster herunter und wartete, bis ich an ihm vorbeilief.

»Eigentlich müssten Sie bei ihrem Kollegen Jobst anfangen, aber das wird nichts bringen. Sie sehen, wie kompliziert die Dinge liegen.« Er schloss das Fenster und der Dacia quälte sich über die verschneite Straße.

Feilinger war offensichtlich darüber enttäuscht, dass die Profis aus Deutschland nicht eingetroffen waren, und sah in mir einen blutigen Anfänger, einen Laien. Ich war neu in Rumänien und hatte keine Ahnung von Polizeiarbeit. Man konnte ihm seine Einstellung nicht einmal verübeln.

Frank hatte einen Stapel von rumänischen Pässen und Visaanträgen vor sich liegen.

»Schau dir den mal an.«

Er reichte mir einen nagelneuen rumänischen Pass auf den Namen Gheorghe Dumitrescu und das dazugehörige Einladungsschreiben eines Ferdinand Meierhofer aus München, beglaubigt von der dortigen Ausländerbehörde sowie einen Visumsantrag und die beglaubigte Arbeitsbestätigung einer rumänischen Firma. Dumitrescu war 22 Jahre alt und wurde von Meierhofer für drei Monate zu einem Deutschlandbesuch eingeladen.

»Meierhofer versicherte, dass er für die Kosten im Zusammenhang mit dem Besuch bürge. Dumitrescus Arbeitgeber war mit einem Sonderurlaub von drei Monaten einverstanden und der orthodoxe Pope von Rimnicu Valcea bestätigt, dass Gheorghe Dumitrescu am 12. Januar 1975 geboren wurde, und eine ordnungsgemäße Krankenversicherung lag auch vor.«

»Na und – ein Rumäne will ein paar Wochen nach Deutschland.«

»Dagegen wäre nichts zu sagen, auch wenn wir davon ausgehen können, dass Herr Meierhofer aller

Wahrscheinlichkeit nach nicht mit dem guten Gheorghe zum Starnberger See oder nach Garmisch fahren wird. Dumitrescu wird wahrscheinlich auf einer Baustelle einen miserabel bezahlten Job annehmen und dennoch nach drei Monaten mehr Geld in der Tasche haben als nach zwei Jahren Arbeit in Rumänien. Aber vielleicht will er gar nicht arbeiten, sondern führt anderes im Schilde. Du bist doch jetzt hier zur Chefkommissarin ernannt worden«, grinste er.

»Da wird es Zeit, dass du ein paar kriminelle Machenschaften kennen lernst und dein Gespür dafür schulst, wie trickreich deine Zeitgenossen sind, wie schlecht die Welt ist und so weiter.«

Er holte eine zweite Tasse aus einem Schrank und goss mir Tee ein. »Nuwara Eliya. Ceylonesisches Hochland – ein Spitzentee.«

»Also erzähl schon, großer Meister. Lass mich an deinem kriminalistischen Spürsinn teilhaben.«

Er räumte eine Ecke des überquellenden Schreibtisches frei.

»Nun gut, Miss Marple. Hier haben wir erst einmal einen neuen Pass. Das ist schon mal verdächtig. Was ist mit dem alten Pass? Kann er den nicht mehr verwenden, weil irgendeine Behörde bei einer Ausweisung einen Stempel hineingedrückt hat?«

»Der ist doch erst 22. Vielleicht ist es sein erster Pass. Vielleicht war er noch nie im Ausland.«

»Vielleicht. Dazu haben wir ja unseren Computer.«

Frank schwenkte den Bildschirm seines PCs so, dass ich ihn einsehen konnte. »Dieses Programm ist mit einem Großrechner in Straßburg verbunden, wo alle Visabewerber, die in die Schengen-Staaten eingereist sind, gespeichert werden. Wurde ein visapflichtiger Besucher in Deutschland, Frankreich, Italien oder den Beneluxstaaten aus irgendeinem Grund abgeschoben, so erhält er einen Sperrvermerk im Schengen-Computer und wir dürfen kein Visum erteilen. Wir schauen jetzt mal unter Dumitrescu.«

Frank gab den Namen ein. Das Programm meldete 2973 Einträge.

»Das ist nämlich nicht gerade ein seltener Name in Rumänien. Wir geben nun den Vornamen dazu.« Er wartete einige Sekunden. »Und jetzt haben wir immer noch 211 Einträge. Deshalb nehmen wir noch das Geburtsdatum und...« Frank wartete, bis der Bildschirm sich wieder aufbaute. »... siehe da: keine negativen Einträge.«

»Was willst du mir eigentlich zeigen?«

»Schau. Zu diesem Zeitpunkt hätten wir das Visum eigentlich ausstellen können. Ich habe das Programm aber noch mal laufen lassen. Diesmal nur mit Dumitrescu, ohne Vornamen, aber mit Geburtsdatum 15.1.1975.« Er gab die Daten ein. Der Computer brauchte einige Sekunden. Dann erschien der Name Dumitrescu, Vlad, 15.1.1975 mit einem Sperrvermerk der Kripo München.

»Sollte unser Gheorghe früher einmal Vlad geheißen haben? Darüber gibt ein Fax der Münchner Kripo Aufschluss. Vlad ist nämlich erkennungsdienstlich behandelt worden. Da schau.«

Frank legte das Fax mit den beiden Fotos neben den Visumsantrag. Trotz der schlechten Qualität war die Übereinstimmung der Personen offensichtlich.

»Und die Einladung?«

»Ein Rentner, der versucht, sein spärliches Einkommen aufzubessern, indem er auf Bestellung von Mittlern oder Schleppern Verpflichtungserklärungen abgibt, denen er im Ernstfall gar nicht nachkommen könnte.«

»Die Geburtsurkunde hat er gefälscht.«

»Ja, das war sein Fehler. Er hätte sich bei seinem Popen eine neue kaufen sollen mit neuem Geburtsdatum. Dann hätte ich nichts gemerkt. Aber wahrscheinlich wollte er sich die Ausgaben sparen und hat den Vlad einfach getilgt, dann eine Kopie gemacht und sie sich von irgendeiner Behörde für ein paar Lei bestätigen lassen.«

»Was hat er denn ausgefressen?«

»1993 legale Einreise, Raub, Abschiebung. 1994 illegale Einreise, Einbruch, verurteilt zu drei Jahren Jugendstrafe, 1995 Abschiebung.«

Frank nahm einen Stempel, drückte ihn auf ein Stempelkissen und schlug ihn mit Wucht in Dumitrescus neuen Pass.

»Mit dem Pass macht der keinen Schritt mehr über Rumäniens Grenze.«

»Macht ihr diese Prozedur bei allen Antragstellern?«

»Wo denkst du hin? Bei 500 Anträgen täglich und in Spitzenzeiten wie vor Weihnachten und im Sommer sogar bis zu 1000 Anträgen pro Tag, da können wir nur Stichproben machen. Der Rest wird nur routinemäßig behandelt.«

»Frank, ich bin beeindruckt.«

Ich wollte mit ihm über meinen Spezialauftrag reden. »Reuter wollte jemanden, der gänzlich ohne vorgefasste Meinung an die Sache herangeht.«

»Was willst du denn jetzt machen?«

»Weiß nicht genau. Jedenfalls brauche ich jemanden, der mir hilft. Willst du mein Dr. Watson sein?«

»Nein, es kann nur einen geben.«

»Bitte.«

»Neben dir würde jeder Dr. Watson zum Harry werden.«

»Dann hol' schon mal den Wagen.«

Ich erzählte Frank von meinem Ortstermin mit Feilinger.

»Breitmeiers Frau und Jobst«, wiederholte er, als ich geendet hatte.

»Zu Jobst kann ich nichts sagen, aber was Breitmeiers Frau angeht, kann ich mir denken, was dahinter steckt. Breitmeier hatte eine Geliebte.«

Ich starrte ihn ungläubig an.

»Der Typ war absolut widerlich.«

»Er hatte eine Mitarbeiterin, die für ihn die rumänische Presse ausgewertet hat – Frau Mikasch. Sie ist ungefähr 40 Jahre alt und gehört zum Typ ›Mauerblümchen‹ – wenn auch ein recht kräftiges Blümchen. Sie hat ihn bewundert. Mehr noch, sie hat ihn angehimmelt. Die beiden haben zusammen auch dieses Kulturquiz moderiert. Breitmeier konnte nämlich kaum ein Wort rumänisch. Sie hat ihn gedolmetscht.«

»Und wie stand er zu dieser Frau Mikasch?«

»Zunächst dachte ich, er nutzt sie aus, wie er alle ausgenutzt hat. Aber dann stellte sich heraus, dass es doch etwas Ernsteres ist, denn er hatte vor, sie mit nach Bonn zu nehmen. Sie hat ihren Job gekündigt und ist zum rumänischen Außenministerium gewechselt und sollte an die rumänische Botschaft in Bonn versetzt werden.«

»Das war so einfach möglich?«

»Mit Breitmeiers Einfluss war das anscheinend kein Problem. Er kannte doch alle hier, bis hinauf zum Außenminister.«

»Und Breitmeiers Frau?«

»Ich kann mir nicht vorstellen, dass sie es nicht gewusst hat. Alle wussten es und Breitmeier hat sich auch nicht sonderlich angestrengt, die Beziehung zu verheimlichen. Seine Frau hat sich ihre eigene Welt aufgebaut. Die war ständig mit irgendwelchen Waisenkindern zugange. Die war von morgens bis abends unterwegs. Es ging das Bonmot um, die beiden träfen sich nur im Abendprogramm. Es kam nämlich bisweilen vor, dass über eines ihrer Projekte berichtet wurde und kurz darauf dieses alberne Quiz übertragen wurde.«

»Das ist zwar eine interessante Geschichte, aber ein Motiv für einen Mord sehe ich da nicht. Die schienen sich doch zu dritt ganz gut eingerichtet zu haben.«

»Hier in Bukarest schon. Vielleicht hat der bevorstehende Umzug nach Bonn eine der beiden Frauen überfordert und die hat dann in einer Kurzschlussreaktion…«

»Wenig plausibel, deine Geschichte.«

»Ich habe eben kein Talent zum Kommissar.«

8

Sonntag, 6. Februar. Frank Messer hatte andere Talente, und als ich am Sonntagmorgen um 11 Uhr seine Wohnung verließ, machte ich mir Vorwürfe. Das war nun schon die zweite Nacht und ich hatte keineswegs vor, mich hier an einen Mann zu binden. Auch nicht an einen, den ich mochte. Unten an der Treppe kam mir die Vermieterin entgegen. Sie trug einen hautengen Lederrock, ein viel zu knappes T-Shirt, hatte gut ein Kilo Modeschmuck um den Hals hängen und würdigte mich keines Blickes.

»Heute kann er die Miete wahrscheinlich auch nicht zahlen«, sagte ich. Danach prasselte ein rumänischer Redeschwall auf mich los, den ich nicht verstand.

Ich hatte den Stadtplan aufgeschlagen neben mir liegen und mich trotzdem schon zweimal verfahren. Das lag daran, dass die Straßenkarten allesamt aus den achtziger Jahren stammten, viele Straßennamen aber nach der sogenannten Revolution von 1989, bei der es sich wohl eher um einen Putsch reformorientierter Kommunisten als um einen Volksaufstand gehandelt hatte, geändert worden waren. Außerdem hatte es wieder angefangen zu schneien und man konnte kaum die Hand vor den Augen sehen.

Nach einer mühsamen Suche fand ich schließlich den Diplomatenblock in der Strada Eminescu. Hier hatte man früher die Diplomaten zusammengepfercht, um sie besser überwachen zu können. In Ermangelung neuen Wohnraums wohnten heute noch die meisten Ausländer in diesen Blocks. Als ich durch ein nach Urin stinkendes Treppenhaus in den siebten Stock gestiegen war, weil keiner der drei Aufzüge funktionierte, war ich überrascht, als mich Frau Reichelt in eine großzügige und helle Wohnung führte. Diese war allerdings mit einem Sammelsurium an Möbeln, Andenken und Tand voll gestellt, wie man es häufig bei älteren Diplomaten findet. Afghanische Wandteppiche hingen neben einem argentinischen Pferdesattel. Auf dem Wohnzimmerschrank bescheinigte ein polierter Pokal, dass Herr Reichelt 1972 beim Diplomatentennisturnier in Bamako den dritten Platz belegt hatte.

Die Wohnung war blitzblank und aufgeräumt.

Ich stellte mich vor, erwischte mich dabei, wie ich mich auf den Moment freute, an dem ich diesen Spießerpalast wieder würde verlassen können, und erklärte Frau Reichelt, dass mich der Botschafter damit beauftragt habe, mich um den Mord an Herrn Breitmeier zu kümmern und ich daher gern mit Frau Breitmeier sprechen würde. Ich wurde zu einer Sitzecke geführt und in einen Sessel gezwungen, der den seligen Breitmeier ohne Schwierigkeiten hätte aufnehmen können. Nach zwei Minuten kam Frau Reichelt mit ihrer Freundin im Arm. Breitmeiers Frau machte den Eindruck, als sei sie völlig zerflossen, habe zudem eine Schachtel Valium eingeschmissen und sei trotzdem dem Nervenzusammenbruch nahe. Die beiden Damen sanken in das gegenüberstehende

Sofa. Ich begrüßte Frau Breitmeier, wünschte Herzliches Beileid und sagte:

»Frau Breitmeier, ich würde Ihnen gern einige Fragen stellen.«

Sie schaute apathisch auf den handgeschnitzten Couchtisch aus Hinterindien und murmelte ein kaum hörbares »Bitte«. Ich wartete einen Moment und stellte dann fest, dass Frau Reichelt anscheinend nicht die Absicht hegte, mich mit ihrer Freundin allein zu lassen.

»Frau Reichelt, ich möchte gern mit Frau Breitmeier allein sprechen.«

»Aber Sie sehen doch...«, wollte sie sich empören, doch die Breitmeierin raffte sich zu einem »Es geht schon, Hildchen« auf, woraufhin Hildchen sich erhob, mir einen bösen Blick zuwarf und verschwand.

»Frau Breitmeier, ich muss Ihnen ein paar Fragen stellen, vielleicht einige für Sie unangenehme Fragen.«

Wie alt mochte sie sein? Man konnte sie leicht auf 60 schätzen und merkte erst bei näherem Hinschauen, dass es ihre rundliche Figur, die altmodische Dauerwelle und die ungeschickte Kleidung waren, die diesen Eindruck erweckten. Tatsächlich würde Frau Breitmeier, das fand ich später heraus, in einigen Wochen 51 werden und war damit genauso alt wie ihr Mann.

»Wussten Sie, dass Ihr Mann eine Geliebte hatte?«

Eigentlich hatte ich jetzt erwartet, dass sie schluchzend nicken oder empört verneinen würde. Ich hatte mich getäuscht.

»Wissen Sie, mein Mann und ich, wir hatten uns für die Zeit in Rumänien viel vorgenommen. Sie können es sich ja gar nicht vorstellen, welche Zustände hier nach der Revolution herrschten. Es gab nichts. Alles lag danieder. Die Bilder von den sterbenden Kindern in den Waisenhäusern gingen damals um die Welt. Aber das war nur die Spitze des Eisbergs. In Wirklichkeit war alles noch viel schlimmer. Mein Mann und ich, wir wollten etwas verändern, unsere Spuren in diesem Land hinterlassen. Er hat das auf seine Weise geschafft und ich auf meine. Wir sind in dieser Arbeit aufgegangen, haben keine Pause gemacht, waren nur für andere da. Es mag sein, dass in dieser Zeit das Privatleben zweitrangig war. Jetzt, in Deutschland, wollten wir wieder zu uns selbst finden. Ja, ja, es gab Gerüchte. Ich bin ihnen nie nachgegangen, weil ich wusste, dass spätestens in Bonn alles wieder beim Alten sein würde.«

»Kennen sie Frau Mikasch?«

»Ja, sie war eine enge Mitarbeiterin meines Mannes. Sie haben zusammen das Quiz moderiert.«

»Kam sie häufig zu Ihnen nach Hause?«

»Nein, ganz selten.«

»Wo hat sich Ihr Mann mit ihr getroffen?«

»Ich sagte Ihnen schon, dass mich so etwas nicht interessierte.«

»Haben Sie je versucht, bei Frau Mikasch oder ihrem Mann auf das Ende des Verhältnisses zu dringen?«

»Nein, aber ich sagte Ihnen doch...«

»Ja, schon klar. Sie hatten Ihre Waisenkinder und keine Zeit für irgendwelche Eheprobleme. Wie häufig sind Sie eigentlich zu diesem Heim gefahren?«

»Es war nicht nur ein Heim. Es fing an mit einem Heim für Straßenkinder. Es gab damals sehr viele Spenden. Die Menschen waren durch die schrecklichen Bilder aufgerüttelt. Wir mussten Medikamente, Betten, Spielwaren, Nahrungsmittel verteilen. Das konnte dieses Heim für die Straßenkinder gar nicht alles fassen. Ich habe dann nach neuen Abnehmern gesucht. Es war nicht schwierig, bedürftige Heime zu finden. Irgendwann kam dann ein Altenheim aus Deutschland auf mich zu. Die hatten einen Bericht im Fernsehen über meine Arbeit gesehen und wollten etwas für alte Menschen tun. So kam ich von einem Engagement zu einem weiteren und schließlich wurde es ein ziemlich großes Hilfsunternehmen. Ab einem bestimmten Zeitpunkt hatte ich gar keine andere Möglichkeit mehr. Das eine hat das andere nach sich gezogen. Ich war zum Schluss nur noch unterwegs. Es war eine Arbeit, die mich gänzlich ausgelastet hat.«

»Wo waren Sie gestern?«

»Draußen am Nordbahnhof. Dort ist das Projekt mit den Straßenkindern, mit denen alles angefangen hat. Sie sind mir so ans Herz gewachsen. Von ihnen habe ich mich mit einem schönen Fest verabschiedet.«

Sie hielt ein Taschentuch in den Händen, mit dem sie sich in regelmäßigen Abständen – ziemlich grundlos, wie mir schien – Augen und Nase abtupfte. Vielleicht war es eine Art symbolisches Schnäuzen, das Tränen symbolisierte, die nicht da waren, und Trauer, die eigentlich Erlösung war.

»Wo ist dieses Heim genau?«

»20 Minuten von hier im Norden der Stadt.«

»Und dort haben Sie den Abend verbracht?«

Sie nickte und wiederholte die Prozedur mit dem Taschentuch.

»Sie sind alle meine Kinder. Die meisten habe ich persönlich auf der Straße aufgelesen. Sie waren halb verhungert, verwahrlost und lebten in den Bauruinen, die Ceausescu überall hinterlassen hat. Tagsüber bettelten sie auf der Straße ein paar Groschen zusammen. Ich habe mit Spendengeldern aus Deutschland dieses Heim aufgebaut. Dort gibt es eine Schule und die älteren können Berufe erlernen. Sie sind so liebenswürdig, so dankbar.«

Ich konnte nicht sagen, warum, aber irgendwie ging mir das Wohltätigkeitsgetue auf die Nerven. Vielleicht war es die versteckte Mitteilung »Da schaut, wie ich mich für andere aufopfere«, die ich von meiner Mutter nur allzu gut kannte.

»Frau Breitmeier, haben Sie irgendeinen Verdacht, wer Ihren Mann umgebracht haben könnte?«

»Nein.«

»Ist Ihnen in letzter Zeit irgendetwas Ungewöhnliches aufgefallen?«

»Nein, das heißt, warten sie. Hans-Eberhard hat erzählt, dass er beschattet wird. Irgendjemand hat ihn überwacht.«

»Wann ist ihm das aufgefallen?«

»Vor einer Woche sagte er mir, dass ihm ständig jemand folgen würde.«

»Hatte er einen Verdacht?«

»Das muss wohl die Securitate gewesen sein, wer sollte sonst so etwas machen?«

Ich dankte der guten Frau dafür, dass sie mich empfangen hatte. Gerade als ich ihr die Hand schüttelte, kam Hildchen wieder herein und ich hätte Stein und Bein geschworen, dass sie mein Gespräch mit der Witwe belauscht hatte. Hilde Reichelt brachte mich zur Tür und folgte mir dann ins Treppenhaus. Dort kam sie auf Flüsterentfernung heran:

»Die Gerda ist so eine treue Seele. Das hatte sie nicht verdient, ich, äh, meine die Sache mit ihrem

Mann und der Mikasch. Der wollte die ja sogar mit nach Deutschland nehmen. Stellen Sie sich das einmal vor!«

Sie legte eine theatralische Pause ein, in die ich ein entrüstetes »Unglaublich« flüsterte.

»Das durfte man doch nicht zulassen. Gerda, Frau Breitmeier, hat vor zwei Monaten das Bundesverdienstkreuz bekommen, ihr Bruder sitzt im Bundestag für die CDU, Herr Dr. von Berneisen. Die ganze Familie war über ihren Mann empört. Herr von Berneisen selbst hat bei der Feier zur Verleihung des Bundesverdienstkreuzes auf ihren Mann eingeredet, aber der hat sich ja sogar noch lustig gemacht.«

»Wollen Sie damit einen Verdacht äußern?«

Sie schaute mich empört an, fauchte ein »Also das ist ja wohl die Höhe«, drehte sich um und verschwand in der Wohnung.

Ich ging zum Wagen und überlegte, ob ich etwas essen sollte, entschied mich aber dann zu einem Besuch bei dem Militärattaché.

Ich stieg in Breitmeiers Mercedes, faltete den Stadtplan auf und suchte die Strada Grigore. Bukarest war eine Drei-Millionen-Stadt, die sich auf einer ähnlich großen Fläche wie Berlin erstreckte. Die Vororte bestanden aus Plattenbausiedlungen. Die eigentliche Altstadt war bei einem Erdbeben im Jahre 1977 zum Teil zerstört worden. Ceausescu hatte damals entschieden, dass der südliche Teil der Altstadt komplett abgerissen werden sollte. An der Stelle der ehemaligen Altstadt wurde mit Gastarbeitern aus Nordkorea der fünf Kilometer lange Bulevardul Unirii, der Boulevard der Einheit, gebaut. Die Prachtbauten entlang dieser Schneise waren für die Hofschranzen des Diktators vorgesehen. Nördlich davon erstreckte sich ein Gewirr von Altstadtgassen zwischen dem Hotel »Hanul Manuc« – einer alten Karawanserei – und dem großen Platz vor dem Athenäum, einem klassizistischen Kuppelbau mit Konzertsaal. Ich fuhr den Bulevardul Unirii hinunter auf den Palast des Volkes zu. Das zweitgrößte Gebäude der Welt – nach dem Pentagon – war ein von Ceausescu im Zuckerbäckerstil entworfener Bau in hellem Sandstein, der auf einem künstlichen Hügel errichtet worden war. Von hier aus wollte der Diktator die 23 Millionen Rumänien in die Zukunft führen und dabei einen neuen kommunistischen Menschentyp erschaffen. In der Wahl seiner Methoden war das »Genie der Karpaten«, wie er sich gern titulieren ließ, nicht gerade zimperlich. Mit einem sogenannten Dorfentwicklungsprogramm wollte er die rumänischen Dörfer niederreißen und in bäuerliche Plattenbausiedlungen verwandeln. Er scheute auch vor einer internationalen Isolation nicht zurück. Aus Angst vor einer Überschuldung des Landes ordnete er an, dass Rumänien alle internationalen Kredite schnellstmöglich zurückzahlen müsse und keine neuen Kredite mehr aufnehmen dürfe. Daraufhin brach ein großer Teil der Industrie zusammen, die auf die Einfuhr von Maschinen und Ersatzteilen angewiesen war, diese aber nicht bezahlen konnte. Dem Diktator war das egal. Die Schlangen vor den Brotläden wurden immer länger. Der Schwarzmarkt blühte und das unzufriedene Volk wurde von einer Heerschar von Geheimdienstlern überwacht. Rumänien war damals näher an der Fiktion einer totalitären Herrschaft, wie sie George Orwell in seinem Roman »1984« beschrieben hatte, als je ein Land zuvor. Der Palast des Volkes war die passende Architektur zu dieser Herrschaft – ein Bau, der monströs und lächerlich kitschig zugleich war. Ceausescu selbst hatte die Fertigstellung des Palastes nicht mehr erlebt. Nach seiner Hinrichtung hatte es noch Jahre gedauert, bis das verarmte Land die Mittel gefunden hatte, zumindest Teile des Monstrums als Parlaments- und Verwaltungsgebäude nutzbar zu machen.

Oberstleutnant Hassler wohnte in einer Villa aus den zwanziger Jahren, auf einem Hügel gegenüber dem Palast des Volkes. Er öffnete in einem Trainingsanzug die Tür und begrüßte mich auf jovial-militärische Art.

»Kommense rein. Wusste, dass Sie auf mich zukommen würden, ja, war ja klar, ja. Wer was über Breitmeiers Tod rauskriegen will, ja, der kommt an meinen Beobachtungen nicht vorbei. Kommense rein, sind gerade beim Nachtisch, ja, vielleicht wollense noch was mitessen.«

»Ja, gern«, sagte ich schnell, bevor er auf die Idee kommen konnte, dass es sich nur um ein Höflichkeitsangebot handeln würde. Er zog mich in die Wohnung und ging voraus ins Esszimmer.

»Darf ich vorstellen: Hauptfeldwebel Hans Kleinich, ja, mein Mitarbeiter seit über zehn Jahren. Hänschen, geh und hol der jungen Dame ein Stückchen von dem Braten, ja. Reh, hab ich selbst geschossen und Hänschen ist ein prima Koch, ja.«

Hänschen lächelte verlegen, wahrscheinlich weil ich die traute Zweisamkeit so plötzlich gestört hatte.

Auch Hassler fühlte sich irgendwie in Erklärungsnöten.

»Herr Kleinich war schon mit mir im Militärstab in Washington, ja. Das ist echte Kameradschaft, ja, findense nur beim Militär.«

Hänschen brachte Rehbraten mit Spätzle, Rotkraut und Preiselbeeren. Ich ließ es mir schmecken.

»Die Spätzle sind selbstgemacht, ja. Das kann doch heute kaum noch jemand, ja. Aber man schmeckt den Unterschied.«

»Fantastisch«, sagte ich.

»Das Tier habe ich oben in Brasov geschossen. Kronstadt hieß das früher, ja, als die Welt noch in Ordnung war. Kronstadt ist mal gerade zwei Stunden von hier. Einfach geradeaus nach Norden, und wenn sie über die Karpaten drüber sind, liegt unten Kronstadt, ja. Der General Nedelcu geht da zur Jagd und da bin ich praktisch Dauergast. Ich brauch nur anzurufen, ja, sage: ›General, wie sieht's aus, ja, nächstes Wochenende?‹ Und dann sagt der: ›Kommense rauf, kein Problem.‹ Da hab ich im Oktober sogar 'nen Bär geschossen, ja. Das is schon was, ja. Das schafft nicht jeder. Gut, kostet natürlich auch 'n paar Mark fuffzig – so 'n Bär. Is ja klar, ja, die Rumänen, wolln natürlich was verdienen und was hammse denn schon?« Er schaute mich fragend an und machte eine theatralische Pause.

Ich zuckte mit den Schultern und nahm eine Gabel Rotkraut.

»Genau, eben – nämlich nichts. Außer Wald und Bären. Das muss man vermarkten. Is doch klar, ja. Also, ich geh mit dem Jagdführer und dem General oben bei Brasov auf Bären, aber so 'n Tier könnense nicht abonnieren, ja. Das kommt nicht automatisch. War bestimmt zehnmal oben, ja. Stimmt's, Hänschen? Bis mir dann endlich dieser Bär vor die Flinte lief. Das war vielleicht 'n Kerl. Wenn Sie so einem begegnen, dann aber gute Nacht, ja. Ohne Flinte, meine ich, ja, aber selbst mit Flinte müssen Sie höllisch aufpassen. Der Schuss muss sitzen, ja, sonst kratzt der sich nur am Fell und haut ihnen wieder ab – oder greift sogar an. Würd ich Ihnen gerne zeigen – den Bär, mein ich – is aber noch beim Präparator. Na und was sag ich, ja, zehnmal auf Bär, bis es endlich klappt. Und dann so ein Prachtexemplar. Der Nedelcu hat vielleicht geguckt. Den hätt der natürlich auch gern gehabt, ja. Hin und wieder mal ‘n Reh oder ein Wildschwein is natürlich auch nich schlecht. Hab noch zwei Rehe und ein Schwein in der Truhe. Sie können also ruhig zuschlagen, ja.«

Er lachte. Und ich nahm mir noch ein Stück Rehbraten.

»Da ist Rumänien schon ein Paradies, was die Jagd angeht. Vorher waren wir in den USA. Klar, ja, da gibt’s tolle Reviere, ja, aber reglementiert. Da ist Deutschland nichts dagegen, ja, und teuer. Schon besser hier in Rumänien. Hab sogar schon überlegt, ob ich nach der Pensionierung mit Hänschen hier einen Spezialreiseservice für Jäger aufmache. Ich als Jagdführer und Hänschen als Koch. Na, sind ja noch drei Jahre Zeit bis zur Pensionierung, ja, aber glaubense mir: Da seh ich ‘n Markt, ‘n echten Markt, ja.«

Ich beendete mein Mahl. Hänschen räumte den Tisch ab und trug eine Eistorte auf.

»Auch selbstgemacht?«

»Hänschen ist der beste Koch, ja. Glauben Sie mir – der kann alles.« Hassler nickte dem Hauptfeldwebel anerkennend zu und der lächelte zurück. Die beiden schienen seit zehn Jahren eine intakte Ehe zu führen, was die These bestätigte, dass Liebe durch den Magen geht.

Den Kaffee servierte Hänschen im Wohnzimmer. Hassler zündete sich eine Zigarre an und ließ sich in die Polster fallen. Der Raum war mit Jagdtrophäen geschmückt. Geweihe, wohin man schaute. In fünf Reihen übereinander aufgehängt und darunter jeweils ordentlich notiert, wo Hassler sie erlegt hatte. Dazwischen fand sich ein präparierter Wildschweinkopf und das Geweih einer Gazelle.

»Sehnse, da kommt der Bär hin.« Er deutete auf eine Lücke zwischen den Geweihen. »Der braucht natürlich einen zentralen Platz, ja.«

In einer Ecke des Zimmers befand sich ein Vitrinenschrank, der mit dem Waffenarsenal Hasslers gefüllt war. Acht Büchsen hingen dort nebeneinander. Ich ging zu dem Schrank und schaute mir die Flinten näher an.

»Meine Artillerie, hahaha.«

In dem Schrank lag ein Geschirrtuch, aus dem der Lauf einer Pistole ragte.

»Und das ist für den Nahkampf?«, fragte ich.

»Ja, äh, meine Dienstwaffe, bin gerade beim Reinigen.«

»Was ist das für ein Kaliber?«

Hänschen brachte den Kaffee und bot einen Cognac an. Ich lehnte ab.

»9 Millimeter.«

»Haben Sie damit geschossen?«

»Habe einen Schießstand im Keller eingerichtet. Ab und zu brauche ich das, ja. Bei der Schreibtischarbeit, ja, vergisst man ganz, ja, dass man beim Militär ist.«

»Breitmeier ist mit einer 9-Millimeter-Pistole erschossen worden.«

»Das Kaliber, ja, das gibt's wie Sand am Meer, ja, sehr handlich.«

Ich setzte mich zu den beiden Militärs. Der Kaffee war ein Spitzencappuccino, den ich umgehend lobte, was bei Hänschen das gewohnte verlegene Lächeln hervorrief.

»Herr Hassler, Sie sprachen in der Morgenrunde von einem Verdacht, den sie gegen Breitmeier hegten.«

»Breitmeier arbeitete für den rumänischen Geheimdienst, ja, und hat Landesverrat begangen, ja. Er war ein Spion, ja. Das ist so sicher, ja, wie das Amen in der Kirche.«

Wenn Hassler sich erregte, schienen sich die »Ja« zu häufen.

»Landesverrat, ja, das ist das Letzte, ja. Das schlimmste Verbrechen, ja. Breitmeier hat seine verdiente Strafe erhalten, ja. Ich weiß nicht, wer ihn erschossen hat, aber der Mann hat meine volle Sympathie, ja.«

»Wie sind Sie auf diesen Verdacht gekommen?«

»Es gab in der Botschaft ein Leck, ja, und zwar schon, als ich vor drei Jahren hier anfing, ja. Fragen Sie die Wilms. Die hat sich fast totgeärgert, ja. Da kamen alle möglichen deutschen Firmen, ja, gaben ihre Angebote bei Ausschreibungen ab, ja, und wurden dann von anderen haarscharf unterboten, ja, oder es zeigte sich, dass die Rumänen genau wussten, wieweit sie die Preise drücken konnten, ja. Das war so bei dem Bau von Kraftwerken, bei der Erneuerung der rumänischen Eisenbahn, bei der Vergabe des Autobahnabschnitts nach Constanza, ja. Die Rumänen wussten immer, wie unsere Position war. Auch bei politischen Gesprächen, bei Verhandlungen, ja, wurde immer klar, dass die Rumänen unsere Positionen kannten, ja.«

»Und Sie meinen, die haben sich auch für die Verhandlungen von privaten Firmen mit der rumänischen Treuhand interessiert?«

»Aber klar, die verkaufen solche Infos an die Konkurrenz, ja. Jeder versucht da Profit zu machen.«

»Wie sind Sie Breitmeier auf die Schliche gekommen?«

»Vor einem halben Jahr, ja, genauer im Juli, passiert Folgendes, ja: Ich suche für Hänschen ein Geburtstagsgeschenk. Er sammelt Porzellan. Altes Porzellan. Da findet man in der Altstadt manchmal schöne Sachen, ja. Ich gehe also in eine Konsignatie, so ein Laden, wo Privatleute Waren auslegen und bei Verkauf einen Prozentanteil an den Ladeninhaber abtreten, ja, schaue mich um und sehe, wie Breitmeier den Laden betritt, ja. Er geht durch den ersten Verkaufsraum, schaut sich um, ob ihn jemand beobachtet, ja, ich ducke mich hinter einem Kleiderschrank weg und Breitmeier verschwindet in einem der für Kunden nicht zugänglichen Büroräume, ja. Erst denke ich, der Mann muss aufs Klo, aber wer geht hier schon auf eine öffentliche Toilette? Kein normaler Mensch. Außerdem war das ganz klar ein Büroraum, ja, und kein Klo. Ich warte also hinter dem Schrank und Breitmeier kommt nach 20 Minuten wieder raus und verschwindet, ja. Mir kam die Sache nicht koscher vor, ja. Ich hab einen Riecher für so was. Breitmeier zu folgen hätte keinen Sinn gehabt. Ich bleib also hinter meinem Schrank stehen und warte, ja. Mal schauen, denk ich, wer da noch rauskommt. Keine zwei Minuten später, ja, taucht die Nase von einem Typen auf, ja, der sich als Oberst Gutzu ausgibt, perfekt deutsch spricht, ja, und auf Empfängen die Uniform eines Heeresoffiziers trägt. Gutzu ist aber gar nicht beim Heer, ja. Der ist beim Geheimdienst, ja, und dort zuständig für die so genannte Betreuung der deutschen Botschaft. Das habe ich dann im Nachhinein alles herausbekommen. Ich hab den Breitmeier observiert. Ich weiß auch, wie oft Breitmeier die Konsignatie aufsuchte, ja, nämlich mindestens samstags, manchmal auch an Wochentagen, ja. So, denk ich, das ist ja wohl eindeutig, ja, und mach einen Bericht ans Bundesverteidigungsministerium, ja. Außerdem schnapp ich mir den Jobst, ja, und sag: ›Hör mal, Jung, unser Kollege, ja, der arbeitet für die Rumänen, ja.‹ Der Jobst erst total aufgeregt, will alles ganz genau wissen, schaut sich meinen Bericht an, ja, und dann?«

Er machte eine dramatische Pause.

»Nichts. Man fasst es nicht. Nichts, nichts, nichts, ja. Ich sag: ›Jobst, der Fall ist klar. Landesverrat. Breitmeier gehört aus dem Verkehr gezogen, abgeurteilt und in Knast, ja.‹ Was sagt der Jobst? Alles Unsinn, ich soll mich um meine Sachen kümmern. Ich hak natürlich nach, ja, und der Jobst meint, man habe Breitmeier überprüft, er sei sauber. So ein Quatsch, ja. Der hat Tomaten auf den Augen, ja. Ich lass nicht locker, schreib noch mal ans Ministerium und krieg eins auf 'n Deckel, ja. Der Bundesnachrichtendienst habe die Sache übernommen und ich soll mich nicht um Sachen kümmern, die nicht zu meinem Arbeitsbereich gehören, ja. So ein Quatsch, ja. Wo gibt's denn so was? Auch den Botschafter hab ich informiert, ja, keine Reaktion.«

»Und was haben Sie gemacht?«

»Konnte ja nichts mehr machen, ja. Bin dem Breitmeier noch ein paar Mal gefolgt, aber er hat den Treffpunkt gewechselt, ja, ist vorsichtiger geworden, vielleicht wusste er, dass ich ihn in Verdacht hatte. Unglaublich, arbeitet in aller Ruhe jahrelang für die Rumänen und unsere Leute sind zu dämlich, um den hochzunehmen. Ich konnt es kaum mit ansehen, ja.

Dieses Schwein, dieser Verräter. Da halten wir unsere Morgenrunden in einem abhörsicheren Raum ab und der Typ trägt alles den Rumänen zu, ja. Ich weiß nicht, wer ihn erschossen hat, aber ich bin froh, dass es einer getan hat. Wer auch immer es war, ja, für mich ist der Mörder ein Ehrenmann.«

Ein so klares Bekenntnis zur Selbstjustiz hatte ich noch nie zuvor gehört. Ich verabschiedete mich von dem Kommisskopf und von Hänschen, dem ich nochmals für das ausgezeichnete Mahl dankte. Hassler war ein ausgesprochener Dummbeutel, ein Neurotiker. Die Wohnung war eine Kombination aus Gebeinhaus, Waffensammlung und Dreisternerestaurant und Hassler selbst konnte nicht klar sprechen und wahrscheinlich auch nicht klar denken. Ich konnte mir gut vorstellen, dass er Jobst auf die Nerven gegangen sein musste. Trotz allem blieb jedoch Hasslers Beobachtung in der Konsignatie. Jobst würde mit Sicherheit dazu keine Auskunft erteilen. Er war zwar dem Botschafter unterstellt, erhielt seine Weisungen jedoch aus Pullach. So wie ich ihn einschätzte, war er ein beinharter Profi, der ohne Not nicht einmal seine Schuhgröße verraten würde.

Ich fuhr ins Sofitel, packte meine Sportsachen und stieg erneut in Breitmeiers Wagen. Zehn Minuten später war ich im Sportclub des Sofitel auf der an deren Seite des Parks. Das 25-Meter-Becken des Schwimmbads war fast leer. Nur im Kinderbecken herrschte Getümmel. Ich schwamm ein paar Bahnen zum Aufwärmen. Dann zog ich mich um und ging in den Kraftraum. Eine spindeldürre Frau malträtierte ihren Körper auf einem Stepper und ich hätte jede Wette abgeschlossen, dass es sich um eine Amerikanerin handelte – weniger die grellen Farben des Sportanzugs als die Verbissenheit, mit der sie sich bis zur Erschöpfung verausgabte, ließen mich keinen Augenblick zweifeln, dass sie das Opfer einer US-Werbekampagne war. Zwei jugendliche Rumänen wechselten sich auf der Bank mit Brustcurls ab. Ein Managertyp mit graumeliertem Haar und leichtem Bauchansatz strampelte auf einem Fahrradergometer. Ansonsten war der Raum, aus dessen Fenstern man auf das Schwimmbad schauen konnte, menschenleer. Ich holte mir eine Matte und begann mit Dehnübungen. Danach absolvierte ich ein Zirkeltraining für Bauch- und Rückenmuskulatur. Zum Abschluss entschied ich mich für ein paar Übungen zur Schultermuskulatur. Bei den Kraftübungen beginne ich mit kleinen Gewichten und steigere mich dann dreimal bis zu einem Gewicht, das ich nur wenige Male bewegen kann. Ich ließ den Nachmittag in der Sauna ausklingen. Kurze Zeit überlegte ich, ob ich zu Frank fahren sollte, aber die Vernunft siegte über die Lust.

9

Montag, 7. Februar. Am Montagmorgen gab es in der Botschaft eine Menge Gesprächsstoff. An erster Stelle stand natürlich Breitmeiers Ermordung und deren mögliche Hintergründe sowie meine Beauftragung mit den Ermittlungen. Ich wehrte alle Versuche, mir Neuigkeiten aus der Nase zu ziehen, ab und zog mich in mein Büro zurück. Ich musste mit Jobst sprechen, aber das würde nicht einfach werden. Bevor ich ihn erreichte, stand Heissenberg in der Tür. Er trug einen fantastischen Anzug, der mit Sicherheit nicht von der Stange war. Manschettenknöpfe und Krawattennadel waren aufeinander abgestimmt. Die gelbe Krawatte kontrastierte geschickt das helle Blau des Hemdes. Eine Strähne hing ihm in die Stirn. Es sah aus, als gehorche sie ihm nicht, aber ich war sicher, dass er es so arrangiert hatte.

»Guten Morgen, Frau Kommissar. Haben Sie den Mörder schon dingfest gemacht?« Er hatte wieder sein überhebliches Grinsen aufgelegt.

»Nein, aber ich habe einen Verdacht und dem werde ich nachgehen.«

»Erzählen Sie. Es bleibt unter uns – und den anderen.«

Komisch war er schon und mir war eigentlich nicht ganz klar, ob ich ihn arrogant oder symphatisch fand. Möglicherweise war es eine Mischung aus beidem.

»Herr Heissenberg, Sie haben Breitmeier am Freitagmorgen wegen seiner Bemerkung bezüglich der guten Zusammenarbeit mit den Kollegen verhöhnt. Welchen Anlass hatten Sie dazu? Warum mochten Sie Breitmeier nicht?«

»Nicht schlecht, Frau Oberkommissar, aber falsch. Ich mochte Breitmeier. Ich mochte ihn wirklich sehr. Er war die zentrale Gestalt meiner Studie über diesen debilen Verein hier. Er war der eigentliche Motor. Die anderen waren nur Randgestalten. Mit seinem Ableben wird mir über kurz oder lang der Stoff ausgehen. Wir werden in einem Jahr eine ganz normale Auslandsvertretung sein – ein Irrer wie von Böhnsen wird nicht mehr auffallen, ein schwuler General ist ja auch nichts Besonderes mehr in Zeiten des allgemeinen Outings. Der Botschafter ist dann ohnehin nicht mehr hier. Alte Ziegen wie die Wilms finden Sie überall, mein Jahrgangskollege Wagenknecht wird trotz der Tatsache, dass er an dem mafiösen Visahandel beteiligt ist, ständig weiterbefördert und dann ein Referat in Bonn oder Berlin leiten. Der Binder wird in ein paar Wochen pensioniert und ich werde hier in diesem Loch verschmoren, bis der letzte meiner Klienten heim ins Reich gereist ist. Glauben Sie mir: keiner fand Breitmeier so anregend wie ich. Ich bedaure es zutiefst, dass er die Segel streichen musste.«

»Sie haben mein tiefstes Mitleid.«

»Der eigentliche Grund für mein frühes Erscheinen ist das Kommuniqué. Ich dachte, Sie sollten es sehen, um eventuell noch etwas anzumerken. Heute ist zum Glück noch nichts über Breitmeier in der Presse, aber morgen sind wir auf den Titelseiten.

Wenn die ersten Journalisten anrufen, sollten wir genau wissen, was wir sagen.«

Er legte mir einen Aktendeckel auf den Schreibtisch. Ich las die Presseerklärung, an der nicht das Geringste auszusetzen war. In nüchternen Worten wurde die Ermordung bestätigt, Trauer bekundet, Vertrauen in die rumänische Polizei bezeugt, Zusammenarbeit bei der Aufklärung angekündigt und der Hoffnung Ausdruck gegeben, dass die verabscheuungswürdige Tat alsbald aufgeklärt werde.

Er hatte an alles gedacht. Allmählich verstand ich, warum der Botschafter immer wieder auf Heissenberg zurückgriff. Der Mann war einfach gut und professionell.

»Ja, prima«, sagte ich und gab ihm das Kommuniqué zurück.

»Sie müssen noch abzeichnen.«

»Bitte?«

»Ihre Paraphe will ich. Erst, wenn die auf dem Papier ist, ist der Nachweis erbracht, dass Sie es gesehen haben und keine Einwände hatten.«

Ich setzte meine Paraphe mit den Buchstaben »Va« auf das Blatt.

»Ich kenne diese ganzen bürokratischen Gepflogenheiten nur aus der Theorie. Sorry, es dauert wohl eine Zeit, bis man das alles verinnerlicht hat.«

»Grämen Sie sich nicht. Der Prozess, bei dem aus einem normal denkenden Menschen ein Bürokrat wird, vollzieht sich meist viel schneller, als man denkt.«

Heissenberg hinterließ eine Wolke von Issey Miyake in meinem Büro – einer meiner Lieblingsdüfte. Beim wiederholten Versuch, Jobst zu erreichen, überlegte ich gerade, ob ich Heissenberg mochte oder nicht, als Jobst endlich den Hörer abnahm. Er war ausgesprochen höflich, aber es war eine herablassende Höflichkeit. Er stimmte einem Gespräch zu. Ich solle einfach rüberkommen.

Ich machte mich sofort auf den Weg. Jobst, sein Büroleiter und seine Sekretärin waren nicht in der Botschaft untergebracht, sondern in einer Villa, die zwischen der Botschaft und Breitmeiers Haus lag.

Jobsts Büroleiter war ein junger Mann mit dem Körperbau eines Schrankes und einem waffenscheinpflichtigen Gesichtsausdruck. Er führte mich in das Büro seines Chefs. Der wollte den Eindruck erwecken, als sei mein Erscheinen das freudigste Ereignis der letzten Monate, und lud mich höflich zu einer Tasse Kaffee ein, die ich ablehnte. Er setzte sich hinter seinen Schreibtisch, bot mir einen Stuhl an und fragte mich, womit er mir dienen könne.

Ich erzählte von meinem Gespräch mit Hassler.

»Was ist an der Geschichte dran?«

Jobst strich sich mit der rechten Hand über den blonden Schnurrbart.

»Hassler ist ein Idiot.«

»Auch ein Idiot kann durch Zufall auf eine wichtige Spur stoßen.«

»Sehen Sie, Frau Valentin: In meinem Beruf gibt es bestimmte Regeln. Die Grundregel lautet, dass man nicht über – sagen wir – Geschäfte redet.«

»Gehörte Breitmeier zu Ihren ›Geschäften‹?«

»Sehr geschickt, Frau Valentin, Sie wären sicher eine gute Agentin geworden. Leider kann ich Ihnen auf diese Frage keine Antwort geben. Ich sage weder ja noch nein.«

»Breitmeier hat für Sie gearbeitet.«

»No comment.«

»Das ist ein wenig ergiebiges Gespräch.«

»Das tut mir Leid, dass Sie das so sehen, aber es liegt in der Natur der Sache.«

»Sie übertreiben Ihre Verschwiegenheit. Erstens bin ich nicht von der Presse, sondern arbeite ebenso für den Staat wie Sie, zweitens vergessen Sie, dass ein Mord geschehen ist.«

»Ich glaube kaum, dass ich etwas zur Aufklärung beitragen kann. Da gibt es genügend andere, die Ihnen weiterhelfen können.«

»Wer denn zum Beispiel?«

»Die Mikasch, die Ziegenbein, Wagenknecht.«

»Was meinen Sie damit?«

»Ich will in diese Sache auf keinen Fall hineingezogen werden. Hören Sie sich um. Mehr kann ich Ihnen leider nicht sagen.«

»Sie sind nicht sehr kooperativ.«

»Es tut mir Leid, wenn Sie diesen Eindruck haben, vielleicht kann ich das bei Gelegenheit korrigieren.« Er war aufgestanden und lächelte mich süffisant an.

»Das glaube ich kaum. Der erste Eindruck bestätigt sich meistens.«

Ich ging sofort zu Reuter. Frau Dunkel unternahm nicht den Versuch mich aufzuhalten. Reuter saß hinter seinem wuchtigen alten Schreibtisch, auf dem sich mehrere Stapel mit Akten befanden. Außer einem Telefon wies sein Arbeitsplatz keine Spuren moderner Technologie auf. Reuter gehörte zu jener Gruppe von älteren Diplomaten, deren Arbeitsstil sich seit ihrem Berufseinstieg in den sechziger Jahren nicht geändert hatte. Sie schrieben mit der Hand oder diktierten ihrer Sekretärin. Ein PC war für sie ein Buch mit sieben Siegeln. Zwischen den Aktenstapeln entdeckte ich das Foto einer attraktiven Frau, die zur Zeit der Aufnahme etwa 50 Jahre alt gewe sen sein mochte. Reuter hatte meinen kurzen Blick bemerkt.

»Meine Frau. Sie ist vor drei Jahren bei einem Autounfall ums Leben gekommen.«

»Das tut mir Leid.«

Reuter schwieg für ein paar Sekunden, in denen ich spürte, wie sehr er sie geliebt haben musste.

»Was kann ich für Sie tun, Frau Valentin?«

»Ich kann meine Arbeit nicht machen, wenn mir Informationen vorenthalten werden. Wenn Jobst nicht mit der Wahrheit rausrückt, muss ich diesen Auftrag zurückgeben.«

»Sie glauben, Jobst habe etwas mit dem Mord zu tun?«

»Das weiß ich nicht. Aber dem Hinweis von Hassler muss nachgegangen werden. Er hält Breitmeier für einen Spion und hat mir erzählt, dass Jobst anfänglich sehr interessiert an seinen Beobachtungen war und später die ganze Angelegenheit heruntergespielt hat. Hassler wurde zurückgepfiffen. Das hört sich an, als sei Breitmeier umgedreht worden. Wenn er tatsächlich für Jobst gearbeitet hat, wirft sein Tod ganz neue Fragen auf. Dann könnte es zum Beispiel sein, dass Breitmeier vom rumänischen Geheimdienst liquidiert wurde. Ganz unabhängig davon bin ich der Meinung, dass sich eine staatliche Behörde bei so einer Sache nicht einfach verweigern darf.«

»Herr Jobst hat seine Weisungen. Da können Sie hier gar nichts machen. Die einzige Möglichkeit, ihn zum Reden zu bringen, wäre eine entsprechende Weisung aus Deutschland.«

»Sehen sie eine Möglichkeit, das zu veranlassen?«
»Ich kann es versuchen.«

Ich ging in mein Büro, machte ein paar Dehnübungen und versuchte mir einen Plan über das weitere Vorgehen zu machen. Bei einem Spagat fiel mein Blick auf die Kartons, die Breitmeier noch im Büro zurückgelassen hatte. Sie waren mit großen Ziffern durchnummeriert. Es waren sechs Kartons von der Höhe eines Aktenordners und breit genug, um fünf Ordner aufzunehmen. Der letzte Karton trug die Ziffer sieben. Ich stutzte, schaute noch einmal hin und bemerkte, dass der Karton mit der Nummer vier fehlte. Ich versuchte mich zu erinnern, ob er am Freitag noch im Büro gewesen war. Es war mir jedenfalls nichts Ungewöhnliches aufgefallen. Wäre es mir aufgefallen, wenn in einer Reihe von eins bis sieben die Ziffer vier gefehlt hätte? Ich wusste es nicht. Eins war jedenfalls klar: Wenn jemand den Karton entwendet hatte, dann musste er aus dem Kreis der Botschaftsangestellten sein, die sich ohne Schwierigkeiten den Schlüssel zu Breitmeiers Büro beschaffen konnten. Ich machte mich über die verbliebenen Kartons her. Sie enthielten Kopien sämtlicher amtlicher Schreiben, die Breitmeier in seiner siebenjährigen Tätigkeit als Presseattaché verfasst hatte, und außerdem Aufzeichnungen zu den Quizsendungen. Nichts davon war nach meiner oberflächlichen Suche von Wert bei der Aufklärung des Mordes.

Ich rief Frank an und bat ihn zu mir. In meinem Büro erzählte ich ihm vom möglichen Verschwinden des Kartons.

»Wenn am Wochenende jemand hier war, dann haben die Jungs vom Bundesgrenzschutz in der Loge das genau notiert. Das können wir nachprüfen. Wenn heute Morgen jemand im Büro war, dann kann man wenigstens davon ausgehen, dass der Karton noch in der Botschaft ist«, meinte er.

Wir gingen in die Pförtnerloge und ließen uns das Wachbuch vom Wochenende zeigen. Am Samstag waren alle Referenten erschienen. Als Letzter war Heissenberg aus dem Haus gegangen. Davor der Botschafter. Als die Mittagspause anfing, saß ich mit Frank in der Loge und unterhielt mich über Belanglosigkeiten. Aus dem Augenwinkel kontrollierten wir unsere Kollegen auf verdächtig große Taschen oder einen Karton mit der Nummer vier. Fehlanzeige.

Als alle gegangen waren, bat ich den Wachhabenden um einen Hauptschlüssel. Der Mann zögerte.

»Sie können den Botschafter anrufen«, sagte ich und der Beamte händigte mir den Generalschlüssel aus. Ich schloss die Türen im ersten Stock auf und fing bei Heissenberg an. Sein Büro war pedantisch geordnet. Frank hatte bei Wagenknecht begonnen. Ich ging danach in Bremers Büro, das voller Kinderzeichnungen hing. Als ich den Stahlschrank öffnen wollte, hörte ich Frank rufen. Ich schloss ab und lief in den zweiten Stock hinunter. Frank war im Büro von Frau Dr. Wilms. Der Karton mit der Nummer vier stand unter ihrem Schreibtisch.

»Was machen wir jetzt?«

»Wenn wir ihn mitnehmen, ist sie gewarnt.«

»Wir haben aber nur noch zehn Minuten Zeit, bis die Ersten wieder aus der Mittagspause kommen.«

»Wir tauschen die Ordner gegen Attrappen aus.«

Fünf Minuten später hatten wir fünf leere Ordner aus der Visastelle geholt, notdürftig beschriftet und die Originale in mein Büro gebracht, wo wir uns neugierig an die Auswertung machten. Bei allen Ordnern handelte es sich um Grundstücksgeschäfte, die Breitmeier getätigt hatte. Einer beschäftigte sich mit einem Haus in Bonn. Der Kaufvertrag datierte von 1992. Der Preis betrug 600.000 Mark. Das Gebäude war renoviert und anschließend vermietet worden. Ein zweiter Ordner enthielt eine Sammlung von Rechnungen unterschiedlicher Handwerksfirmen. Ein zweites Objekt – eine Eigentumswohnung in Meckenheim – war 1991 verkauft worden. Auch sie füllte zwei Bände.

»Alles völlig normal. Der hat seine Hütte in Meckenheim verkauft, noch Dreihunderttausend draufgelegt und sich ein Haus in Bonn gekauft.«

»Hast du irgendetwas über die Finanzierung gefunden?«

»Nein, vielleicht hat er das in einem Extra-Ordner.«

»Möglich, aber ungewöhnlich.«

Der vorletzte Band trug die Aufschrift Mitraco. Auch hier handelte es sich um einen Wohnungskauf. Diesmal datierte der Kaufvertrag aus dem Januar des Jahres 1996 und war auf Englisch abgefasst. Es handelte sich um ein Apartment in der Strada Eminescu, Nummer 181, das Breitmeier zu einem Preis von 240.000 US-Dollar gekauft hatte. Vertragspartner waren Breitmeier und eine Firma mit Namen Mitraco.

»Da, schau mal. Da ist noch ein Vertrag. Diesmal über 280.000 Dollar im gleichen Gebäude.«

»Der muss ganz schön Geld gehabt haben.«

In dem letzten Ordner fand sich hinter einer Reihe von unterschiedlichen Zeichnungen der beiden Wohnungen die Fotokopie eines weiteren Kaufvertrages.

Diesmal zwischen Frau Dr. Wilms und Mitraco. Es handelte sich um zwei Wohnungen in der Strada Eminescu 211 im Wert von je 200.000 Dollar. Ich blätterte weiter. Als Nächstes kam die Kopie eines Kaufvertrages zwischen Dr. Binder und Mitraco zum Vorschein – ebenfalls über ein Apartment in der Eminescu 211. Binder hatte 240.000 Dollar investiert.

»Das scheint ja ein lukratives Geschäft gewesen zu sein. Ich werde mir diese Firma mal anschauen.«

»Das würde ich Feilinger überlassen. Außerhalb der Botschaft hast du keine Kompetenzen und auch keinen Schutz. Immerhin läuft da ein Mörder herum und der wird sicherlich nicht allzu zimperlich reagieren, wenn man ihm auf die Spur kommt.«

»Es geht nichts über einen persönlichen Eindruck. Außerdem habe ich von meiner Tante eine kleine Barschaft geerbt, die ich gern in eine solide Immobilie investieren möchte. Da kann ein Beratungsgespräch bei Mitraco nichts schaden.«

Die Strada Eminescu ist eine Einbahnstraße, doch mit Franks Hilfe war der Weg schnell gefunden. Wir fuhren den Bulevardul Dacia hinunter und bogen dann an dessen südlichem Ende links ab, um die parallel verlaufende Eminescu hinaufzufahren. Ich fuhr Schritttempo, denn zum einen war die Straße nur schlecht geräumt und zum anderen waren an den wenigsten Häusern Hausnummern angebracht. Vor dem Haus mit der Nummer 215 stellte ich den Wagen ab. Es war ein Bürgerhaus, das seit seinem Bau in den dreißiger Jahren anscheinend einem schleichenden Verfall preisgegeben war. Die 213 war jüngeren Datums, doch ebenso heruntergekommen. Das nächste Haus hätte eigentlich die Nummer 211 tragen müssen, doch wir suchten vergebens. Zwischen 213 und 209 klaffte eine Lücke, die mit einem hölzernen Bauzaun umgeben war. An einigen Stellen gab der Zaun den Blick frei auf eine Baugrube und einen Bagger, der seit Jahren vor sich hin zu rosten schien und dabei schon beachtliche Fortschritte erzielt hatte. Menschen waren keine zu sehen.

»Noch nicht gerade einzugsreif, die Wohnungen von Binder und Wilms.« Frank konnte eine gewisse Schadenfreude nicht verbergen.

»Bei einer besonders guten Rendite hat man immer ein gewisses Risiko.«

Wir fuhren ein paar Häuser weiter und hielten vor dem Gebäude mit der Nummer 181. Es hob sich von allen anderen in der Straße ab. Es war neu, modern und luxuriös ausgestattet, verfügte über eine Tiefgarage und eine kleine Einkaufspassage im Erdgeschoss. Das Gebäude war sechs Stockwerke hoch. Ich zählte die Klingeln neben der Eingangstür. Es waren 23, doch nur auf einigen standen Namen. Breitmeier war nicht darunter. Wir fuhren weiter zur Piața Unirii. In einem der von dem roten Monarchen für seine höheren Beamten konzipierten Blocks hatten sich einige namhafte Firmen aus Deutschland niedergelassen. Hier war auch der Sitz von Mitraco, einer Immobilien- und Investment-Kompanie, wie auf einem Messingschild neben dem Eingang zu lesen war. Wir betraten das Gebäude und wurden von einem Pförtner nach unseren Absichten befragt.

»Mitraco nu mai este«, gab dieser bekannt, Mitraco gibt es nicht mehr.

Ich erkundigte mich nach den Umständen und dem Zeitpunkt des Verschwindens von Mitraco. Den Ausführungen des nicht gerade besonders hellen Pförtners zufolge war vor etwa zwei Wochen die Finanzpolizei erschienen. Einen Tag später sei keiner der circa zehn Angestellten mehr aufgetaucht. Der Chef der Firma sei ein Herr Mitsotakis gewesen, der aber auch nicht mehr gekommen sei. Mehr wusste der Pförtner nicht.

Als ich in die Botschaft zurückkam, saß Feilinger im Besucherraum. Ich nahm ihn mit in mein Büro.

»Stört es Sie, wenn ich rauche?«

»Nein«, log ich, worauf er sich umgehend eine filterlose Carpaţi anzündete und in den heruntergezogenen rechten Mundwinkel steckte.

»Stört es Sie, wenn ich das Fenster aufmache?« Ich wartete seine Antwort nicht ab, riss das Fenster auf, ließ die eiskalte Luft einströmen und setzte mich im Mantel hinter Breitmeiers Schreibtisch. Feilinger zog ebenfalls seinen Mantel an und setzte sich mir gegenüber. Seine Augen wanderten nervös durch das Zimmer.

»Suchen Sie etwas?«

»Einen Aschenbecher.«

Ich faltete ein Din A4-Blatt zusammen und schob es über den Schreibtisch.

»Danke.«

Feilinger war gekommen, um zu hören, was ich bislang herausbekommen hatte. Ich erzählte von Frau Breitmeier, von meinem Besuch bei Hassler, meinem vergeblichen Versuch, etwas von Jobst zu erfahren, und von meinem Besuch bei Mitraco. Falls Feilinger von der Offenheit überrascht war, mit der ich ihm begegnete, so ließ er sich nichts anmerken.

»Von Jobst werden Sie nichts rausbekommen. Da bringt es wahrscheinlich mehr, wenn ich mich bei unseren Leuten umhöre.«

»Und Sie, was haben Sie erreicht?«

»Ich habe versucht, Frau Mikasch auf ihrem Arbeitsplatz im rumänischen Außenministerium zu erreichen. Dort erfuhr ich, dass ihr vor einer Woche fristlos gekündigt wurde. Ein Grund dafür wurde nicht genannt. Sie war noch in der Probezeit. Die Mikasch selbst habe ich noch nicht gesprochen. Ihre Mutter, bei der sie wohnt, sagte, dass sie seit Tagen nicht mehr zu Hause war, aber abends regelmäßig anrufe. Ein anderer möglicher Verdacht, den ich gegen Personen außerhalb der Botschaft, also auf rumänischer Seite hege, ist nicht einfach zu erforschen. Auch unsere Nachrichtendienstler reden nicht gern, aber seien sie unbesorgt. In diesem Land lässt sich nichts mehr geheim halten.«

»Ich brauche ein paar Infos über Mitraco und diesen Mitsotakis.«

»Das wird sich machen lassen.«

Er stand auf, ging und hinterließ dicke Schwaden blauen Dunstes in meinem Büro. Auch ich beendete meine Nachforschungen für heute. Es war ohnehin schon fast sechs Uhr.

Im Hotel erreichte mich gegen neun ein Anruf. Ich lag auf dem Bett und lass Boyles Roman »Grün ist die Hoffnung«. Ich nahm nur ungern den Hörer ab, der mich von den komischen Abenteuern dreier Haschischfarmer in Kalifornien zu den eher tragischen Ereignissen in Bukarest zurückholte. Es war Feilinger.

»Entschuldigen Sie die Störung, aber ich dachte, dass Ihnen mein Hinweis helfen könnte. Breitmeiers Frau ist am Freitag um 16 Uhr im Kinderheim am Nordbahnhof aufgetaucht, hat dort an einem eigens für sie arrangierten Abschiedsprogramm teilgenommen und genau um 18 Uhr 20 das Heim verlassen. Zu

Hause ist sie dann ja wieder abends um 23 Uhr 30 aufgetaucht, wie wir wissen.«

»Wie lange fährt man vom Kinderheim bis in die Strada Rabat?«

»Höchstens 20 Minuten. Ich wünsche Ihnen eine gute Nacht.«

10

Dienstag, 8. Februar. Die Muppet-Show an diesem Dienstag war wenig ergiebig. Hassler und von Böhnsen stritten sich kurz, weil der Militärattaché eine abfällige Bemerkung über die Unfähigkeit der rumänischen Polizei gemacht hatte.

»Die können ja nicht mal das Halteverbot vor der Botschaft durchsetzen. In dieses Verkehrschaos muss doch mal Ordnung gebracht werden.«

»Sie sollten Luftunterstützung anfordern, General. Dann könnten sie das Terrain freibomben.«

»Herr von Böhnsen, Sie verstehen doch vom Militär überhaupt nichts, und um die Situation im Lande beurteilen zu können, sollten Sie mal die rosarote Brille absetzen.«

»Ich verstehe vom Militär genug, um sagen zu können, dass man ihresgleichen nicht einmal ein Luftgewehr in die Hand geben darf, ohne dass sie sich damit den großen Zeh abschießen.«

So ging es noch ein paar Mal hin und her, ohne dass die Grobheiten besonderes Format erreicht hätten.

Der Botschafter berichtete kurz, dass er mit dem Premierminister zum Mittagessen verabredet sei. Dr. Binder zeigte sich bei bester Laune. Frau Dr. Wilms war noch bleicher als sonst, Wagenknecht hielt sich lächelnd zurück. Heissenberg brillierte mit einem Bericht zur Lage der ungarischen Minderheit. Jobst schaute mürrisch und schwieg und Rauhbein, der Kanzler, starrte ins Leere. Reuter fragte mich, ob ich etwas sagen wolle. Ich verneinte. Der Zeitpunkt, Informationen vor versammeltem Publikum preiszugeben, war noch nicht gekommen.

Nach der Morgenrunde ging ich zu Dr. Binder. Er war Jurist und erzählte, dass er während seines ersten Auslandspostens in Rom eine Römerin aus einer alten Patrizierfamilie geheiratet hatte. Ich vermutete, dass sie ein beträchtliches Vermögen in die Ehe eingebracht hatte.

»Wir haben immer – wie soll ich sagen – mit einem gewissen Glanz gelebt, den ich mir von meinem Gehalt allein nicht hätte leisten können. Mein Bestreben war es daher immer, in Städten mit einer gewissen Lebensqualität zu arbeiten. Afrika kam für meine Frau und mich nie in Frage. Wir waren in Genf, in Paris, New York und Brüssel und zwischendurch – es lässt sich ja nicht vermeiden – leider auch zweimal für mehrere Jahre in Bonn, diesem Kuhdorf am Rhein.«

Ich musste an mein Gespräch in der Personalabteilung zurückdenken.

Binder stand am Fenster seines Büros, drehte sich zu mir um und lächelte mich, den großen Lebemann spielend, genüsslich an. Diese Johannes-Heesters-Attitüde kontrastierte mit seiner untersetzten fülligen Gestalt. Danny de Vito kam mir in den Sinn und ich musste grinsen.

»Bukarest, wie passt Bukarest dazu?«

»Sie kennen die Regel, dass höhere Beamte des

auswärtigen Dienstes eigentlich nur zweimal hintereinander ins Ausland sollen und dann für drei Jahre nach Deutschland zurückmüssen, um den Kontakt mit dem Land nicht zu verlieren, das sie im Ausland repräsentieren sollen. Ich wäre nach New York und Brüssel eigentlich dran gewesen, aber ich hasse Bonn – dieses Nest mit seinen Einfamilien-Reihenhäusern und seinem provinziellen Mief. Ich wollte meine Laufbahn nicht in Bonn beenden und habe dann mit der Personalabteilung einen Kompromiss geschlossen, der mir einen dritten Auslandsposten in Folge brachte...«

»... und die Personalabteilung war froh, endlich den unbeliebten Posten in Bukarest besetzen zu können.«

»So ist es. Hinzu kam, dass der hiesige Gesandte nach B3 besoldet wird. Das hört sich jetzt vielleicht an, als ob es mir auf das Geld angekommen sei. Stimmt aber nicht. Es ist eher eine Sache des Prestiges. Man misst sich mit den Kollegen, mit denen man vor 30 Jahren zusammen als Attaché angefangen hat. Wer mit einer B3-Stelle aufhört, kann zufrieden sein.«

»Wie alt sind Sie jetzt?«

»Vierundsechzig. Eigentlich wollte ich nicht so lange machen, aber als wir uns hier eingelebt hatten, entpuppte sich Bukarest als interessanter Posten. Es ist weniger das gesellschaftliche Flair – das können Sie hier vergessen – als vielmehr die Tatsache, dass ich eine ganze Menge Verantwortung übernommen habe. Der Botschafter ist krank. Er kann sich nur um einen kleinen Teil seiner Aufgaben kümmern. Den Rest hat er an mich abgegeben und ich bin in mancher Beziehung der eigentliche Leiter der Vertretung. Meine Frau fühlt sich ebenfalls ausgesprochen wohl.

Die rumänische Sprache ist ja der italienischen sehr verwandt und Romina konnte sich quasi von Beginn an gut verständigen.«

»Und wie kam es dazu, dass Sie bei Mitraco eingestiegen sind? Hat Breitmeier Sie dazu überredet?«

Binder schaute mich ungläubig an. Der Überraschungsangriff war gelungen.

» Wie, äh, ich meine, wer hat Ihnen das denn erzählt?«

»Der Kaufvertrag ist in Kopie in einer Akte, die ich bei Breitmeier gefunden habe.«

»Ja, es ist schon richtig. Ich wollte eine Wohnung kaufen. Ich habe es mir dann aber anders überlegt.«

»Der Vertrag ist doch unterschrieben.«

»Ja richtig, der Vertrag ist auch unterschrieben, aber er ist nie – wie soll ich sagen – in Kraft getreten.«

»Wie denn das?«

»Ich habe nicht gezahlt. Mitraco hat auch nicht auf Vertragserfüllung gepocht. Die hatten ja schon andere Sorgen.«

»Warum haben Sie es sich denn noch mal anders überlegt?«

»Ich hatte meine Kaufentscheidung zu übereilt getroffen, in einer ersten Euphorie über die ungewöhnlich gute Rendite. Ein 200-Quadratmeter-Penthouse in bester Lage in Bukarest für 240.000 Dollar mit erwarteten Mieteinnahmen von 4000 Dollar monatlich – das hörte sich schon wie ein Schnäppchen an. Mir war aber das Risiko zu hoch. Breitmeier hatte mich zwar zum Abschluss des Vertrages überredet, aber mir kam die Sache irgendwie nicht geheuer vor. Wissen Sie, Breitmeier war ein Tausendsassa. Er kannte alle, war immer auf dem Laufenden, war von morgens bis abends aktiv.«

»Ungewöhnlich für einen Alkoholiker.«

»Das mit dem Alkohol hat in den letzten Monaten erst dieses Ausmaß erreicht. Vorher war er zumindest tagsüber nüchtern. Breitmeier wusste immer als Erster, wo es etwas gab, wie man an etwas herankam, auf welchem Weg man Vorschriften umgehen konnte. Er kannte sich aus. Diese Wohnung pries er in den höchsten Tönen. Ich müsse mich aber schnell entscheiden, denn das sei die letzte, die noch zu haben sei. Ich habe einfach zu schnell unterschrieben. Schon am nächsten Tag kamen mir Zweifel. Ich habe Mitsotakis angerufen und ihm gesagt, dass ich es mir anders überlegt habe.«

»Und damit war er einverstanden?«

»Was sollte er denn machen? Es gibt doch hier keine Rechtssicherheit. Er hätte seinen Anspruch doch nie einklagen können.«

»Ist Ihnen bekannt, ob sonst noch jemand aus der Botschaft eine Wohnung kaufen wollte oder gekauft hat?«

»Nein.«

»Können Sie mir noch etwas über den Gesundheitszustand des Botschafters erzählen?«

»Ja richtig – der Grund für die Aufgabenteilung zwischen mir und ihm. Reuter hat zwei kaputte Herzklappen, die dringend operiert werden müssten. Diese Operation will er aber aufschieben. Er nimmt eine Menge Medikamente, unter denen wiederum sein Magen leidet.«

»Warum lässt er sich nicht operieren?«

»Weil er dann seinen Job los wäre. Eine solche Operation mit Nachbehandlung erfordert eine Pause von fast einem Jahr. Reuter ist jetzt dreiundsechzig. Man würde ihm nahe legen, sich vorzeitig pensionieren zu lassen, oder der Gesundheitsdienst würde ihn dienstuntauglich für Auslandsposten schreiben.«

»Warum riskiert er sein Leben für seinen Job?«

»Da müssen Sie ihn schon selbst fragen. Reuter hat immensen Einfluss bei der rumänischen Regierung. Fragen Sie ihn, worauf das beruht. Mir hat er das jedenfalls noch nicht erzählt.«

Ich ging in mein Büro und machte einen Vermerk über das Gespräch mit Binder. Dann besuchte ich Frau Wilms.

Aus ihrer Personalakte wusste ich, dass sie Altphilologie studiert, über ein Problem des altgriechischen Satzbaus promoviert hatte und dann in den Auswärtigen Dienst eingetreten war. Unter den zahlreichen Juristen, Volkswirten und Politologen war sie sicherlich mit ihrer Ausbildung von Anbeginn an eine Exotin gewesen. Zunächst hatte sie drei Jahre in der Kulturabteilung gearbeitet und war dort für die deutschen Auslandsschulen zuständig. Danach war sie für drei Jahre nach Ruanda versetzt worden, hatte sich um Entwicklungshilfe gekümmert und die Konsularabteilung geleitet. Als Ausgleich für diesen Härteposten war sie im Anschluss als Kulturreferentin nach New York an das Generalkonsulat versetzt worden. Als sie nach Bonn zurückging, wurde ihr eine Aufgabe im Protokoll zugeteilt. Drei Jahre lang half sie die Reisen des Bundespräsidenten, des Bundeskanzlers und des Außenministers vorzubereiten und ausländische Staatsoberhäupter und Regierungschefs zu betreuen. Bei einem solchen Job kam man abends selten vor acht nach Hause und auch an Wochenenden war sie sicherlich häufig zur Betreuung irgendeines Staatsgastes eingeteilt. Danach war sie noch in Polen tätig. Nach Warschau hätte sie eigentlich einen Posten als stellvertretende Referatsleiterin im Auswärtigen Amt bekommen müssen. Das war die Voraussetzung, um später einmal Botschafterin zu werden. Stattdessen hatte man ihr Bukarest angeboten, einen Posten, den niemand haben wollte und den sie wohl akzeptiert hatte, weil die Aussicht auf einen der begehrten Posten als Stellvertreter in der Zentrale danach besser ist.

Jetzt war sie 47 Jahre alt und die Enttäuschungen des Lebens hatten in ihrem Gesicht, ihrer Körperhaltung und in ihrer Seele deutliche Spuren hinterlassen. Ihr Haar war grau, aber sie sah offenbar keinen Grund, es zu färben. Sie trug es schulterlang und mit Mittelscheitel. Ihre Kleidung war konservativ, nicht wirklich geschmacklos, aber auch nicht gerade vorteilhaft. Sie wohnte in einem Haus unweit der Botschaft – einem Haus, das eigentlich viel zu groß für sie war. Sie hatte es von ihrem Vorgänger übernommen.

Sie schaute überrascht auf, als ich nach kurzem Klopfen eintrat. Sie trug ein dunkelgraues Kostüm mit weißer Bluse und an den Füßen ein Paar flache schwarze Treter, die auch eine Bergwanderung mitgemacht hätten.

»Guten Tag, Frau Valentin«, sagte sie knapp und überrascht.

»Guten Tag, Frau Wilms.«

Sie stand auf, rang sich ein Lächeln ab und deutete auf eine Sitzgruppe. Dann kam ihre große, hagere Gestalt mit den leicht gebeugten Schultern, wie man es bisweilen bei großen Frauen sieht, die sich kleiner machen wollen, um den Schreibtisch herum und setzte sich mir gegenüber.

»Ich habe noch ein paar Fragen im Zusammenhang mit dem Mordfall Breitmeier.«

»Bitte, aber ich glaube kaum, dass ich Ihnen weiterhelfen kann.«

»Sie haben bei einer rumänisch-griechischen Immobilienfirma für je 200.000 Dollar zwei Apartments gekauft. Breitmeier hat das Geschäft vermittelt. Wie kam es dazu?«

Sie schaute mich ungläubig an und warf dann einen Seitenblick auf die Aktenordner aus Breitmeiers Büro. Ich schwieg und sah sie auffordernd an. Es entstand eine kleine Gesprächspause.

»Was hat das mit dem Mord zu tun?«

»Das weiß ich noch nicht. Ich sammle Informationen. Ob die etwas mit dem Mord zu tun haben oder nicht, wird sich erst später herausstellen.«

»Was wollen Sie denn wissen?«

»Erzählen Sie mir die ganze Geschichte.«

»Tja, wo soll ich anfangen? Letztes Jahr ist mein Onkel gestorben. Ich war Alleinerbin. Er hat mir eine Wohnung hinterlassen, die ich mittlerweile verkauft habe. Den Gewinn wollte ich reinvestieren und suchte nach einer günstigen Anlageform. Irgendwann, es war nach einem Essen beim Botschafter, saßen wir in einer kleinen Runde. Die offiziellen Gäste waren schon gegangen und wir nahmen noch einen Cognac, da erzählte Breitmeier von den ungewöhnlich hohen Renditemöglichkeiten bei Kapitalanlagen in Rumänien.«

»Wer war dabei?«

»Der Botschafter, Dr. Binder, Heissenberg, Wagenknecht, vielleicht noch zwei, drei andere. Breitmeier prahlte damit, dass er eine Möglichkeit gefunden habe, hohe Renditen zu erzielen – völlig ohne

Risiko. Natürlich fragten wir nach und er antwortete: ›Immobilien‹. Mehr sagte er nicht. Es war klar, dass Ausländer in Rumänien keine Grundstücke erwerben durften, und wir nahmen an, es handle sich um windige Geschäfte über Strohmänner. Breitmeier widersprach. Man dürfe zwar keinen Grund erwerben, aber der Kauf von Apartments sei völlig legal, solange man seinen Wohnsitz in Rumänien habe. Doch selbst im Falle einer Versetzung ließe sich eine Möglichkeit finden, das Eigentum zu behalten. Er erklärte uns, dass es eine griechisch-rumänische Gesellschaft gebe, die Apartmenthäuser in besten Innenstadtlagen bauen wolle. Er selbst habe schon gekauft. Die Mieten würden ständig steigen, da immer mehr zahlungskräftige Kunden gehobenen Standard bei Mietraum suchten, die Nachfrage aber kaum steige, da quasi auf jedem Grundstück ein Rechtsstreit zwischen dem alten vorkommunistischen Eigentümer und dem derzeitigen Besitzer laste. In einem solchen Klima investiere niemand. Das alles klang einleuchtend. Ich ging deshalb einige Tage später zu Breitmeier und fragte nach Details. Eine Luxuswohnung von 160 Quadratmetern in der Innenstadt sollte mich 200.000 Dollar kosten. Die monatlichen Mieteinnahmen lägen bei voraussichtlich 3000 Dollar und würden ständig steigen. Den Mietvertrag könne man zwischen einem rumänischen Strohmann und dem Mieter abschließen. Die Miete könne dann auf ein Nummernkonto in der Schweiz überwiesen und die Einnahme dem Finanzamt ohne weiteres verschwiegen werden. Das war natürlich Steuerhinterziehung, auf die ich mich keinesfalls einlassen wollte. Dennoch erschien mir das Angebot interessant. Mit Breitmeiers Vermittlung kam ich dann an die Firma

Mitraco. Der Inhaber war ein griechisch-rumänischer Doppelstaatsbürger, der seriös wirkte und die Details des Gewerbes genau kannte. Alles lief professionell. Der Vertrag wurde unterschrieben und ich zahlte 50 Prozent der Kaufsumme an. Das waren 200.000 Dollar, denn ich hatte zwei Apartments gekauft. Beide auf einer Etage. Die hätte man eventuell zu einer großen Wohnung zusammenlegen können.«

»50 Prozent Anzahlung erscheint mir ziemlich viel.«

»Mitsotakis erklärte das mit den hohen Startkosten für das Projekt und Breitmeier meinte, das sei hier so üblich.«

»War Breitmeier denn bei Ihren Verhandlungen mit Mitsotakis dabei?«

»Er hat mich mit dem Griechen zusammengebracht, mich vorgestellt und später kam er als mein Berater mit. Er hatte das ja alles schon erfolgreich durchexerziert.«

»Was war Mitsotakis für ein Typ?«

»Er hat einen rumänischen und einen griechischen Pass. Die Mutter war Rumänin. Er schien seriös und mit besten Verbindungen. Für ihn gab es keine Probleme, die er nicht mit seinen Verbindungen und seinem Geld lösen konnte. Ich konnte es zunächst gar nicht glauben, dass er bankrott sein sollte.«

»Wann erfuhren Sie davon?«

»Vor zwei Wochen. Ich wollte einen Preisnachlass wegen der Verzögerungen erreichen. Mitraco war telefonisch nicht mehr erreichbar. Ich fuhr hin und erfuhr von einer Angestellten, dass Mitsotakis sich zwei Tage vorher abgesetzt habe.«

»Das heißt also, er hat Sie ganz bewusst hintergangen?«

»Es war Betrug. Eindeutig.«

»Und Breitmeier hat davon profitiert.«

»Erst vermutete ich, er habe eine Provision bekommen. Dann hörte ich von dieser Angestellten bei Mitraco, dass Breitmeier mit Mitsotakis eng befreundet war und in der Firma ein- und ausgegangen sei.«

»Und dann haben Sie ihn zur Rede gestellt und ihr Geld zurückgefordert.«

»Ich hatte keine Handhabe gegen ihn. Was hätte ich tun sollen? Das Geld war weg. Wenn Sie daraus ein Motiv konstruieren wollen, liegen sie falsch.«

»Wann kamen Ihnen erste Bedenken?«

»Der Baubeginn verzögerte sich mehrfach. Mitsotakis begründete das zunächst mit Problemen bei der Baugenehmigung, dann mit dem Winterwetter. Das war durchaus verständlich. Ich wollte aber erreichen, dass er das bereits gezahlte Geld verzinste und die Einnahmen beim Gesamtpreis verrechnen sollte. Deshalb hatte ich ihm geschrieben und deshalb ging ich am 29. Januar in sein Büro. Da gab es Mitraco schon nicht mehr und Mitsotakis war verschwunden.«

»Haben Sie mit Breitmeier darüber gesprochen?«

»Natürlich. Er und Mitsotakis waren enge Freunde. Breitmeier behauptete, von all dem nichts zu wissen. Er tat plötzlich so, als ginge ihn diese ganze Geschichte überhaupt nichts an, als kenne er Mitsotakis nur flüchtig.«

»Haben Sie ihn bedroht?«

»Ha, womit denn, wie denn?«

»Zum Beispiel mit einer 9-Millimeter-Pistole.«

»Damit könnte ich gar nicht umgehen. Nein, ich habe mir überlegt, ob ich die Polizei einschalten sollte.«

»Und haben Sie es getan?«

»Noch nicht, ich war mir noch unschlüssig.«

»Sie haben also seit drei Wochen nichts unternommen?«

»Tja, ich komme kaum dazu mich um meine Sachen zu kümmern. Es ist hier wirklich unglaublich viel zu tun.«

»Sehen Sie eine Chance an Ihr Geld zu kommen?«

»Ach wo. Das ist weg. Mitraco war völlig überschuldet. Entweder hat Mitsotakis mit dem Geld neuer Investoren die alten Bauten bezahlt oder er hat es einfach eingesackt und das Weite gesucht.«

»Wie sind ihre Vermögensverhältnisse?«

»Das muss ich ja wohl nicht beantworten. Das hat auch nichts mit Ihrem Auftrag zu tun.«

»Sie werden es beantworten müssen – wenn nicht mir, dann der Kriminalpolizei. Wenn Sie es nicht beantworten wollen, werde ich das natürlich auch zu Protokoll bringen müssen. Die Polizei wird dann wohl nachfragen. Also – wie Sie wünschen.«

»Na schön. Ich habe alles angelegt.«

»Alles?«

»Fast alles. Jedenfalls mein gesamtes Bargeld.«

»Ihre kompletten Ersparnisse, meinen Sie.«

»Ja, alles.«

»War das nicht ein wenig blauäugig?«

»Doch, natürlich. Im Nachhinein schon. Ich habe ihm eben vertraut.«

»Breitmeier?«

»Ja, und dieser Firma. Bei ihm war alles gut gegangen. Er zeigte mir die Pläne, ich war begeistert. Es war einfach großartig. Dann dachte ich mir, dass ich bislang viel zu wenig darauf geachtet habe, was aus meinem Geld eigentlich wird.«

»Und das hat Ihnen Breitmeier erklärt?«

»Ich habe davon keine Ahnung. Ich habe immer nur sehr konservative Anlagemöglichkeiten genutzt. Dies hier schien risikolos.«

»Wie sollte das genau funktionieren?«

»Sie haben doch den Vertrag. Vorauszahlung von 50 Prozent. Bezug am 1. Juli.«

»Wären Sie selbst eingezogen?«

»Wahrscheinlich nicht.«

»Sie haben also 200.000 Dollar verloren und bemühen sich jetzt darum, mir klarzumachen, das sei nicht schlimm, weil Sie ohnehin genug hätten oder Geld Ihnen nichts bedeute oder was auch immer?«

»Der Verlust schmerzt, aber er bringt mich nicht um. Vergleichen Sie es mit einem Unfall. Es war ein Schaden, den ich hinnehmen musste. Mit einem Monatseinkommen von 14.000 Mark kann ich gut leben. Seien Sie unbesorgt. Außerdem habe ich noch ein paar langfristige Anlagen und bin das einzige Kind meiner Eltern, die auch nicht gerade am Hungertuch nagen.«

Sie schaute mich mit einem zynischen Lächeln an, in dem ich Selbstverachtung, Ärger und Zorn über die eigene Gutgläubigkeit und Dummheit erkennen zu können meinte.

»Glauben Sie, dass Breitmeier zu dem Zeitpunkt, als er Sie bei Mitraco eingeführt hat, bereits wusste, dass die Firma in Schwierigkeiten war?«

»Das weiß ich nicht. Es gab einen gewissen zeitlichen Zusammenhang: Vertragsunterzeichnung und Bankrott lagen nur wenige Tage auseinander. Breitmeier und Mitsotakis schienen gut befreundet. Breitmeier war zudem ein Typ, dem man auch einen Betrug an Kollegen zutrauen würde.«

Sie schwieg einen Moment und fuhr dann fort:

»Ich hatte das Geld abgeschrieben. Es war für mich, als wäre es nie da gewesen. Für mich gab es keinen Grund, mich an Breitmeier zu rächen. Bei mir suchen sie trotz des finanziellen Verlustes vergebens nach einem Motiv.«

»Wissen Sie noch von anderen, die auf Breitmeiers Empfehlung hin investiert haben?«

»Nein, über solche Dinge spricht man gewöhnlich nicht im Kollegenkreis.«

Ich ging in mein Büro und machte mir Notizen über das Gespräch. Irgendwie tat mir die Wilms Leid. Sie war für Breitmeier ein leichtes Opfer gewesen. Es bestand aber auch die Möglichkeit, dass sich das Opfer gewehrt hatte. Mir erschien es nicht plausibel, dass sie den Verlust einer solchen Geldsumme einfach so weggesteckt hatte. Von irgendjemandem mussten die Erpresserbriefe aus Breitmeiers Wagen stammen und ich hatte den starken Verdacht, dass Frau Wilms nicht gar so harmlos war, wie sie sich geben wollte.

Ich überlegte, wie ich das Amt und das BKA über den Stand der Ermittlungen unterrichten und gleichzeitig ein paar notwendige Informationen aus Deutschland erhalten konnte, ohne dass einer der verdächtigen Kollegen oder gar die Rumänen davon erfuhren. Telefon und Fax schieden aus. Beides war nicht abhörsicher. Bukarest war noch nicht an das E-Mail-System angeschlossen. Davon abgesehen, hätte auch dieses System Spuren hinterlassen. Blieb also noch die traditionelle Fernschreibverbindung. Bis vor wenigen Jahren wurden Texte in Lochstreifen umgesetzt und dabei verschlüsselt. Der Lochstreifen wurde dann in einen Fernschreiber eingelegt und ans Auswärtige Amt verschickt.

Der Telekommunikationsraum der Botschaft, kurz Telko genannt, befand sich in zwei kleinen Zimmern unter dem Dach. Die Tür zur Telko war aus Geheimschutzgründen verschlossen. Ich klingelte und Susi, die ich von der Kaffeerunde aus der Registratur kannte, öffnete mir.

»Hallo, welche Überraschung. Hast du was Eiliges?«

»Eilig und geheim.«

Sie schaute auf meine leeren Hände.

»Ich hab's noch nicht geschrieben.«

»Komm rein.«

Das Zimmer – sah man einmal von den elektronischen Geräten ab – hatte etwas von einer Studentenbude. Hinter der Durchgangstür in den zweiten Raum standen ein Bett und ein Schrank, im vorderen Raum ein Kühlschrank und eine Kaffeemaschine.

»Wer hier Dienst schiebt, geht meist als Letzter aus dem Haus. Zum Glück bin nicht immer ich diejenige. Nach offiziellem Dienstschluss übernimmt der jeweilige Bereitschaftsdienst, der jede Woche wechselt. Meistens kommt abends noch der Botschafter oder ein Referent und will noch einen Drahtbericht loswerden. Ganz schlimm ist es bei Delegationen aus Deutschland – Minister oder Bundestagsabgeordnete. Dann bleibt die Telko 24 Stunden besetzt. Deshalb sind wir eingerichtet wie in einem kleinen Apartment.«

Ich schaute ratlos auf die Gerätschaften.

»Es gibt zwei Möglichkeiten: Entweder du hast einen Text auf Diskette, den können wir als Lochstreifen ausdrucken lassen, oder du schreibst ihn direkt auf die alte T1000.« Sie deutete auf eine überdimensionale Schreibmaschine. »Da wird statt eines Buchstabens ein

Lochmuster getippt. Der Lochstreifen kommt dann in die Chiffriermaschine und wird verschlüsselt.«

»Ich nehme das Ding da.« Ich deutete auf die Lochstreifenstanze, setzte mich und begann mit dem Bericht, den ich an Referat 118 adressierte und als geheim einstufte. Dadurch war garantiert, dass nur solche Personen mit den Informationen in Kontakt kommen konnten, die eine entsprechende Ermächtigung zum Umgang mit Geheimdokumenten hatten. Der Text würde nicht wie offene Berichte von Bürboten in Gittermappen in irgendwelche Fächer gelegt, sondern persönlich an den Adressaten ausgeliefert, der dafür mit Namen und Uhrzeit quittieren musste. Danach landete der Text wiederum in einer verschlossenen Mappe in einer speziellen Geheimregistratur. Ich schrieb über das Ergebnis meiner bisherigen Befragungen, soweit das in Bonn von Interesse war, und bat um Informationen, die ich für meine weiteren Ermittlungen brauchte. Susi fädelte den Lochstreifen in den Fernschreiber und ließ ihn durchrattern.

»Sag mir bitte sofort Bescheid, wenn eine Antwort kommt.«

»Klar.«

Ich stand auf und wollte gehen.

»Du kennst Frank schon länger?« Die Frage war ihr offensichtlich schwer gefallen. Sie senkte die Augen und drehte sich um.

»Wir waren ein Jahr gemeinsam bei 1-AF.«

»Und damals wart ihr zusammen, ich meine, ein Paar?«

»Wir sind Freunde. Wir haben uns gegenseitig geholfen und wir haben ein paar Mal miteinander geschlafen.«

»Und jetzt?«

»Keine langfristigen Absichten, wenn du das meinst. Ich kann mir nicht vorstellen, dass Frank dazu in der Lage ist – egal mit welcher Frau.«

Gegen 16 Uhr bat mich der Botschafter zu sich. Reuter wirkte heute frischer als bei unserer letzten Begegnung.

»Ich habe eine gute Nachricht für Sie.«

Er wartete ab, um die Spannung zu steigern. »Jobst hat Weisung aus Pullach. Er wird reden müssen.«

Das war die beste Nachricht des Tages. Ich stellte mir vor, wie Jobst auf diese Entscheidung reagiert haben mochte, und musste grinsen.

Reuter fragte mich nach dem Stand meiner Arbeit. Ich gab einen kurzen Überblick, ohne auf den Inhalt meiner Gespräche einzugehen.

»Ich möchte Sie bitten, Hasslers Pistole einzufordern.«

»Verdächtigen Sie Hassler?«

»Darum geht es nicht. Es ist eine Spur und der muss man nachgehen.«

Er nickte. »Gut, wie Sie wünschen.«

Ich ging in mein Büro und rief Jobst an.

»Herr Jobst, ich denke, wir sollten uns noch einmal treffen.«

»Morgen«, sagte er knapp.

»Nein, besser heute Abend.«

»Sie vergessen, dass ich nebenbei auch noch einen Job zu machen habe.«

»Sie sind ein schlechter Verlierer, Herr Jobst. Ich hatte Sie anders eingeschätzt.« Die letzten Worte hauchte ich mit einer Portion Sexappeal in den Hörer.

Er fiel darauf herein und ich bekam mein Gespräch noch am gleichen Tag.

»Also schön, Breitmeier ist tot, die Operation beendet. Dennoch muss ich Sie darauf aufmerksam machen, dass alles, was ich Ihnen sage, streng geheim ist. Das gilt auch für Notizen, die Sie über dieses Gespräch anfertigen. Die rumänische Seite darf auf keinen Fall von der Operation erfahren. Vor einem halben Jahr kam Hassler zu mir mit seiner Entdeckung, dass Breitmeier sich mit einem Vertreter des rumänischen Geheimdienstes getroffen hatte. Wir sind diesem Hinweis nachgegangen. Breitmeier arbeitete tatsächlich für die Rumänen. Es kam ein Team hierher, das das Ausmaß des Verrats abschätzen und verwertbare Beweise für Breitmeiers Agententätigkeit sammeln sollte. Nach einigen Wochen hatten wir eine hervorragende Dokumentation zusammen, kannten seine Arbeitsschwerpunkte, seine Briefkästen und seine Treffpunkte. Breitmeier wurde nach Bonn gerufen und mit dem Material konfrontiert. Er hatte die Wahl zwischen Zuchthaus und einer Zusammenarbeit mit uns. Er hat sich für Letzteres entschieden. Wir haben ihn dann gezielt mit Material gefüttert, das er den Rumänen zutragen sollte.«

»Und die haben das nicht gemerkt?«

»Wir haben unsere Methoden. Natürlich war nicht alles getürkt. Er hat auch weiterhin echtes Material geliefert.«

»Sind Sie sicher, dass die Rumänen nicht mitbekommen haben, dass Sie ihn umgedreht hatten?«

»Sicher kann man in unserem Job nie sein. Wie kommen Sie denn darauf?«

»Er wurde seit zwei Wochen beschattet. Haben Sie eine Ahnung, wer dahinter steckte?«

»Nein. Breitmeier hat auf zu vielen Hochzeiten getanzt und er war ein Typ, den wir normalerweise nicht einmal mit der Kneifzange angefasst hätten.«

Ich schaute ihn fragend an.

»Er hatte zu viele Schwächen: Alkohol, Frauen, Geltungssucht, kaum durchschaubare Geschäfte. Mit solchen Leuten zu arbeiten, ist für jeden Geheimdienstler das Grauen. Es besteht ständig die Gefahr, dass diese Schwächen vom Gegner ausgenutzt werden.«

»Was hat Breitmeier in Ihrem Auftrag den Rumänen zugetragen?«

»Das darf ich Ihnen nicht sagen. Meine Aussage soll sich nicht auf die operative Tätigkeit erstrecken, sondern nur auf Breitmeiers Verbindung zum BND. Die kennen Sie jetzt. Mehr werde ich nicht sagen, zumindest nicht zu diesem Thema. Es gibt andere Dinge, über die ich mich aber sehr gern mit Ihnen unterhalten würde.« Er lächelte mich an und ich fand ihn plötzlich gar nicht mehr so unsympathisch.

»Vielleicht ein anderes Mal.«

Eigentlich hatte ich für heute genug, aber da war noch Feilingers Hinweis auf Frau Breitmeiers falsches Alibi. Ich fuhr also noch einmal zu Reichelts. Frau Breitmeier öffnete die Tür. Sie führte mich ins Reicheltsche Wohnzimmer, wo ich wieder in einem dieser voluminösen Sessel versank. Hildchen war zum Glück nicht da.

»Wann sind Sie von dem Kinderheim weggefahren?«

Sie überlegte einen Augenblick.

»Ich bin mir da nicht so sicher. Es war eine so herzliche Feier, da vergisst man schon mal auf die Uhr zu schauen.«

Ich wollte mir dieses Gefasel nicht noch einmal anhören und ging daher zum Angriff über.

»Sie haben die Feier um 18 Uhr 20 verlassen. Gegen 23 Uhr 30 sind Sie zu Hause angekommen. Wo waren Sie zwischenzeitlich?«

Es entstand eine Pause.

»So lange? Tja. Ich bin in den Herastrau-Park gefahren und bin dort um den See gegangen und später ziellos durch die Stadt gefahren. Es waren Stunden des Abschieds. Ich wollte allein sein. Dabei habe ich dann wohl die Zeit vergessen.«

»Sie sind eine bemerkenswerte Frau. Sie gehen in der Dunkelheit bei minus 15 Grad und Schneetreiben durch den Park und fahren danach noch vier Stunden durch die Stadt. Gesehen hat Sie natürlich niemand?«

Sie schwieg.

»Frau Breitmeier, ich glaube kaum, dass sich die Polizei damit zufrieden geben wird. Wenn Sie etwas zu sagen haben, wissen Sie, wo Sie mich erreichen.«

Feilinger saß in der Lobby des Sofitel. Als ich auf ihn zuging, fiel mir der Kontrast zwischen dem Luxus des Hotels und den abgetragenen Klamotten des rumänischen Inspektors auf. Eine Gruppe amerikanischer Geschäftsleute schien sich über irgendetwas köstlich zu amüsieren.

Er stand auf und schüttelte mir die Hand. In dem Aschenbecher neben seinem Sessel lagen ungefähr zehn Zigarettenstummel, keiner länger als ein Zentimeter. Er rauchte die filterlosen Carpaţi, bis sie so kurz waren, dass er sie nur noch mit den äußersten Fingerspitzen anfassen und ausdrücken konnte.

»Kommen Sie, wir gehen in die Bar. Ich lade Sie zu einem Drink ein«, sagte ich.

Der Kellner brachte Nüsse und Whisky. Feilinger fragte mich nach meinen Eindrücken von Bukarest. Er machte Smalltalk. Das passte nicht zu ihm und ich interpretierte es als einen hilflosen Versuch, das Gesprächsklima zwischen uns zu verbessern.

»Also«, unterbrach ich ihn, »die Breitmeier ist angeblich durch den Herastrau gelaufen und ziellos durch die Stadt gefahren. Das ist natürlich Nonsens und macht sie verdächtig. Die Wilms und möglicherweise auch Binder haben auf Breitmeiers Empfehlung hin größere Summen bei Mitraco investiert – vor drei Wochen. Das Geld ist verloren. Hasslers Waffe wird beschlagnahmt und untersucht.«

»Und Jobst?«

»Jetzt sind Sie erst einmal dran.«

»Na schön. Fangen wir mit Mitraco an: Die Firma wurde vor zwei Jahren mit einem auffallend geringen Startkapital gegründet und begann wenige Wochen später mit mehreren Bauprojekten. Vorfinanziert wurde nur das erste Gebäude. Danach wurde erst gezahlt und dann gebaut. Die Bauausführung war außergewöhnlich gut, die Wohnungen verhältnismäßig billig im Vergleich zu den möglichen Mieteinnahmen, die man mittlerweile erzielen kann, wenn man an Ausländer auf Devisenbasis vermietet. Mit dem guten Ruf hat Mitsotakis dann abkassiert. Er konnte sich vor Investoren kaum retten. Er hat nach bisherigen Erkenntnissen über acht Millionen Dollar kassiert, für Wohnungen, die im laufenden Jahr auf drei verschiedenen Grundstücken gebaut werden sollten. Er hat nie vorgehabt, diese Wohnungen tatsächlich zu bauen. Die gleiche Masche hat er vor Jahren schon einmal auf Zypern abgezogen, allerdings in etwas bescheidenerem Umfang. Dort wurde er wegen betrügerischen Bankrotts verurteilt, konnte sich aber rechtzeitig absetzen. Genau das scheint ihm hier auch wieder gelungen zu sein. Ich habe zwar inzwischen einen Haftbefehl, aber ich glaube kaum, dass Mitsotakis sich noch in Rumänien aufhält.«

»Wann war das in Zypern?«

»1990.«

»Haben Sie etwas über Breitmeiers Verbindung mit Mitsotakis herausgefunden?«

»Sie waren gute Bekannte. Wahrscheinlich hat Breitmeier für Mitraco geworben.«

Ich bestellte zwei weitere Whisky und Feilinger wechselte von Mitraco zur Mikasch.

»Die Mikasch ist noch immer nicht aufgetaucht. Aber das ist nur eine Frage der Zeit. So viel steht aber fest: Breitmeier wollte sie anscheinend mit nach Bonn nehmen. Er hatte beste Verbindungen im rumänischen Außenministerium. Sie hat bei der Botschaft gekündigt und ist zum rumänischen Außenministerium gewechselt. Es galt als sicher, dass sie innerhalb der nächsten Wochen nach Bonn an die rumänische Botschaft versetzt werden würde. Am Donnerstag, also ein Tag vor dem Mord, wurde ihr fristlos gekündigt. Inoffiziell habe ich erfahren, die Kündigung sei erfolgt, weil die Mikasch mit dem deutschen Geheimdienst in Verbindung gebracht wurde. Sie wurde mit Jobst gesehen. Das hat anscheinend für einen Verdacht ausgereicht.«

»Das scheint ein bisschen wenig, um einen Verdacht zu begründen.«

»Ich stimme Ihnen zu. Vielleicht finden Sie mehr heraus. Viel Glück.« Er trank seinen Whisky aus, stand auf, bedankte sich und ging.

Kaum hatte er die Bar verlassen, kam Thomas Heissenberg auf mich zu und setzte sich an meinen Tisch.

Eine Dame am Nebentisch lächelte ihm auffordernd zu. Heissenberg deutete ein Lächeln an.

»Erlauben Sie?«

»Bitte.«

»Ich kam zufällig vorbei. Es ist der einzige Ort in Rumänien, wo es gezapftes Tuborg gibt.«

»Mir scheint, dass hier noch andere Spezialitäten angeboten werden.«

»Hotelprostitution ist der Anfang des Kapitalismus.«

Heissenberg bestellte ein Tuborg und einen Whisky für mich.

»Sind Sie dem Mörder auf der Spur?«

»Ein komplizierter Fall. Breitmeier war nicht gerade beliebt. Es wird nicht einfach, unter denjenigen, die ihn gern erschossen hätten, jenen herauszufinden, der es tatsächlich getan hat.«

Ich überlegte, ob Heissenberg gekommen war, um mich auszuhorchen, aber ich verwarf den Gedanken. Dazu war er zu intelligent. Er wechselte auch bald das Thema und entpuppte sich als großartiger Gesprächspartner. Er war amüsant und geistreich. Wir entdeckten eine gemeinsame Vorliebe für amerikanische Literatur. Er hatte Boyle gelesen und Hemingway. Er schwärmte von Updikes »Brasilien« und er redete von Henry Miller, als sei dieser ein guter Bekannter.

Als wir um Mitternacht das Manhattan verließen, begleitete er mich in die Lobby des Hotels. Während ich auf den Fahrstuhl wartete, überlegte ich, ob ich mit ihm schlafen sollte. Irgendetwas hielt mich davon ab. Vielleicht war es das Gefühl, dass er zu glatt war, vielleicht ging es mir auch einfach nur zu schnell. Der Tag war lang genug gewesen. Anstelle eines Abendessens hatte ich drei Whisky getrunken, die ihre Wirkung entfalteten.

In meinem Zimmer angekommen, warf ich meine Klamotten über einen Stuhl, legte mich ins Bett und schlief sofort ein. Irgendwann in der Nacht begegnete ich Breitmeier, der mir ein Büro verkaufen wollte.

»Rauhbein können Sie vergessen. Wenn Sie je einen eigenen Schreibtisch haben wollen, dann nehmen Sie mein Angebot an. 300.000 Dollar ist für Bukarest doch geradezu geschenkt.«

Ich zögerte und schaute mich in dem Raum um, dessen Wände mit durchnummerierten Kartons zugestellt waren.

»Mir können Sie vertrauen.« Er holte eine Flasche Schnaps aus dem Schreibtisch und goss sich ein. »Der alte Breitmeier macht nur seriöse Geschäfte.«

»O.K,« sagte ich, »aber die Kartons müssen raus.« Gleichzeitig ärgerte ich mich über meine Blauäugigkeit, denn ich wusste, dass Breitmeier mich hereinlegen würde.

11

Mittwoch, 9. Februar. An diesem Morgen rief die Regierung den Notstand aus. Bukarest war aufgrund anhaltender Schneefälle nicht mehr zu erreichen. Auf den Zufahrtsstraßen waren LKW eingeschneit und versperrten den Schneepflügen den Weg. Das Militär befand sich im Einsatz. Es waren schon mehrere Menschen in ihren eingeschneiten Autos erfroren und auch in ungeheizten Wohnungen hatte es bereits Todesfälle gegeben. In einigen ärmeren Wohnvierteln der rumänischen Hauptstadt gab es ganze Wohnblocks, in denen die Heizung abgestellt war, weil die Bewohner die Gasrechnung nicht bezahlen konnten.

Das Sofitel kannte derlei Probleme nicht und auch die Botschaft war eher überheizt. Als Erstes ging ich zu Frank. Irgendetwas schien ihm über die Leber gelaufen zu sein und er kam auch gleich heraus damit.

»Hast du mit Heissenberg einen schönen Abend verbracht?«

»Was soll das? Spionierst du mir nach?«

»Ich wollte dich sprechen, aber du hast dich ja anscheinend köstlich mit Heissenberg amüsiert.«

»Na und? Er kam zufällig vorbei und...«

»Zu komisch. Heissenberg überlässt nichts dem Zufall. Er ist hinter dir her und du weißt das.«

»Und wenn das so wäre? Ich habe mir bislang meine Liebhaber selbst ausgesucht und so wird es bleiben. Du bist eifersüchtig und dazu hast du kein Recht.«

»So ein Quatsch. Ich will dich nur warnen vor ihm. Der Mann ist eiskalt. Okay, die Kollegen mögen ihn alle. Er ist nett, hat immer ein paar Sprüche auf Lager, aber das ist Fassade. Er hat ein Verhältnis mit Irina Gabrielescu, die für die Wilms arbeitet. Die liebt ihn bis zur Selbstaufgabe. Und er – manchmal macht er ihr Hoffnungen, aber meistens behandelt er sie wie ein Stück Dreck.«

»Das interessiert mich nicht. Ich brauche deine Hilfe bei der Lösung dieses Falles, aber nicht für mein Privatleben. Ich mische mich auch nicht in dein Leben ein. Es ist mir egal, wie du deine Miete bezahlst und was du mit Susi, Tatjana und so weiter machst. Bei der Geschichte mit Susi stört mich nur, dass du nicht mit offenen Karten spielst. Sie macht sich da anscheinend Hoffnungen.«

»Ich habe ihr von Anfang an…«

»Sprich mit ihr darüber. Ich will davon nichts hören.«

»Das hat alles nichts mit Heissenberg zu tun. Er will etwas von dir.«

»Ob du's glaubst oder nicht: ich bin in gewisser Weise stolz darauf und wäre enttäuscht, wenn es anders wäre.«

Frank murmelte ein »Na schön, mach doch, was du willst« vor sich hin, lehnte sich zurück und legte die Füße auf den Schreibtisch.

»Also?«

Ich weihte ihn in die neuesten Entwicklungen ein und auch er war anscheinend nicht untätig gewesen:

»In der Botschaft herrscht beste Stimmung seit Breitmeiers unfreiwilligem Abgang. Außer dem Kollegen Kleiber scheint niemand Breitmeiers Tod zu bedauern. Kleiber war ein Nervenbündel, hat den ganzen Morgen telefoniert und hat sich dann krank gemeldet. Wahrscheinlich ist doch etwas dran an dem Gerücht, dass die beiden krumme Visageschäfte gemacht haben. Angeblich kann man ein Visum auch ohne stundenlanges Anstehen, ohne Einladung aus Deutschland und ohne Krankenversicherung bekommen, wenn man dafür den Betrag von bis zu 2000 Dollar an einen Vermittler bezahlt, der die Pässe in die Botschaft schleust, wo sie zusammen mit den Pässen der normalen Antragsteller zur Überprüfung in den Computer eingegeben werden.«

»Wird denn nicht mehr kontrolliert, ob alle Papiere in Ordnung sind, Einladung und Versicherung vorliegen?«

»Doch, schon. Wir sind zu dritt. Kleiber, Frau Sigmann und ich. Wenn aber einer der Kontrolleure gegen einen Anteil an den 2000 Dollar auf die Kontrolle verzichtet, dann merkt das niemand. Der Computer vergleicht die eingegebenen Daten mit den vorliegenden Namen derer, die sich etwas zuschulden haben kommen lassen oder schon einmal aus Deutschland abgeschoben wurden. Findet er nichts, so wird das Visum erteilt, d.h. ein Etikett wird ausgedruckt und in den Pass geklebt.«

»Was hatte Breitmeier damit zu tun?«

»Breitmeier hat Pässe mitgebracht, so wird gemunkelt, und Kleiber zur Bearbeitung übergeben. Fast jeden Tag war Kleiber in Breitmeiers Büro. Frag die Büroboten oder die Popescu, die für Breitmeier die rumänische Presse ausgewertet hat. Durch ihr Arbeitszimmer muss jeder durch, der in Breitmeiers Büro will.«

»Warum hat da niemand eingegriffen?«

»Dass Kleiber sich in Breitmeiers Büro aufhielt, war ja nicht strafbar. Man konnte ihnen nichts nachweisen. Ich habe einmal einen Vermerk geschrieben, in dem ich diesen Verdacht angedeutet und auf Unregelmäßigkeiten in Kleibers Arbeit hingewiesen habe. Das Papier ging an Wagenknecht, den Leiter der Rechts- und Konsularabteilung. Ich habe nie wieder etwas davon gehört.«

»Das ist zwar eine interessante Geschichte, hat aber mit dem Mord nichts zu tun.«

»Du hast Recht. Aber die zweite Geschichte, die ich heute erfahren habe, die kann durchaus etwas damit zu tun haben. Breitmeier war anscheinend ein Grabscher. Wenn er soff – und das tat er häufig – dann hatte er seine Hände nicht mehr unter Kontrolle. Er hat wohl auch seine Sekretärin befummelt. Das war erst Martina Ziegenbein, eine ziemlich aufgetakelte Vierzigjährige, deren Mann in der Botenmeisterei arbeitet. Jedenfalls ist Lothar Ziegenbein, er ist zehn Jahre älter als seine Frau und krankhaft eifersüchtig, in Breitmeiers Büro gestürmt, hat ihn angebrüllt und kurzerhand niedergeschlagen. Die einzige Konsequenz war, dass Breitmeier eine andere Sekretärin bekam. Die Ziegenbein schrieb fortan für Dr. Wilms und Wagenknecht. Lothar Ziegenbein rühmt sich bis heute damit, dass er Breitmeier k.o. geschlagen habe, und hat jedem erzählt, dass er Breitmeier umbringe, falls der noch einmal seine Frau angrabsche. Letzten Freitag passierte Folgendes: Breitmeiers Sekretärin meldete sich krank. Ihre eigentliche Vertreterin war in Urlaub. Breitmeier musste auf die Ziegenbein zurückgreifen, die im zweiten Stock in einem Zimmer sitzt, das kaum größer ist als eine Besenkammer. Breitmeier suchte sie auf, um einen eiligen Bericht zu diktieren. Ich habe keine Ahnung, was passiert ist. Es ist aber von mehreren Leuten gesehen worden, dass Martina Ziegenbein in derangiertem Zustand in der Botenmeisterei ihren Mann aufsuchte und behauptete, Breitmeier habe ihr an die Wäsche gewollt. Ihr Mann ist daraufhin mit den Worten losgestürmt, jetzt sei Breitmeier fällig. Das ist kurz vor Dienstschluss passiert und Ziegenbein hat Breitmeier nicht mehr erwischt.«

Um neun Uhr saß ich in meinem Büro und machte, wie ich es mir inzwischen angewöhnt hatte, handschriftliche Notizen über Franks Beobachtungen. Auch über alle anderen Gespräche hatte ich handschriftliche Protokolle geschrieben. Der Computer war mir nicht sicher genug. Anfänglich hatte ich die Protokolle im Büro oder im Hotel einschließen wollen, doch angesichts des kriminellen Potentials, mit dem ich es hier zu tun hatte, erschien mir das nicht sicher genug. Ich trug die eng beschriebenen Seiten daher in der Innentasche meiner Kostümjacke mit mir herum. Dort waren sie sicher.

Feilinger rief an und teilte mit, dass die rumänische Gerichtsmedizin die Leiche Breitmeiers freigegeben habe. »Sie können ihn abholen.«

»Wie stellen Sie sich das vor? Sollen wir ihn im Hof der Botschaft aufbahren?«

»Kalt genug ist es jedenfalls.«

»Herr Feilinger, soweit ich weiß, geht Frau Breitmeier davon aus, dass ihr verstorbener Gatte in deutscher Erde seine letzte Ruhestätte finden soll. Eine Überführung ist aber derzeit nicht möglich. Sie müssen die Leiche noch ein paar Tage zwischenlagern.«

»Dabei entstehen Kosten.«

»Die werden schon irgendwie beglichen. Ich werde das weiterleiten.«

Ich rief Jobst an.

»Ja, kommen Sie rüber – bevor Sie wieder einen Bericht nach Bonn abschicken. Sie können sofort kommen.« Jobst schien gute Laune zu haben.

Ich zog meinen Mantel an und stapfte die 200 Meter bis zur Dienstvilla des Bundesnachrichtendienstes durch den Schnee. Die rumänischen Arbeiter der Botschaft hatten entlang der Botschaft und bis zu Jobsts Villa auf dem Gehweg einen schmalen Pfad freigeschaufelt. Der »Schrank« öffnete mir die Tür. Jobst hatte die Füße auf die Schreibtischkante platziert und sich in seinem Bürosessel weit zurückgelehnt. Er legte die Zeitung beiseite, schwang sich lässig aus dem Sessel und gab mir die Hand.

»Was haben Sie nun schon wieder auf dem Herzen?« Er deutete auf einen der beiden Stühle vor seinem Schreibtisch. »Kaffee?«

»Nein danke. Welche Verbindung hatten Sie zu Frau Mikasch?«

»Keine. Wie kommen Sie denn darauf?«

»Sie haben sich letzte Woche mit ihr getroffen. Das Treffen ist beobachtet worden und hat zu Mikaschs Entlassung aus dem rumänischen diplomatischen Dienst geführt.«

»Kompletter Unsinn. Ich bin dieser Frau Mikasch, die ich flüchtig kannte, wie man sich eben kennt, wenn man jahrelang bei der gleichen Firma mit nur 80 Angestellten arbeitet, rein zufällig begegnet.«

»Wann war das?«

»Warten Sie.« Er blätterte in seinem Kalender.

»Dienstag letzter Woche im französischen Club. Ich war mit Heissenberg verabredet. Wir spielen gelegentlich eine Partie Poolbillard. Heissenberg verspätete sich und die Mikasch tauchte auf. Ich ging auf sie zu, wir wechselten ein paar Worte und sie verschwand wieder.«

»Was wollte sie dort?«

»Sie hatte sich anscheinend mit Frau Gabrielescu verabredet, die aber auch nicht auftauchte. Frau Gabrielescu arbeitet in der Wirtschaftsabteilung. Sie und die Mikasch waren befreundet und verbrachten die Mittagspausen häufig zusammen.«

»Was haben Sie mit ihr besprochen?«

»Ich wollte sie zu einem Drink einladen. Heissenberg war ja noch nicht da und die Mikasch würde ja nun bald nach Bonn gehen. Da dachte ich, ich lade sie noch mal ein, aber sie hat abgelehnt und verschwand. Ein bisschen nervös war sie schon. Was soll das alles?«

»Zwei Tage später wurde die Mikasch entlassen, weil man dachte, sie sei eine Ihrer Agentinnen.«

»Ein zufälliges Zusammentreffen ist für einen solchen Verdacht ja wohl kaum ausreichend.«

»Das mag wohl sein. Aber vielleicht hatten die Rumänen schon gemerkt, dass Sie Breitmeier umgedreht hatten. Anders ist es kaum zu erklären, dass mir Feilinger den Ratschlag gibt, meine Nachforschungen ausgerechnet bei Ihnen zu beginnen. Breitmeier hatte die Mikasch im rumänischen Außenministerium untergebracht. Wahrscheinlich hat man ihr ohnehin misstraut. Das Zusammentreffen mit Ihnen hat aus dem Verdacht Gewissheit werden lassen. Aus der

Entlassung der Mikasch können Sie den Schluss ziehen, dass Breitmeier enttarnt war. Das wiederum heißt, die Rumänen haben die falschen Informationen, die sie von Breitmeier hatten, mit nicht gefälschtem Material vergleichen können. Breitmeier war also nicht die einzige Quelle der Rumänen. Das ist doch logisch – oder?«

»Falls Sie jemals eine neue Stelle suchen, werde ich Sie beim BND unterbringen.«

»Ich glaube kaum, dass ich an dieser Arbeit Interesse hätte.«

»Nun mal nicht so abfällig. Schließlich arbeiten wir beide für den Staat – das waren doch Ihre Worte.«

»Ich habe keine Ahnung, woran Sie und Ihre Kollegen arbeiten. Ich höre nur ständig, dass dabei nicht allzu viel herauskommt.«

Er setzte sein überhebliches Grinsen auf.

»Was Sie herausgefunden haben, ist mir nicht neu. Ich habe am Freitag einen Bericht ähnlichen Inhalts nach Deutschland gesandt. Es wird wohl demnächst ein Team kommen, das sich diesem Problem widmen wird.«

»Haben Sie einen Verdacht, wer es sein könnte?«

»Es kommt ein Kreis von ungefähr fünfzehn Personen in Frage. Nur die können Zugang zu dem Material gehabt haben, mit dem ich Breitmeier gefüttert habe. Die Referenten, zwei Schreibkräfte und der Kanzler.«

»Die halbe Botschaft.«

»Das ließ sich nicht vermeiden.«

Lothar Ziegenbein war lange Jahre beim Bundesgrenzschutz gewesen und hatte unter anderem im

Objektschutz gearbeitet. Vor fünf Jahren hatte er an der Botschaft Warschau seine jetzige Frau kennen gelernt. Zum Zwecke der Familienzusammenführung war Ziegenbein in den einfachen Dienst des Auswärtigen Amtes eingetreten und das jungvermählte Paar wurde an die Botschaft Bukarest versetzt. Ziegenbein war ein vierschrötiger Kerl mit kurz geschnittenem Haar und Tätowierungen auf fleischigen Unterarmen. Ich hatte ihn in mein Büro gebeten, wo er mir gegenübersaß und nervös mit seinem Ehering spielte.

»Was hat sich am Freitag abgespielt? Sie wissen, was ich meine?«

Ziegenbein erzählte umständlich, wie es dazu gekommen war, dass Breitmeier die Dienste seiner Frau habe in Anspruch nehmen müssen.

»Meine Martina hat schon schlimme Befürchtungen gehabt, als er bei ihr auftauchte. Es war ja nicht das erste Mal, dass er sie angefasst hat. Ich hab ihm schon mal deutlich gemacht, dass er seine Finger von ihr lassen soll.«

»Sie haben ihn niedergeschlagen – stimmt das?«

»Da kenn ich nix, wenn einer an meine Martina will.«

»Und wollte er wieder an Ihre Martina?«

»Sie kommt runter, die Haare zerzaust, ein Knopf von der Bluse gerissen und sacht: ›Der Breitmeier wollte schon wieder wat von mir.‹ Ich sofort rauf. Bin durch die ganze Botschaft, aber der Feigling war schon weg. Der wusste ganz genau, dass ich da nix kenne, wenn's um die Martina geht.«

»Ihre Martina.«

»Ja, meine Martina.«

Ein Mord setzte ein Mindestmaß an Planung und Denken voraus. War dieser Mann dazu fähig? Ich tendierte dazu, ihn für unschuldig zu halten.

»Was haben Sie dann gemacht?«

»Ja es war ja schon Dienstschluss, ich bin dann nach Hause gefahren.«

»Gestern haben Sie mehreren Kollegen erzählt, Sie seien bei Breitmeier vorbeigefahren, aber er habe aus Angst nicht geöffnet.«

»Natürlich hat er Angst gehabt. Wo ich hinhaue, da wächst so schnell kein Gras mehr, das könnense mir glauben. Breitmeier wusste das ja noch vom ersten Mal.« Er lachte.

»Was haben Sie abends zwischen 18 Uhr 30 und 19 Uhr 30 gemacht?«

»Da war ich Gassi mit Zorro – das is mein Rottweiler.«

»Wo?«

»Im Herastrau.«

»Und gesehen hat Sie natürlich niemand. Haben Sie eine Waffe?«

»Äh, nein.«

»Viele Kollegen haben hier eine Waffe. Es gab in letzter Zeit eine Menge Überfälle und Einbrüche. Auf dem Russenmarkt bekommt man eine Pistole doch halbwegs geschenkt.«

»Ja, schon, aber ich hab keine.«

»Wissen Sie zufällig, ob Breitmeier einen Hund hatte?«

»Nee, der hatte keinen Hund.«

»Komisch, weil ich am Freitagabend auf Breitmeiers Grundstück Hundespuren gesehen habe.«

Ich hatte versucht mich zu erinnern, welche Spuren von der Straße zu Breitmeiers Haustür geführt hatten, bevor der Schnee unwiederbringlich alles bedeckt hatte. Mit Sicherheit konnte ich mich an das grobe Profil von derben Schuhen oder Stiefeln erinnern sowie an mindestens zwei unterschiedlich große Abdrücke – die einen wahrscheinlich von Damenschuhen. Der Hundespur hatte ich bislang keine Aufmerksamkeit geschenkt. Straßenköter gab es in Bukarest wie Tauben in Venedig.

Martina Ziegenbein telefonierte gerade. Sie schien sich bestens zu amüsieren. Ihr Lachen war bis auf den Flur zu hören. Als ich die Tür zu dem winzigen Raum öffnete, wurde ihre Stimme ernst und sie sagte förmlich: »Aber sicher, Sie können sich darauf verlassen, ich rufe zurück, sobald ich fertig bin.« Sie hatte rote Haare und war auffallend geschminkt.

Ich erklärte ihr, warum ich gekommen war, und fragte nach, was am Freitag letzter Woche passiert sei.

»Ja, ja, ich hab schon von Ihnen gehört. Is ja auch grausig, wat da passiert is«, erwiderte sie auf meine kurze Vorstellung.

»Der Breitmeier kam zehn Minuten vor Dienstschluss und wollte unbedingt noch etwas getippt haben. Ich sach: ›O.k., kommense her, ich mach et Ihnen‹ – bin ja nich nachtragend. Kaum hab ich fertig geschrieben, da kommt er wieder mit seiner geilen Tour an. Er und ich gäben ein tolles Paar ab und ich sei genau sein Typ und so weiter. Dann isser immer näher gerückt. Viel Platz is ja hier ohnehin nich. Schaun Se sich dat mal an. Wenn hier der dicke Breitmeier drin steht, kann man kaum noch 'n Schritt machen. Na ja, dann hat er angefangen rumzufummeln. Betrunken war er auch wieder. Der hat nach Schnaps gestunken, ich kann Ihnen sachn. Bis ich dann hier raus war, hatte er mich ganz schön zugerichtet: Frisur verknautscht, Bluse aufgerissen. Zwei Knöppe warn ab. Ich in meiner Aufregung geh runter zu dem Lothar. Dat war vielleicht ein Fehler, aber ich hatte echt Angst. Ich geh runter und Lothar sacht gleich: ›Dat war doch wieder der Breitmeier. Jetzt is er dran.‹ Er hat ihn aber dann doch nich mehr erwischt. Wir sind dann nach Dienstschluss noch bei seinem Haus vorbei, obwohl ich noch sach: ›Lothar, beruhige dich, es is ja nix passiert.‹ Aber der Lothar war total aus dem Häuschen. Abends is er dann noch mal weg. Da war er immer noch aufgeregt. Der Lothar ist ziemlich eifersüchtig, wissen Sie.«

»Hat Ihr Mann eine Waffe?«

»Ja, haben doch jetzt alle. Nach den ganzen Überfällen is das doch kein Wunder. Irgendwie muss man sich ja schützen, oder?«

»Wo ist die Waffe jetzt?«

»Da müssense den Lothar fragen. Er hat sie immer im Schlafzimmer gehabt, aber da is sie jetzt nich mehr.«

»Worum ging es in dem Schreiben, das Sie für Breitmeier getippt haben?«

»Es war an die Deutsche Welle gerichtet und es ging um die Dana Mikasch, die er in den höchsten Tönen gelobt hat. Er wollte sie bei der Deutschen Welle unterbringen. Warum das nun so eilig war, weiß ich auch nich.«

Breitmeiers Personalakte war ein dickes Konvolut. Ich hatte sie mir aus der Registratur geholt und blätterte sie auf der Suche nach einem Personalbogen durch. Sie enthielt eine Reihe von Beschwerden, unter anderem von Frau Ziegenbein. Sie enthielt aber auch eine ganze Menge von Schreiben, in denen Breitmeiers Arbeit gewürdigt wurde. Eines davon war von einem Kulturminister unterzeichnet.

Der Personalbogen ist eigentlich für die Personalabteilung des Auswärtigen Amtes bestimmt. Aus ihm gehen bisherige Verwendungen, besondere Fähigkeiten und Familienverhältnisse hervor. Der Bogen ist bei Versetzungen von zentraler Bedeutung. Eine Kopie des Bogens fand sich wie erwartet auch in Breitmeiers Bukarester Akte. Er war 1946 geboren, hatte 1965 Abitur gemacht und danach als Journalist bei verschiedenen Zeitungen und beim WDR gearbeitet. 1973 war er ins Bundespresseamt eingetreten und zwei Jahre später an die Botschaft Madrid abgeordnet worden. 1979 hatte er in das Auswärtige Amt gewechselt und war nach Stationen in Wien, Brüssel und Bonn von 1988 bis 1991 als Presseattaché an der Botschaft Nikosia auf Zypern eingesetzt und von dort nach Rumänien versetzt worden.

Ich wollte die Akte gerade wieder in die Registratur bringen, als mich der Anruf des Botschafters erreichte.

»Hasslers Waffe ist weg. Ich habe ihm gestern die Weisung gegeben, die Waffe für Untersuchungen zur Verfügung zu stellen. Er sah darin keinerlei Problem und sagte zu, sie heute bei Ihnen abzugeben. Eben hat er mir mitgeteilt, dass sie verschwunden sei. Er könne sich nicht erklären wie, aber sie sei weg.«

Als ich Breitmeiers Akte zurückgebracht hatte und gerade eine Sequenz von Stretching-Übungen einlegte, klingelte das Telefon. Frau Gabrielescu bat mich um ein Gespräch. Eine halbe Stunde später saß mir die Ortskraft aus der Wirtschaftsabteilung gegenüber und blickte scheu zu Boden. Sie mochte circa fünfundzwanzig Jahre alt sein und sah ausgesprochen sexy aus. Sie hatte lange blonde Haare, war eine Handbreit größer als ich und hatte eine gute Figur mit einer üppigen Oberweite. Ihr schwarzer Rock war für meinen Geschmack ein Stück zu kurz, die Absätze ein Stück zu hoch und die Schminke ein bisschen zu dick aufgetragen. Diese Frau arbeitete also für Heidrun Wilms. Kaum zu glauben, dass das gut gehen konnte.

Sie druckste herum. Es sei ihr nicht leicht gefallen, aber sie habe sich dann doch entschlossen. Sie wolle eine Aussage machen, aber keinesfalls dürfe ihr Name erwähnt werden. Ich sagte zu, was sie verlangte, obwohl ich nicht ganz sicher war, ob ich es einhalten konnte. Frau Dr. Wilms habe sich am Montag der vergangenen Woche zu Herrn Breitmeier begeben. Dies sei abends nach Dienstschluss gewesen. Da sich aber gerade eine Gruppe deutscher Industrieller im Lande aufgehalten habe, habe die ganze Wirtschaftsabteilung länger arbeiten müssen. Kaum sei Frau Dr. Wilms aus dem Zimmer gewesen, habe der Botschafter nach ihr gefragt.

»Ich rief bei Herrn Breitmeier an, der aber nicht abnahm. Wahrscheinlich hatte er sein Telefon noch umgestellt auf seine Ortskräfte, die aber nicht mehr im Hause waren. Ich ging also schnell runter zu Herrn Breitmeiers Büro. Sicher habe ich angeklopft, aber nicht auf ein Ja gewartet, weil es eilig war. Da stand dann Frau Dr. Wilms mit einer Pistole in der Hand vor Herrn Breitmeier. Sie hatte die Pistole auf ihn gerichtet. Ich schrie vor Schreck und Herr Breitmeier sagte dann: ›Frau Wilms, die Waffe ist für mich zu klein. Ich habe schon eine bessere und möchte daher von einem Kauf Abstand nehmen.‹ Sie steckte die Waffe ein und sagte: ›Sie haben noch vier Tage Zeit, um es sich zu überlegen.‹ Genau vier Tage später wurde Herr Breitmeier erschossen.«

»Und hatten Sie den Eindruck, dass Frau Dr. Wilms tatsächlich diese Waffe verkaufen wollte?«

»Nein. Es sah eher aus, als würde sie ihn bedrohen. Die Sache mit dem Waffenkauf hat er erfunden.«

»Wie ging es weiter?«

»Ich sagte: ›Der Botschafter wünscht Sie dringend zu sehen.‹ Sie steckte die Waffe in ihre Handtasche und ging.«

»Ich danke Ihnen für Ihre Aussage.«

»Ich musste es Ihnen sagen. Es geht nicht gegen Frau Dr. Wilms, aber mein Gewissen hat mich bedrückt.«

Die Mittagspause verbrachte ich mit Frank in einer Pizzeria mit dem originellen Namen »Vier Jahreszeiten«.

»Der Bruder von Tatjanas Freundin scheint noch nicht aufgetaucht zu sein.«

»Was?«

»Na wegen deinem Auto. Du hast es anscheinend immer noch nicht zurück.«

»Es gab da wohl ein Problem mit dem Getriebe. Der Wagen ist jetzt in einer Werkstatt in Satu Mare.«

»Sagt der Bruder.«

»Sagt Tatjana. Bis morgen – spätestens übermorgen – soll der Schaden behoben sein.«

»Klar.«

»Allmählich wird es richtig spannend. Jetzt geht es auch noch um Spionage. Da bin ich ja gespannt, was Jobsts Leute herausfinden«, meinte er.

»Erstens sind sie noch nicht da. Zweitens würden sie es dir nicht sagen und drittens finden wir das selbst heraus.«

»Du bist von allen guten Geistern verlassen. Willst du auf gut Glück anfangen, eine von fünfzehn möglichen Personen herauszugreifen und zu beschatten? Da braucht man Spezialisten, Abhörgeräte, Mikrofone, Kameras, Wanzen…«

»… eine Falle kann mitunter genügen. Mein Urgroßvater sagte immer: ›Selbst ist die Frau, meine Herrn‹.«

»Dein Urgroßvater war ein Komiker. Hier ist es ernst.«

»An wen in der Botschaft würdest du dich wenden, wenn du ein Gerücht streuen wolltest?«

»Hedwig Karfunke, die Sekretärin des Militärattachés, hat so gut wie keine Arbeit und telefoniert ständig.«

»Kennst du sie näher?«

»Man sieht sich hier und da. Sie ist jeden Dienstag im deutschen Club.«

»Geh unter irgendeinem Vorwand zu ihr und erzähle ihr, dass wir beide uns seit längerem kennen. Dabei kannst du ganz im Vertrauen einfließen lassen, dass ich gar nicht beim Amt, sondern beim BND bin. Es gehe um einen Spionagefall, in den Breitmeier verwickelt sei. Er habe nämlich einen Agenten aufdecken sollen, was ihm anscheinend auch gelungen wäre. Er habe den Namen aber nicht mehr weitergeben können, sondern wohl in seinem Büro irgendwo hinterlassen. Erzähl ihr, dass ich die Kartons schon erfolglos durchforstet habe und nun darangehen werde, das Mobiliar zu zerlegen.«

»Du bist verrückt.«

»Ich werde außerdem beim Kanzler einen zuverlässigen Mann erbitten, der mir bei der Demontage hilft.«

Rauhbein saß mit glasigen Augen hinter seinem Schreibtisch. Frank hatte erzählt, dass Rauhbein irgendwelche starken Medikamente nehmen müsse und an irgendeiner Tropenkrankheit leide, die ihn häufig am Dienst hindere. Heute jedenfalls war Rauhbein anwesend. Er hatte ein schmales Häufchen Akten vor sich liegen. »Er bearbeitet nur das, was Nutzler ihm vorlegt«, hatte Frank erklärt.

»Herr Rauhbein, ich brauche einen zuverlässigen Mann mit Werkzeug, der mir bei der Demontage von Breitmeiers Büroeinrichtung hilft. Außerdem sollten Sie neue Polstermöbel für das Büro bestellen, denn es ist wahrscheinlich, dass wir sie aufschneiden müssen.«

»Um Gottes willen, was haben Sie vor?«

»Ich suche etwas. Mehr möchte ich dazu nicht sagen. Wenn ich es nicht finde, werde ich das Zimmer in seine kleinsten Teilchen zerlegen.«

»Aber Breitmeier kann doch durchaus auch etwas mit nach Hause genommen haben.«

»Was ich suche, befindet sich mit größter Wahrscheinlichkeit in Breitmeiers Büro.«

»Stoicu wird ihnen helfen. Er ist fleißig und redet nicht viel. Wann brauchen Sie ihn?«

Ich schaute auf die Uhr. Heute würde die Message ihren Adressaten vielleicht nicht mehr erreichen.

»Übermorgen zu Dienstbeginn«, sagte ich daher und verwies auf dringende Termine, die mich an einem früheren Beginn der Suchaktion hinderten.

Kurz vor 19 Uhr fuhr ich zum Bukarester Goethe-Institut. Der vierspurige Bulevardul Ipatescu war nur teilweise geräumt. Schneeberge türmten sich auf der rechten Fahrspur. Der Verkehr floss langsam Richtung Zentrum. An der Piaţa Romana gemahnte ein schlichtes Kreuz aus zwei Eisenstangen an die »Helden der Revolution«. So wurden die im Dezember 1989 von der Securitate erschossenen Demonstranten bezeichnet. Ich bog in den Bulevardul Dacia ein und parkte vor der kanadischen Botschaft. Das danebenliegende Goethe-Institut war in einer der schönsten Bukarester Gründerzeitvillen untergebracht. Ich hatte, wie alle Botschaftsangehörigen, eine Einladung zu einer Vernissage bekommen.

Frank bewachte Breitmeiers Büro von der Visastelle aus. Er hatte nach Dienstschluss eine geniale Konstruktion installiert. Wer auch immer die Tür zu Breitmeiers Büro öffnete, würde eine Stecknadel aus dem Teppichboden schlagen, an der ein Faden hing, an dessen entgegengesetztem Ende eine Büroklammer befestigt war. Diese stand auf dem Telefon und verhinderte, dass der Hörer auf die Gabel drückte. Wer Breitmeiers Nummer wählte, hörte ein Besetztzeichen. Würde die Stecknadel von der sich öffnenden Tür aus dem Teppichboden gerissen, fiele die Büroklammer um und der Hörer auf die Gabel. Nach erfolgter Installation wählte Frank in seinem Büro Breitmeiers Nummer. Nachdem das Besetzt-Zeichen ertönte, drückte er die Rückruftaste und legte auf. Sobald der Hörer auf die Gabel fiel, würde Franks Telefon läuten.

Auch von Böhnsen hatte sich zu der Ausstellungseröffnung eingefunden. Es handelte sich um eine Fotoausstellung zum Thema Dresden nach der Wende. Die Bilder zeigten den Wiederaufbau der Frauenkirche, die Renovierung der Raddampferflotte und eine Reihe anderer Gebäude in unterschiedlichen Bauphasen. Der Leiter des Goethe-Instituts, Dr. Friedrich, hielt im Beisein des Fotografen eine Eröffnungsrede, die sich vor allem an die rumänischen Gäste wandte und auf den Wunsch zu einem Neuanfang im Bereich Städtebau und Architektur zielte. Es gelte auch in Bukarest an verschüttete Traditionen anzuknüpfen. Friedrich forderte einen Bruch mit der sozialistischen Tradition und ihrem Menschenbild, das sich auch in einer das Individuum entwürdigenden Architektur ausdrücke.

Nachdem der offizielle Teil der Ausstellung zu Ende war, ging ich auf Dr. Friedrich zu und stellte mich und meinen Auftrag vor.

»Hier im Goethe-Institut ist es kürzlich zu einer Auseinandersetzung zwischen von Böhnsen und Breitmeier gekommen. Ich möchte etwas über die näheren Umstände hören.«

»Kommen Sie mit in mein Büro.«

Friedrichs Büro befand sich im obersten Stockwerk und war für das Dienstzimmer eines Goethe-Institut-Leiters verhältnismäßig nüchtern eingerichtet. An den Wänden befand sich lediglich ein einziges Gemälde, das ein rumänisches Dorf zeigte.

»Ein Original von Petrescu«, erklärte er, als ich davor stehen blieb.

»Dass von Böhnsen und Breitmeier sich nicht leiden konnten, wissen Sie vermutlich. Es war ein Konkurrenzkampf auf dem Gebiet der Kultur. Von Böhnsen, der eingebildete adlige Schöngeist, der nichts Praktisches zustande bringt, und Breitmeier, der laute Macher, der auf jeder Veranstaltung auftauchte, alle Künstler kannte, mit dem Kulturminister befreundet war und noch dazu eine populäre Kulturshow im Fernsehen hatte. Am vergangenen Mittwoch hatten wir in unseren Räumen ein Treffen ehemaliger Humboldt-Stipendiaten. Das sind hervorragende rumänische Wissenschaftler, die einmal für eine gewisse Zeit in Deutschland gearbeitet haben. Sie halten untereinander Kontakt und treffen sich etwa einmal im Jahr. Von Böhnsen sollte anlässlich dieses Treffens eine Rede halten. Ausgerechnet er, der sein Studium abgebrochen hatte, hat hier ständig mit erstklassigen Akademikern zu tun. Das hat sein Minderwertigkeitsgefühl weiter gesteigert. So jedenfalls erkläre ich mir sein merkwürdiges Verhalten und auch seinen Ausfall an diesem Tag. Er fing an zu reden und verlor seinen roten Faden, obwohl er Notizen vor sich liegen hatte. Nach fünf Minuten wusste kein Mensch mehr, was er eigentlich sagen wollte. Nach zehn Minuten wusste nicht einmal von Böhnsen mehr, was er eigentlich wollte. Es entstand Unruhe bei den Zuhörern. Von Böhnsen legte eine Pause ein, suchte in seinen Notizen nach dem Punkt, wo er sich verloren hatte. Das Schweigen dauerte immer länger. Das alles war hochnotpeinlich und schließlich behauptete von Böhnsen, die Unaufmerksamkeit der Zuschauer habe ihn aus dem Konzept gebracht. Unter solchen Umständen werde er seine Rede nicht mehr fortsetzen. Breitmeier, der ebenfalls anwesend war, nannte ihn dann vor versammeltem Publikum einen Versager und Dummbeutel, der nicht einmal so viel Verstand besäße, seine eigenen Notizen vorzutragen. Von Böhnsen bot daraufhin ein Duell an. ›Es ist zwar unter meiner Würde, aber eine Ratte wie Sie gehört vernichtet‹, das waren seine Worte. Breitmeier sagte, das Duell habe längst stattgefunden, und zwar auf dem Gebiet der Kultur, und von Böhnsen sei der eindeutige Verlierer. Von Böhnsen erwiderte, man werde noch sehen, wer der Verlierer sei. Dann ging er. Es war der größte Skandal, dem ich je beigewohnt habe. Es war schon früher zu Geplänkeln zwischen den beiden gekommen. Breitmeier bezeichnete Böhnsen immer als Kulturverhinderungsreferenten. Diese Auseinandersetzung war der Höhepunkt und ein schlimmer Skandal. Ich habe Böhnsen seitdem nicht mehr gesehen, bis er heute Abend wieder hier auftauchte. Als ich von Breitmeiers Tod hörte, fiel mir dieser Vorfall sofort wieder ein.«

Ich dankte Friedrich für seine Aussage und verabschiedete mich. In der Tür wäre ich fast mit Feilinger zusammengestoßen.

»Schön, dass ich Sie treffe.«

»Sicher kein Zufall.«

»Nein, man sagte mir in der Botschaft, Sie seien im Goethe-Institut.«

Ich schaute ihn abwartend an.

»Ich möchte Ihnen etwas zeigen.«

»Jetzt gleich?«

»Wenn Sie nichts dagegen haben? Es ist nur 500 Meter von hier und für Sie von besonderem historischen Interesse. Als deutsche Diplomatin haben Sie ja sicherlich die Geschichte der deutsch-rumänischen Beziehungen ausgiebig studiert.«

»Nein, bis jetzt noch nicht, aber rücken Sie raus mit der Sprache.«

»Gehen wir ein paar Schritte bis zur Ecke des Bulevardul Dacia.«

Er öffnete die mächtige Tür des Goethe-Instituts und trat in die klirrende Kälte. Er wühlte in seiner Manteltasche und kramte die Carpaţi hervor, schnickte eine zur Hälfte aus der Packung, nahm sie in den Mund, ließ das Päckchen verschwinden und kramte mit derselben Hand das Feuerzeug hervor. Er inhalierte den ersten Zug hörbar. Ein paar Meter hinter uns folgte Sergent Natea im Dacia.

»Rumänien stand über Jahrhunderte unter osmanischer Herrschaft und kam im 19. Jahrhundert zunehmend unter russischen Einfluss. Durch eine Volksabstimmung im Jahre 1866 wurde der deutsche Karl von Hohenzollern-Sigmaringen als Carol der Erste zum erblichen Fürsten der Moldau und der Walachei gewählt und später sogar zum König ganz Rumäniens. Trotz der deutschen Herkunft des Königshauses war dessen Politik lange Zeit stärker an Frankreich angelehnt. In den dreißiger Jahren kam es bei den Hohenzollern zu Erbstreitigkeiten um den Thron. Das nutzte 1940 der Anführer einer faschistischen Truppe, Marshall Antonescu, um den minderjährigen König Mihai gegen dessen Vater Carol den Zweiten zu installieren. Antonescu führte das Land an der Seite Deutschlands in den Krieg. Rumänien war ein wichtiges Land für den Aufmarsch gegen die Südflanke der Sowjetunion. Der deutsche Botschafter war damals der eigentliche Herr des Landes. Antonescu war völlig von den Nazis abhängig und die wichtigen politischen Entscheidungen wurden in Berlin getroffen. Der deutsche Botschafter war der Statthalter des Führers in der rumänischen Provinz. Das Machtzentrum lag dort.«

Er deutete mit der Hand auf einen mächtigen klassizistischen Gebäudekomplex, der wenige Meter vor uns begann und sich über eine Länge von 100 Metern bis an den Bulevardul Dacia erstreckte.

»Das ist die ehemalige deutsche Botschaft. Imposant – nicht wahr?«

Ich schwieg und ließ ihn gewähren, ohne zu wissen, worauf er hinauswollte.

»Antonescu seinerseits wurde am 23. August 1944 gestürzt. König Mihai wurde Staatsoberhaupt und vollzog eine totale politische Richtungsänderung. Er erklärte Deutschland den Krieg und schloss sich den Alliierten an. Der deutsche Botschafter hat daraufhin hier in diesem Gebäude Selbstmord begangen.«

Wir hatten den Eingang des Gebäudes am Bulevardul Dacia erreicht. Über dem mächtigen Portal leuchtete ein zum Halbrund gebogenes Schild mit meterhohen Neonbuchstaben: Casino.

»1945 haben die Russen das Gebäude übernommen. Später ging es an die rumänischen Kommunisten, und als die aufhörten zu existieren, wurde es an irgendeinen findigen Mafioso verpachtet, der hier seit 1990 das erste und einzige Casino Rumäniens betreibt.«

Die Eingangstür wurde geöffnet. Ein livrierter Lakai mit der Figur eines Bud Spencer öffnete und verbeugte sich leicht.

»Guten Abend, Herr Maior.«

Feilinger nickte ihm zu.

»Sie spielen?«

»Dazu fehlen mir leider die Mittel.« Er führte mich zu einer breiten Treppe, die in sanftem Schwung in den ersten Stock hinaufging. Ein Araber kam uns in langem weißen Gewand und mit Kopfbedeckung entgegen, begleitet von zwei Blondinen, die derart wenig Stoff auf dem Leib trugen, dass sie vor der Tür allerhöchstens eine Minute ohne schwerwiegende Erfrierungen durchgehalten hätten.

»Aber ein Teil meiner – nun, sagen wir – Kunden liebt diesen Platz. Deshalb bin auch ich bisweilen hier.«

Im ersten Stock gaben wir an der Garderobe unsere Mäntel ab. Auch hier schien Feilinger bekannt zu sein. Eine zweiflügelige, drei Meter hohe Tür tat sich auf und wir traten in einen prachtvollen Saal mit Kristallüstern, Spiegeln, drei Roulettischen, Black-Jack-Tischen und anderen Vergnügungsmöglichkeiten, die ich nicht kannte. Eine Kellnerin mit einem Ausschnitt, der den Hof ihrer Brustwarzen kaum bedeckte, wollte uns ein Glas Sekt in die Hand drücken. Wir lehnten ab. Die Rouletttische waren voll besetzt. Eine Reihe von Arabern hatte sich um den mittleren Tisch versammelt. In der zweiten Reihe dahinter standen ein paar Edelnutten. »Eskortservice« nannten sich die Vermittlungsagenturen. Die Zeitungen waren voll mit entsprechenden Angeboten.

Feilinger passte mit seinem schäbigen Anzug, seinen ungepflegten Haaren und seiner stinkenden Zigarette in den Kreis dieser Casinokunden wie ein Penner zum Neujahrsempfang des Bundespräsidenten. Er zog mich leicht am Ärmel und dirigierte mich zu einer Bar.

»Was trinken Sie?«

»Double-Scotch, no ice«, sagte ich und der Kellner nickte. Feilinger bestellte ein Bier.

»Tja, dagegen...«, er breitete die Arme aus, »... ist Ihre jetzige Botschaft ein Stall.«

»Was wollen Sie? Warum erzählen Sie mir den ganzen Schitt? Was soll ich in diesem Puff? Was machen Sie hier? Anscheinend sind Sie gut bekannt. Rücken Sie endlich raus mit der Sprache.«

Er kramte ein Handy von der Größe eines Herrenschuhs aus seinem Jackett und nestelte umständlich daran herum.

»Entschuldigen Sie mich für eine Minute.«

Ich nippte an meinem Whisky. Feilinger war ein undurchsichtiger Typ. Ein ehemaliger Securist, einer derjenigen aus der Securitate, die den Umbruch anscheinend gut überlebt hatten. Andererseits war er nicht eindeutig dem Milieu zuzuordnen, in das er mich an diesem Abend geführt hatte. Seine Anzüge und Zigaretten passten nicht dazu und schon gar nicht seine melancholische Grundstimmung.

Plötzlich spürte ich eine Hand im Nacken und eine Gestalt, die sich massig von hinten an meinen Körper drängte. Die Hand massierte meinen Nacken.

»Na, Täubchen, magst du noch einen Whisky?«

Meine rechte Hand glitt nach hinten am Unterleib eines übergewichtigen Mannes hinunter bis zu der Stelle, die den größten Schmerz bereiten kann.

»Nicht von dir, Fettsack, und nimm deine Finger weg.«

Ich fühlte, wie seine Finger zugriffen und versuchten, meinen Kopf in seine Richtung zu drehen. Ich griff ebenfalls zu, bis er aufjaulte und seine Hand wegzog, um sich zu schützen. Ich drehte mich um, ohne ihn loszulassen, und schaute in das schmerzverzerrte Gesicht eines Typen, der mit seinem Schnauzbart gut und gern als großer Bruder von Ion Tiriac durchgegangen wäre. Ärgerlich war die Tatsache, dass der Typ zwei Buddies dabei hatte. Der eine holte gerade zu einem Faustschlag aus und der zweite griff sich unters Jackett. Ich ließ den Dicken los und konnte gerade noch der Faust ausweichen. Als ich zwanzig war und meinen ersten deutschen Meistertitel erkämpft hatte, hatte mir die Polizeischule in München ein Job als Trainerin angeboten. Judo – Jiu Jitsu? Der Typ, der mich damals einstellte, hatte keine Ahnung und ich wollte ihm den Unterschied nicht erklären, weil ich eine Möglichkeit sah, mein Stipendium aufzubessern. Jiu Jitsu ist eine Kampftechnik, die ich bis dahin kaum gekannt hatte und die eine Mischung zwischen Judo, Karate und Taekwondo darstellt. Jiu Jitsu hat keine Kultur. Es ist zusammengestückelt. Jiu Jitsu hat keine Philosophie. Es ist dennoch von unglaublicher Effektivität, als hätte man die jahrhundertealten Kampftechniken aus China, Korea und Japan in einem neuen Stil verschmolzen.

In einer blitzartigen Bewegung schmetterte ich den Handballen unter die Nasenwurzel des Schlägers, der sofort zusammenbrach. Diesen Schlag hatte ich noch nie in der Praxis angewendet. Mit voller Kraft ausgeführt, treibt er die Nasenknochen ins Gehirn und ist absolut tödlich. Ich drehte mich um. Inzwischen hatte der andere Typ eine Automatik auf meinen Kopf gerichtet.

»Ich würde an deiner Stelle die Waffe ganz schnell wieder einpacken.« Es war der Barkeeper, der hinter der Theke einen Shaker schwenkte und den Typen mit dem Schießeisen angrinste. Der schaute irritiert für den Bruchteil einer Sekunde zurück und fokussierte mich dann wieder über den Lauf einer silbernen Makarov.

»Die Braut gehört zu Feilinger.«

Der Revolverheld sah verunsichert zum Barkeeper und hielt die Waffe noch immer zwanzig Zentimeter vor meiner Stirn. Der Barkeeper deutete auf Feilingers Bier. Sein Grinsen zog sich von einem Ohr zum nächsten und gab mehrere Stahlzähne frei. Die Automatik sank langsam und dann schneller herab und verschwand in einem Schulterhalfter. Der Bodyguard richtete seinen noch immer gekrümmten Boss auf. Sein Kollege kam auch wieder langsam auf die Beine und hinterließ einen tellergroßen Blutfleck auf dem hellen Teppichboden. Im Hintergrund erkannte ich Sergent Natea, der den Hammer einer Pistole langsam entspannte. Natea stand drei Meter seitlich hinter dem Bodyguard. Ich zwinkerte ihm zu und kippte den

Whisky hinunter. Der Barkeeper stellte lächelnd Ersatz.

Feilinger kam zurück, als das Trio gerade verschwunden war.

»Noch zwei Minuten, dann müsste Ihr Kollege Wagenknecht hier auftauchen. Ich hoffe, Sie langweilen sich nicht zu sehr.«

»Nein, es ist eher kurzweilig hier.«

Wagenknecht tastete mit einem nervösen Blick kurz die Rouletttische ab und steuerte dann auf die Bank zu, wo Bargeld in Plastikchips umgetauscht werden konnte. Die Chips schob er in die Hosentaschen seines Anzugs. Das Sektglas nahm er der Blonden ab, ohne auch nur einen Blick auf deren Dekolletee zu verschwenden. Er stürzte die Flüssigkeit hinunter und ging dann zu einem der Tische. Er umkreiste ihn langsam, ging dann zum nächsten hinüber und schließlich zum dritten. Er entschied sich für den ersten Tisch. Der Croupier hob eine Augenbraue und eines der Mädels gab den Sitz neben einem der Scheichs frei. Wagenknecht setzte sich an den Roulettisch. Er zögerte mit seinem Einsatz. Ein Kellner offerierte Getränke. Wagenknecht ignorierte ihn. Seine Aufmerksamkeit galt allein der Kugel. Nachdem dreimal hintereinander Rot gefallen war, setzte er einen Chip auf Schwarz. Es kam erneut Rot. Wagenknecht setzte zwei Chips auf Schwarz.

»Vingt-six noir.«

Wagenknechts Gesichtsausdruck entspannte sich. Er setzte erneut zwei Chips auf Schwarz.

»Dix-huit rouge.«

Wagenknecht erhöhte auf vier Chips und setzte erneut auf Schwarz. Der Croupier ließ das Roulette rotieren und schnickte mit einer gekonnten Bewegung von Daumen, Zeige- und Mittelfinger die Elfenbeinkugel in die entgegengesetzte Richtung. Die Kugel wurde langsamer und langsamer und fiel aus ihrer Umlaufbahn in das Schaufelrad der 37 Möglichkeiten. 18 Felder waren rot und 18 waren schwarz. Die grüne Null garantierte statistisch gesehen den Gewinn der Casino-Betreiber. Den Spielern war das egal.

»Quatre noir.«

»Welchen Gegenwert stellt so ein Einsatz dar?«

»Ein blaues Chip entspricht 100 US-Dollar.«

»Mein Kollege hat ein glückliches Händchen. Soweit ich das sehe, hat er 300 Dollar gutgemacht.«

»Warten Sie ab.«

Wagenknecht setzte vierhundert auf Rot.

»Trente-trois noir«, verkündete der Croupier mit rumänischem Akzent.

Wagenknecht verdoppelte seinen Einsatz auf Rot.

»Vingt-trois rouge.«

Wagenknecht schaute zum ersten Mal auf. Er genoss die aufmerksamen Blicke der Mitspieler und die Bewunderung der Groupies, als der Croupier ihm die Chips herüberschob. Er fuhr sich erleichtert mit der Hand durchs Gesicht und setzte 800 Dollar auf Schwarz. Der Croupier wartete, bis die Kugel sich beruhigt hatte, und verkündete dann »trente-cinq noir«.

Wagenknecht schaute mit Erleichterung auf die Chips, die ihm entgegengeschoben wurden.

»Jetzt gehen. Geh, Mann, geh«, murmelte ich. Wagenknecht hatte 1500 Dollar gutgemacht.

Wagenknecht setzte den ganzen Berg der gewonnenen Chips auf Schwarz. Feilinger langte nach seinem Bier, ohne die Augen von Wagenknecht abzuwenden. Er brachte das Bier nicht bis an seine Lippen. Das Geschehen am Tisch nahm an Dramatik zu.

»Huit noir.«

Am Tisch kam Jubel auf. Drei der Mädels, die bislang hinter den Scheichs gestanden hatten, verlagerten ihr Interesse langsam und kaum merklich um einige Zentimeter in Richtung Wagenknecht. Ein Araber, der gerade zum siebten oder achten Mal 5000 Dollar auf neun gesetzt und verloren hatte, schaute mit einem mitleidigen Lächeln zu Wagenknecht hinüber, der angespannt zurückschaute und nickte.

»3000 amerikanische Dollar. Wissen Sie, wie lange ich dafür arbeite?« Feilinger schaute mich mit Bernhardinerblick an.

»Erzählen Sie mir jetzt keine Geschichten, die mir die Tränen in die Augen treiben. Demnächst erzähle ich Ihnen mal, was ich wert wäre, wenn ich meinen Ex-Freund geheiratet hätte.«

Der Kellner stellte inzwischen den dritten Whisky vor mir ab. Von Balantines war er zu Cardhu übergegangen. Entweder hatte Feilinger ein gutes Standing oder der Barkeeper hatte endlich den Connaisseur in mir entdeckt. Ich dankte es ihm mit einem Augenzwinkern.

Der Araber setzte wieder einen Haufen roter Chips auf die Neun. Wagenknecht blieb bei seiner Strategie und setzte 3000 auf Schwarz. Der Croupier schnippte die Kugel in das Rondell und Wagenknecht knetete nervös seine Hände. Die Kugel verließ langsam ihren der Rotation der Scheibe entgegengesetzten Kurs und traf ratternd auf das Zahlenrondell, wurde hochgeschleudert, fiel erneut herunter, schien sich auf eine der Zahlen setzen zu wollen und wurde doch durch die zentrifugalen Kräfte wieder nach oben befördert, um schließlich auf der schwarzen Dreizehn liegen zu bleiben. Die Mädels hinter Wagenknecht jubelten. Der Croupier schob ihm mit ausdruckslosem Gesicht einen Berg Chips herüber.

»Faites vos jeux!«

Wagenknecht setzte erneut auf Schwarz und gewann. Der Höchsteinsatz pro Spiel betrug 5000 US-Dollar und er nutzte ihn voll aus. Nach weiteren zehn Minuten hatte Wagenknecht nach meiner Schätzung ungefähr 25.000 Dollar gewonnen. Er wurde zusehends aufgeräumter, verteilte Chips an die umstehenden Bräute, die ihn umringten wie Geier das Aas. Er lachte die Araber an und setzte 5000 Dollar auf Schwarz.

Jetzt gehen. Ich hatte keine Ahnung, warum ich mit Wagenknecht fieberte. Es war möglicherweise die Magie des Spiels. Vielleicht war es auch die Tragik, die ich spürte. Wagenknecht war ein Looser, ein geborener Looser. Schon die Körpersprache war verräterisch: das Verhalten eines Süchtigen, die gekrümmte Haltung, die Augen, seine Fettleibigkeit.

Jeder vernünftige Mensch hätte jetzt aufgehört. Wagenknecht konnte offenbar nicht und ich ahnte am nervösen Funkeln seiner Augen, wie der Abend für ihn enden würde. Gleichzeitig verspürte ich das dringende Bedürfnis einzuschreiten. Der Mann war mir wenig symphatisch, aber dennoch machte es keine Freude zuzuschauen, wie sich einer ins Verderben ritt. Ich wollte aufstehen. Feilinger legte seine Hand auf meinen Unterarm.

»Es ist nicht der richtige Zeitpunkt, um sich einzumischen. Warten Sie!«

Feilinger hatte mich mit einer ganz klaren Absicht hierher geführt. Er wollte Wagenknecht präsentieren. Der war anscheinend Stammgast, sonst wäre Feilingers Ausflug unsinnig gewesen.

»Dix-neuf rouge«, verkündete der Croupier.

Wageknecht setzte erneut auf Schwarz. Es dauerte zwanzig Minuten, bis er nur noch ein paar Chips vor sich liegen hatte. Die Mädels hatten sich bereits wieder verzogen. Der Araber zu seiner Rechten lächelte immer noch. Wagenknecht lächelte nicht mehr. Ihm stand der Schweiß auf der Stirn. Er wog die Chips in seiner rechten Hand.

»Faites vos jeux.«

Die letzten drei Mal war die Kugel auf Rot gelandet. Wagenknecht hatte auf Schwarz gesetzt. Jetzt schien er zu zögern und entschied sich dann wiederum für Schwarz. Irgendwann, so schien er zu denken, musste ja Schwarz kommen.

»Rien ne va plus.«

Die Kugel rollte und mir war klar, Wagenknecht konnte nur verlieren. Selbst wenn er zwischendurch gewann, so verpasste er doch den Punkt zum Aufhören. Er konnte anscheinend den Gewinn nicht mitnehmen. Weil ein noch größerer Gewinn zu warten schien, ließ er den Einsatz stehen und spielte erneut. Verlor er, so versuchte er den Verlust durch einen neuen Einsatz sofort wettzumachen. Dieses System konnte gar nicht funktionieren. Rein statistisch war Wagenknecht bei dieser Strategie zum Verlieren verurteilt. Die Chancen pro Spiel standen jedes Mal 19 zu 18 gegen ihn. Gewinnen konnte er nur, wenn er nach einer Glückssträhne hätte aufhören können. Das aber konnte er nicht. Wagenknecht war ein krankhafter Spieler.

»Vingt-cinq rouge«.

Ich hätte einschreiten und mich nicht von Feilinger zurückhalten lassen sollen. Schweigend verließ ich mit ihm das Casino.

»Wenn Sie ihn aufgehalten hätten, wäre er morgen wieder hier gewesen und hätte es verspielt – alles. Wir sind keine Sozialarbeiter. Wir arbeiten an einen Mordfall. Er verspielt immer alles. Im letzten Jahr hat er ungefähr eine halbe Million Dollar hier verspielt. Vielleicht fragen Sie ihn mal, woher er das Geld hat. Ich kann mir zwar vorstellen, dass westliche Diplomaten gut verdienen, aber die Ausgaben Ihres Kollegen dürften sein Gehalt um ein Vielfaches überschreiten.«

Wir traten auf das verschneite Trottoir. Der Sergent öffnete den Wagen.

»Wohin möchten Sie gefahren werden?«

»In die Botschaft, bitte. Breitmeiers Wagen lasse ich heute vor der kanadischen Botschaft stehen.«

»Wie Sie wünschen.«

Nach ein paar hundert Metern Fahrt erkannte ich auf dem Bürgersteig die gekrümmte Gestalt Wagenknechts. Er ging in Richtung Piaţa Victoriei, hatte den Mantelkragen hochgeschlagen, die Schultern hochgezogen und den Kopf auf die Brust gedrückt. Es schien, als ducke er sich vor Schlägen.

»Wo warst du so lange?«, fragte Frank.

»Im Casino.«

»Was?«

»Feilinger hat mich im Goethe-Institut gesucht und ins Casino geschleppt, um mir Wagenknecht vorzuführen. Wagenknecht ist ein Spieler. Wusstest du das?«

»Keine Ahnung – na und? Hat er gewonnen, verloren?«

»Verloren natürlich.«

»Wie viel?«

»300 Dollar.«

»Das ist doch geschenkt.«

»Er hatte 300 Dollar. Hätte er 400 gehabt, hätte er 400 verloren. Verstehst du?«

»Nein. Gnädigste spricht in Rätseln.«

»Idiot. Der Mann ist krank – spielsüchtig.« Ich erzählte ihm den dramatischen Verlauf des Abends.

»25.000 Dollar? Die hätte ich eingesteckt und wär gegangen.«

»Unsinn. Ein Spieler weiß nicht, wann er aufhören soll. Ich hätte schon bei 300 Dollar das Risiko gescheut, sie zu verlieren. Nur ein Spieler oder vielleicht noch ein glücklicher Tölpel kann überhaupt so eine Summe gewinnen – und dann wieder verlieren.«

»Genug des Philosophierens. Ich habe Brot und Wein beschafft. Magst du?«

Er hielt mir einen rumänischen Chardonnay unter die Nase, den er entkorkte.

»Ich bin zwar schon beschwipst, aber heute Nacht wird es sicher ruhig bleiben.«

»Wenn ich die Weingläser nicht vergessen hätte, wär's noch besser.«

»Ach was«, ich nahm einen Schluck aus der Flasche und reichte sie Frank.

»Es ist mir unerklärlich, wie ein Mensch mit derart schlechten Manieren im diplomatischen Dienst landen konnte.«

»Fein. Gar nicht schlecht – das Zeug.«

Er zog eine Tasse aus dem Schrank.

»Rumänischer Wein genießt leider nicht die Aufmerksamkeit, die ihm gebührt.«

»Das wird sich ändern. Schenk ein.«

Breitmeiers Büro war für uns nicht einsehbar. Wir waren auf das Klingeln des Telefons angewiesen. Ich kroch in den Schlafsack, spürte die wohlige Wärme und die Schwere meines Kopfes und schlief sofort ein.

12

Donnerstag, 10. Februar. Als das Telefon klingelte, befand ich mich gerade in einer Traumphase. Zunächst versuchte ich, das Geräusch in meinen Traum einzubauen, doch allmählich wurde ich mir der Situation bewusst. Ich sprang aus dem Schlafsack, schlüpfte in Hose und Schuhe – den Pullover hatte ich wegen der Kälte ohnehin anbehalten – und rüttelte Frank wach, der noch langsamer zu Bewusstsein kam als ich. Ich riss die Tür auf, sprintete die Treppe hinunter und prallte mit einem der Büroboten zusammen, der vor Schreck die Akten fallen ließ. Ich stürmte durch den Hof auf das Botschaftsgebäude zu, als mir allmählich erste Zweifel kamen. Was machte der Bürobote hier in der Nacht? Warum brannte überall Licht? Ich schaute auf die Uhr. Es war 8 Uhr. Total verpennt, dachte ich und lief in Breitmeiers Büro. Im Vorzimmer saß Frau Popescu, über rumänische Zeitungen gebeugt.

»War hier eben jemand?«, fragte ich.

»Ja, der Bürobote hat die Eingänge gebracht.«

Auf dem Schreibtisch lag ein kleiner Stapel mit Gittermappen. Immerhin hatte der Trick mit dem Telefon funktioniert, wenn auch bei der falschen Person.

Ich ließ mich hinter den Schreibtisch fallen. Zwei Minuten später kam Frank.

»Es war der Bürobote.«

»Ich besorge uns erst einmal einen Tee.«

Zehn Minuten später kam er mit zwei dampfenden Tassen zurück. Durch dem Tee kam ich allmählich auf Touren.

»Was hast du heute vor?«

»Ich muss irgendwie meine Kopfschmerzen loswerden und dann mit Feilinger reden. Es wird Zeit, dass ich mit dieser Frau Mikasch spreche.«

Als Frank gegangen war, ging ich zur Toilette und versuchte vor dem halbblinden Spiegel mein Äußeres einigermaßen hinzubiegen. Nach zehn Minuten gab ich auf. Nachdem ich mir bei Frau Popescu zwei Aspirin geholt hatte, zog ich mich mit einer Flasche Mineralwasser ins Büro zurück. Nach einer halben Stunde ging es mir besser.

Das Telefon klingelte. Frau Gabrielescu bat mich geheimnisvoll um eine weitere Unterredung.

Zwei Minuten später saß sie mir gegenüber. Sie schaute ziemlich verzweifelt und erklärte, dass das Gewissen weiter an ihr nage und sie sich nunmehr entschlossen habe, alles zu sagen. Dies sei für sie äußerst schwer aufgrund ihrer Loyalität zu ihrer Chefin, Frau Dr. Wilms.

Sie machte noch einige Ausflüge ins Reich ihres Gewissens, bat mich inständig darum, dass ihr aus dieser Aussage keine Nachteile erwachsen möchten, erklärte mir dann ihre angespannte finanzielle Situation und dass sie ohne diesen Beruf ihre armen Eltern nicht mehr unterstützen könnte. Als mir der Sermon zu weinerlich wurde, bat ich kurz, sie möge nun zur

Sache kommen. Daraufhin entschuldigte sie sich und gab erneut Erklärungen zu dem »ungeheuren Loyalitätskonflikt« ab.

»Frau Gabrielescu«, mahnte ich.

»Oh ja, natürlich. Am Freitagabend musste ich länger im Büro bleiben. Frau Dr. Wilms hatte mir den Auftrag gegeben, Daten für den fälligen Jahreswirtschaftsbericht aus den rumänischen Statistiken zu suchen. Ich hatte außerdem vor, an diesem Abend zu einer Lesung in das Goethe-Institut zu gehen. Ich wohne weit im Süden von Bukarest. Man fährt eine Stunde mit dem Bus. Es lohnt sich kaum, nach Hause zu fahren, wenn man abends noch einmal in die Innenstadt will. So hatte ich beschlossen, an diesem Freitagnachmittag die Daten herauszusuchen. Um 18 Uhr 15 verließ ich die Botschaft und begab mich auf den Weg zur U-Bahnstation an der Piața Aviatorilor. Um 19 Uhr sollte die Lesung beginnen. Der Weg führte mich durch die Strada Rabat an Herrn Breitmeiers Haus vorbei. Vor Herrn Breitmeiers Haus sah ich Frau Dr. Wilms. Sie klingelte mehrmals. Als Herr Breitmeier die Tür aufmachte, zog Frau Dr. Wilms eine Pistole aus der Manteltasche. Herr Breitmeier trat zurück und sie verschwand im Hauseingang.«

Ich wartete.

»Das ist alles. Mehr konnte ich nicht sehen, denn sie schloss die Haustür hinter sich.«

»Hatte es zu diesem Zeitpunkt bereits zu schneien begonnen?«

»Ja, es lag schon eine Schneedecke auf der Straße.«

»Wann genau waren Sie vor Breitmeiers Haus?«

»Es muss gegen halb sieben gewesen sein. Vielleicht ein bisschen später.«

»Kann es sein, dass Sie Frau Wilms nachspioniert haben?« Ich mochte diese Frau Gabrielescu nicht.

Ihre Gewissensnöte hielt ich für gespielt. »Sie wollen aus irgendwelchen Gründen ihre Chefin belasten.«

Sie schaute mich beleidigt an.

»Ich hatte vermutet, dass Sie so etwas denken könnten. Dagegen kann ich wohl nichts machen. Dennoch fühle ich mich nach meiner Aussage unbeschwerter. Das ist der eigentliche Grund, warum ich zu Ihnen gekommen bin.«

»Was haben Sie für ein Verhältnis zu Herrn Heissenberg?«

»Kein besonderes, wenn Sie das meinen. Wir waren zwei-, dreimal zusammen essen, sonst nichts.«

»Wie stehen Sie zu Frau Mikasch?«

»Sie war eine ausgesprochen nette Kollegin.«

»Waren Sie befreundet?«

»Wir verbrachten die Mittagspausen häufig zusammen. Darüber hinaus gab es nur selten Kontakte.«

»Wie war die Lesung im Goethe-Institut?«

»Es war sehr interessant. Joachim Wittstock – ein rumäniendeutscher Autor – las aus seinen noch nicht veröffentlichten Erzählungen.«

Feilinger war nicht zu erreichen. Ich hinterließ eine Nachricht, bat um einen Rückruf und klopfte dann bei Frau Wilms. Sie schien in den letzten Tagen noch fahler und älter geworden zu sein. Sie trug einen braunen Strickrock, der aus einer Altkleidersammlung zu stammen schien, wahrscheinlich aber seit zwanzig Jahren in ihrem Kleiderschrank hing, um an besonders faden Tagen getragen zu werden. Heute schien ein solcher Tag zu sein und ich war fest dazu entschlossen, meinen Teil dazu beizutragen.

»Frau Wilms, ich muss Sie leider noch einmal stören. Ich möchte Ihnen die Möglichkeit geben, ihre

Aussage zu präzisieren. Es gibt einen Zeugen, der Sie am Freitagabend um halb sieben gesehen hat, als Sie sich mit einer Schusswaffe Einlass bei Breitmeier erzwungen haben.«

Sie schluckte.

»Selbst wenn es wahr wäre, würde das keineswegs bedeuten, dass ich ihn erschossen hätte.«

»Weniger als eine halbe Stunde vor seinem Tod? Es wird schwierig, das einem Staatsanwalt zu erklären.«

»Na schön, ich war bei ihm. Es war gegen 18 Uhr. Ich habe ihm gedroht. Ich wollte mein Geld zurück. Er hat doch mit diesem Griechen unter einer Decke gesteckt. Seit 20 Jahren arbeite ich im diplomatischen Dienst. Durch Breitmeiers Betrug habe ich fast alles verloren. Ich habe all die Jahre praktisch umsonst gearbeitet. Mein Geld wollte ich zurück. Das ist ja wohl verständlich.« Sie brach in Tränen aus.

»Wo ist die Waffe?«

»Ich habe sie zum Müll geworfen.« Ich schaute sie skeptisch an.

»Ich hätte ihn fast erschossen. Ich hatte größte Lust dazu. Als ich wieder zu Hause war, sagte ich mir: ›Heidrun, es hat keinen Sinn, dein Leben zu ruinieren.‹ Ich habe die Waffe dann weggeworfen und mir vorgenommen, Breitmeier und das Geld zu vergessen.« Sie vergrub das Gesicht in ihren Händen und weinte.

»Woher hatten Sie die Waffe?«

»Herr Heissenberg hat sie mir besorgt, weil ich Angst hatte – allein im Haus.«

»Wann war das?«

»Vor zwei Wochen. Ich wollte sie erst gar nicht nehmen, aber er sagte, er habe keine Verwendung dafür, weil er schon eine besitze und diese ihm geschenkt worden sei. Ich solle sie einfach in die

Nachttischschublade legen, dann könne ich besser schlafen.«

Ich konnte nicht anders, als um den Tisch herumzugehen und mich neben sie zu setzen. Ich nahm sie in den Arm und ermunterte sie mit sanfter Stimme, mir die ganze Geschichte zu erzählen.

»Wie ist das abgelaufen am Freitagabend?«

»Ich hatte ihm eine Frist gesetzt, als ich vom Bankrott der Firma Mitraco und dem Abtauchen von Mitsotakis erfuhr. Ich verlangte, dass er mir das Geld vor seiner Abreise beschaffen sollte.«

»Und dann haben Sie ihm jeden Tag einen Zettel zukommen lassen: ›Noch fünf Tage‹, ›Noch vier Tage‹ und so weiter. Kleine Erinnerungen, damit er die Drohung ernst nahm.«

»Hat er aber nicht. Wahrscheinlich hat er darüber gelacht – das Schwein. Da er am nächsten Tag fliegen wollte, war der Freitagabend die letzte Möglichkeit für mich. Ich ging zu ihm und fragte nach dem Geld.«

»Sie haben ihm die Waffe unter die Nase gehalten, als er die Tür öffnete. Was geschah dann?«

»Wir gingen ins Wohnzimmer. Er erklärte, dass er Mitsotakis nicht erreicht habe, sich jedoch für mich verwenden wolle, sobald dieser auftauche. Inzwischen hatte ich über unsere Athener Botschaft herausgefunden, dass Mitsotakis schon einmal einen solchen Betrug durchgezogen hatte. Jedenfalls war er in Griechenland lange Zeit zur Fahndung ausgeschrieben. Dieser erste Betrug hatte auf Zypern stattgefunden. Breitmeier war zur gleichen Zeit an der Botschaft in Nikosia. An einen Zufall konnte ich nicht glauben. Breitmeier stritt auch nicht ab, dass er den Griechen von Zypern kannte, wollte aber von dessen betrügerischen Geschäften nichts gewusst haben. Er habe ihn vielmehr für einen seriösen Geschäftsmann gehalten und schließlich könne man an seinem eigenen Geschäft mit Mitraco sehen, dass dies auch durchaus eine seriöse Firma gewesen sei. Der erste Mitraco-Bau war meiner Ansicht nach lediglich ein Lockvogel für den eigentlichen Betrug im großen Stil. Die Wohnungen waren unter ihrem Wert verkauft worden. Die Rendite erschien enorm. Damit wurden Investoren für weitere Projekte angelockt. Projekte, die aber nie gebaut werden sollten. Breitmeier stritt ab, davon gewusst zu haben. Selbst wenn es so gewesen sein sollte, so habe er sich vielleicht als Werbeträger missbrauchen lassen, jedoch von dem Betrug des Griechen keineswegs profitiert. Ich glaube diese Geschichte inzwischen nicht mehr. Breitmeier war zu gerissen. Ich denke, er hat an dem Betrug mitverdient.

An diesem Freitagabend behauptete er, er sei unschuldig, wolle mir sogar helfen, einen Teil des Geldes zurückzubekommen. Es täte ihm Leid, dass ich seinem Ratschlag gefolgt sei. Sobald er wieder Kontakt zu Mitsotakis habe, wolle er diesen dazu bewegen, mir zumindest einen Teil des Geldes zurückzuzahlen. Ich habe die Waffe eingesteckt und bin gegangen, ohne noch ein Wort mit ihm zu wechseln. Ich lief zurück zur Botschaft und habe die Waffe in einen Mülleimer gesteckt. Ich kann mich nicht mehr genau erinnern – irgendwo zwischen Breitmeiers Haus und der Botschaft.«

»Um wie viel Uhr war das?«

»Ich war vielleicht zehn Minuten bei ihm. Es mag zehn nach sechs gewesen sein, vielleicht Viertel nach sechs, aber keinesfalls später, denn um halb sieben war ich zu Hause.«

»Haben Sie dafür einen Zeugen?«

»Nein, ich lebe allein, meine Hausangestellte geht um 16 Uhr.«

»Wie können Sie so sicher sein, dass sie um halb sieben zu Hause waren?«

»Freitags um diese Zeit läuft im rumänischen Fernsehen eine Sendung mit Reportagen aus der Wirtschaft, die ich regelmäßig sehe.«

»Worum ging es im ersten Beitrag?«

»Um den U-Bahnstreik in Bukarest.«

Als ich das Büro aufschloss, das ich in Gedanken immer noch als Breitmeiers Büro bezeichnete, klingelte das Telefon. Es war Feilinger, der mich auf meine Bitte hin zurückrief.

»Haben Sie die Mikasch gefunden?«

»Nein, aber sie hält sich in Bukarest auf und hat gestern Abend wieder bei ihrer Mutter angerufen. Wir haben ihr ausrichten lassen, dass sie sich bei der Polizei melden soll. Falls sie nicht auftaucht, werde ich heute Abend bei ihrer Mutter den Anruf entgegennehmen. Wie kommen Sie voran?«

»Wir sollten uns morgen treffen, dann habe ich ein paar Neuigkeiten für Sie.«

Wir verabredeten uns für 14 Uhr am folgenden Tag. Dann rief ich Frank an.

»Hast du Zeit? Ich will in Breitmeiers Haus.«

»Darf der das?«, witzelte Frank.

»Dass der das darf!«

Wir trafen uns vor der Botschaft und gingen gemeinsam zu Breitmeiers Haus, das versiegelt worden war.

»Lass uns mal auf der Rückseite schauen, ob man da irgendwo einsteigen kann.«

Hinter dem Haus befanden sich ein völlig verschneiter Garten und eine kleine Terrasse. Im Schnee waren Spuren zu erkennen, die zur Rückseite des Hauses führten. Die Tür zu dieser Terrasse stand offen. Irgendjemand hatte ein Stück Glas aus der Tür geschnitten.

»Wir sind wohl nicht die Ersten.«

Das Breitmeiersche Wohnzimmer lag im Halbdunkel. Die Vorhänge im ganzen Haus waren zugezogen.

»Wir sollten im ersten Stock anfangen. Hier unten befinden sich Küche, Ess- und Wohnzimmer.«

Die Treppe führte aus dem Wohnzimmer zu einer Galerie hinauf, von der drei Türen abgingen. Ich öffnete die erste, es war das Schlafzimmer. Hinter der zweiten befand sich eine Art Privatbüro. Hier hatte anscheinend schon vor uns jemand gesucht und sich nicht die Mühe gemacht aufzuräumen. Das Zimmer war ziemlich verwüstet. Alle Bücher waren aus den Regalen gerissen und lagen auf dem Boden, zusammen mit dem Inhalt diverser Schreibtischschubladen, Akten und Papieren.

»Es gibt unordentliche Menschen«, sagte Frank.

Ein Luftzug drückte die Tür auf und wir drehten uns um. Zwei Männer hatten es eilig zu verschwinden. Frank reagierte sofort und war in zwei Sprüngen die Treppe herunter. Ich lief hinterher. Als ich um die Ecke des Gartens bog, war der erste der beiden bereits an der Grundstücksgrenze. Der zweite Mann war groß, schwer und langsam. Frank war nur noch wenige Meter hinter ihm. Als ich das Tor erreichte, hatte er den größeren fast eingeholt, der hinter seinem Kumpanen her die Straße herunterlief. Der Flüchtling blieb plötzlich stehen und drehte sich um. Es schien, als würde Frank in den Mann hineinrennen. Dieser stand wie angewurzelt, während Frank auf den Rücken fiel und liegen blieb. Der Dicke schien kurz zu überlegen, ob er die Flucht wieder aufnehmen sollte, kam aber anscheinend zu dem Ergebnis, dass er mit den Fäusten besser war als mit den Beinen. Er stand kerzengrade. Ich bremste ab und nahm die Haltung an, mit der ich in Tausenden von Kämpfen anderen Judoka gegenübergestanden hatte. Dieser Kampf hier war anders. Mein Gegenüber kämpfte im Superschwergewicht und ich brachte nur 69 Kilo auf die Waage. Es waren auch keine Kampfrichter da und der Dicke würde nicht auf eine Matte, sondern auf eine verschneite Straße fallen. Er rührte sich nicht und fing sogar an zu grinsen. Die Straße war glatt. Ich entschied mich deshalb für einen Ashi-waza und riss ihm mit einer Halbkreisbewegung meines linken Fußes das rechte Bein nach vorne. Er fiel auf den Rücken. Das Grinsen war verschwunden. Noch bevor er versuchen konnte wieder hoch zu kommen, ergriff ich sein rechtes Handgelenk und drehte seinen Arm um. Er schrie vor Schmerz und drehte sich auf die Seite. Ich drückte den Arm hinter seinem Rücken nach oben, bis ich das dumpfe Knacken hörte, mit dem der Arm aus dem Schultergelenk sprang. Als ich mich umdrehte, um nach dem anderen Flüchtling Ausschau zu halten, schaute ich in die Mündung einer Pistole.

»Los, zurück«, kommandierte der Mann auf Rumänisch. Ich stieg von dem Koloss herunter und ging einige Schritte rückwärts. Frank kam allmählich wieder zu sich. Der Pistolero half seinem weinenden Freund auf die Beine. Beide zogen sich zu einem schwarzen Dacia zurück. Der Muskelmann kroch unter großem Gejammer in den Wagen, während der Pistolero noch immer seine Waffe auf mich gerichtet hatte, dann ebenfalls einstieg und in rasendem Tempo davonfuhr.

Ich half Frank auf die Beine.

»Was war los?«, fragte er und rieb sich das Kinn.

»Klassischer Knockout, würde ich sagen.«

»Ich kann mich nur noch erinnern, dass ich hinter diesem Typen her war. Was ist dann passiert?«

»Er hat sich umgedreht und du bist in einen rechten Haken gelaufen.«

»Oh Mannomann.«

»Du bist zu hektisch. Das ist dein Problem. Ich hab dir schon tausendmal gesagt: ›Ruhig bleiben, auf die Schwäche des Gegners lauern.‹«

»Oh Mannomann.«

Wir gingen zurück in Breitmeiers Haus.

Frank ließ sich in einen Sessel im Arbeitszimmer fallen und ich versuchte mir in dem Chaos einen Überblick zu verschaffen. Breitmeier schien ein großer Sammler gewesen zu sein. Es fanden sich Rechnungen, die fast zehn Jahre alt waren, Beihilfeanträge aus den achtziger Jahren, Zeugnisse und vieles andere mehr. Ich ging zum Telefon und rief bei Reichelts an.

»Frau Breitmeier, wo hat Ihr Mann eigentlich sein Bargeld und seine Kontoauszüge aufbewahrt?«

»Im Schlafzimmer.«

»Wo genau?«

»In einem Tresor hinter einem Ölgemälde von Magherescu.«

»Wären Sie bereit, mit mir zusammen den Tresor zu öffnen? Es könnte sein, dass sich dort wichtiges Material befindet, das bei der Aufklärung des Falles von Bedeutung sein könnte.«

Sie zögerte.

»Ach, wissen Sie, äh…«

»Frau Breitmeier, die Polizei wird ohnehin diese Dinge sehen wollen.«

»140769 – es ist unser Hochzeitstag.«

Die Breitmeierin stand entweder immer noch unter Schock oder ihr war völlig egal, was sich dort fand. Vielleicht wollte sie auch nur ihre Ruhe haben. Für mich machte das keinen Unterschied.

»Du hängst da herum, als hättest du neun Runden gegen Mike Tyson geboxt. Los, komm mit ins Schlafzimmer.«

»Ich glaube nicht, dass ich dazu momentan in der richtigen Stimmung bin.«

»Du kannst mir zuschauen, wie ich einen Safe knacke.«

Das Ölgemälde war ein ziemlicher Kitsch und zeigte eine halbnackte Zigeunerin beim Tanz.

»Oh, ein echter Kaufhof«, bemerkte Frank. Es schien ihm schon wieder besser zu gehen.

»Allein die Schlafzimmereinrichtung hätte schon einen Mord gerechtfertigt.«

Frank ließ sich auf den lila Plüschüberzug des Bettes fallen.

»Ekelhaft.«

Ich klappte die Zigeunerin beiseite und machte mich an dem Zahlenschloss zu schaffen.

»Ich habe noch nie in meinem Leben einen Tresor geöffnet«, bemerkte ich.

»Eure Ausbildung ist eben lückenhaft. Ich weiß, wie das geht. Mein Bruder hat einen Tresor. Das Einzige, was da drin steht, ist ein Glas Nutella für den Fall, dass ihm die Kinder alles weggegessen haben.«

Frank drehte an dem Zahlenschloss herum. Ich nannte ihm die Zahlen. 14 - 07 - 69. Die Tür sprang auf.

»Hier liegt mehr drin als bei deinem Bruder.«

Ich nahm eines der Geldbündel heraus. Es waren 100-Dollar-Scheine. »10.000 Dollar« stand auf der Banderole. Ich zählte die Geldbündel durch.

»Zwei Millionen Dollar.«

»Unglaublich. Lass uns verschwinden. Morgen können wir schon irgendwo in der Karibik sein.« Frank hielt in jeder Hand ein 10.000-Dollar-Bündel und starrte das Geld mit großen Augen an. Meinte er es ernst oder waren es die Folgen des K.O.?

»Geld macht nicht glücklich.«

»Wahrscheinlich geht es mir deshalb so gut. Verdammt, Charly, da ist mehr drin, als du in deinem ganzen Leben verdienst.« Frank hatte es immer noch nicht verkraftet.

»Ehrlich währt am längsten.«

»Kannst du mal mit den dämlichen Sprüchen aufhören?«

Ich nahm ihm die Dollarbündel aus den Händen, legte sie in den Safe zurück und schloss die Tür.

»Wir machen halbe-halbe. Du lässt deinen Teil hier und ich nehme meinen mit – okay?«

»Du eignest dich genauso wenig zum Dieb wie ich.«

»Ich kann's nicht glauben.«

13

Nach Dienstschluss präparierte Frank das Telefon in Breitmeiers Büro und zwängte sich durch einen schmalen Spalt in das verwaiste Vorzimmer. Ich schloss ab und gab den Schlüssel an der Pforte ab. Frank hatte ein Fenster im Erdgeschoss aufgesperrt und angelehnt. Man konnte es von außen mühelos aufdrücken. Nachts war der Eingang zugesperrt. Wollte man in die Botschaft, musste man einen Grenzschutzbeamten aus dem Bett klingeln. Wir hatten es jetzt einfacher. Ich fuhr einkaufen. Einer der sechs Beamten des Bundesgrenzschutzes öffnete mir nach Gesichtskontrolle durch eine Kamera die Tür zum Botschaftsgelände. Die Grenzschützer waren junge Beamte, deren Dienstzeit in Bukarest auf elf Monate limitiert war. Sie wohnten im oberen Stock der Botschaft. Dierk Ost von der Grenzschutzdirektion Lübeck hatte heute Nachtbereitschaft. Drei Kontrollgänge durch das Botschaftsgebäude gehörten dazu. Ich erklärte ihm, dass ich zusammen mit Frank Messer in der Visastelle Unterlagen sichten wolle, die Hinweise auf den Mordfall enthalten könnten. Ich bat darum, unsere Anwesenheit gegenüber anderen Botschaftsangehörigen nicht zu erwähnen. Da inzwischen bekannt war, dass ich im

Zusammenhang mit dem Mordfall besondere Vollmachten hatte, stellte er keine weitere Fragen.

Frank packte gierig unser Abendessen aus.

»Ich dachte schon, du lässt mich hier verhungern.«

Er räumte die Zeitung vom Schreibtisch, holte zwei Teller und Bestecke aus einem Aktenkoffer, stellte Gurken, Tomaten, Butter und rumänischen Schafskäse auf den Tisch. Ich legte Schinken, Pastete, einen Camembert, Knoblauchkäse und Baguette dazu.

»Du kennst doch noch Siggi Platz«, sagte Frank. Ich gehörte zum 48. Ausbildungslehrgang des Auswärtigen Amtes. Die Diplomatenausbildung war zu meiner Zeit miserabel. Sechs Wochen lang lernte man Geschichte, acht Wochen lang Wirtschaft, fünf Wochen Völkerrecht und so weiter. Nach jedem Abschnitt gab es eine Prüfung. Einige lernten wie besessen, andere nahmen lieber Skripten, Lehrbücher und Spickzettel mit in die Prüfung. Ich hatte schon immer zu der letzten Gruppe gehört. All das blieb sich aber gleich, denn nach zwei Jahren hatte das Kurzzeitgedächtnis den ganzen Mist ohnehin wieder freigegeben. Was hängen blieb, war die Erinnerung an die schlechten Anzüge des Ausbildungsleiters und an die Macken der lieben Crewkollegen. Zwei Jahre lang hatte man den gleichen Unsinn durchlitten und das schuf trotz aller Unterschiede ein gewisses Zusammengehörigkeitsgefühl. Die annähernd sechzig Mitglieder unseres Lehrgangs waren inzwischen in alle Welt verstreut oder saßen in den unterschiedlichsten Abteilungen des Auswärtigen Amtes.

Einer von ihnen war Siegmund Platz. Er war ein stiller Mensch, der immer ein Lächeln auf dem Gesicht spazieren trug. Er sprach selten und schien aufgrund seines betonierten Lächelns dauerhaft nett. In den zwei Jahren hatte ich meiner Erinnerung nach nie die Gelegenheit genutzt, mit ihm in Kontakt zu treten. Es hatte sich einfach nicht ergeben. Vielleicht war ich auch nur diesem Dauerlächeln ausgewichen.

»Natürlich kenne ich Siggi. Er ist in Paris.«

»Seit sechs Wochen ist er wieder in Bonn – in der Personalabteilung. Ich habe ihn um Informationen über Thomas Heissenberg gebeten.«

»Was soll das?«, fragte ich gereizt.

»Heissenberg ist einer der wenigen aus seinem Lehrgang, die noch nicht zum Vortragenden Legationsrat befördert worden sind. Das ist merkwürdig, denn er ist ein hervorragender Diplomat und genießt das Vertrauen des Botschafters. Ich wollte wissen, warum er nicht befördert wird. Siggi hat rumgedruckst von wegen Personalakte und vertraulich und so weiter. Ich habe ihn so lange bearbeitet, bis er zugesagt hat, sich mal umzuhören. Heute Nachmittag habe ich ihn noch mal angerufen.«

»Und?«

»Heissenberg gilt bei unserem Minister als völliger Versager. Du hast ja sicher schon gehört, wie da Beförderungen verteilt werden. Es geht zu wie in einer römischen Gladiatorenarena. Der Minister hebt den Daumen oder er senkt ihn. Bei Heissenberg ist der Daumen gesenkt.«

»Und warum?«

»Es heißt, er habe einen Besuch des Ministers vor zwei Jahren völlig versiebt. Der Außenminister hatte sich kurzfristig angesagt, der Botschafter war zur Kur. Binder war völlig überfordert. Er ist nicht der Hellste. Hinzu kommt, dass er nicht organisieren kann. Heissenberg war damals noch relativ neu hier und Binder delegierte, so viel er konnte, an Breitmeier. Bei dem Besuch ging einiges schief. Der Minister war nicht im gleichen Gästehaus untergebracht wie seine engsten Berater. Bei einem Abendessen, das der Minister gab, hatte Binder die Opposition vergessen einzuladen. Von seiten der Presse gab es kritische Fragen, warum der Minister sich ausschließlich mit der Regierung treffe. Schließlich war bei einer Kranzniederlegung auf dem Soldatenfriedhof eine falsche Schleife am Kranz angebracht. ›Der Bundespräsident‹ stand darauf.«

»Und was hatte das alles mit Heissenberg zu tun?«

»Binder war schon vor Beginn des Besuchs derart überfordert, dass er einen Nervenzusammenbruch bekam. An seiner Stelle begleitete Heissenberg die Delegation und bekam den ganzen Ärger ab. Seitdem war er bei Kinkel unten durch. Binder und Breitmeier hatten den Besuch versiebt und Heissenberg musste es ausbaden.«

»Und Breitmeier?«

»Breitmeier kümmerte sich als Pressereferent um die Betreuung der mitreisenden Journalisten. Ansonsten tat er wahrscheinlich alles, um Heissenberg in ein schlechtes Licht zu rücken.«

»Wie reagierte Heissenberg?«, wollte ich wissen.

»Der Typ ist absolut cool. Er macht sich seit damals über die anderen lustig. Indem er sein Bestes gibt, zeigt er den anderen, was sie für Gurken sind.«

»Wie ist sein Standing in der Botschaft?«

»Die meisten aus dem einfachen, mittleren und gehobenen Dienst mögen ihn – immer locker, immer cool, freundlich, hilfsbereit und natürlich amüsiert er sich ständig über die anderen Referenten. Mit dem höheren Dienst sieht es anders aus. Er verarscht sie alle: Wagenknecht, die Wilms, Binder, Breitmeier, Hassler und von Böhnsen. Nur mit dem Botschafter scheint er ein gutes Verhältnis zu haben.«

Frank saß auf seinem Schreibtischstuhl und hatte die Füße auf den Tisch gelegt. Er drückte einen Eisbeutel gegen das Kinn.

»Was hast du gegen Heissenberg?«

»Nichts, aber er erscheint mir verdächtig. Er hat was mit der Gabrielescu. Die wiederum lügt und belastet die Wilms.«

»Heissenberg ist einer der wenigen normalen Menschen an dieser Botschaft und die Gabrielescu hat uns immerhin einen wichtigen Tipp gegeben – aus welchen Gründen auch immer.«

»Heissenberg ist eitel und hat ein überzogenes Selbstbewusstsein.« Frank gab nicht auf.

»Du magst ihn nicht.«

»Ich beschreibe dir nur, was ich beobachte.«

»Er kann sich das Selbstbewusstsein leisten.«

Es entstand eine Gesprächspause.

»Was ist eigentlich mit Wagenknecht?«, fragte ich schließlich.

»Ein Arschloch. Er steckt mit Kleiber unter einer Decke.«

»Du meinst, er dealt mit Visa?«

»Wie du weißt, habe ich mal eine Beschwerde über Kleiber geschrieben. Ich war damals neu. Es war direkt nach der Laufbahnprüfung. Ich versuchte, mich in den Job einzuarbeiten, schnüffelte überall herum, um einen Einblick zu erhalten. Dabei fiel mir auf, dass Kleiber einen Pass in den Computer eingegeben hatte, bei dem weder eine Einladung noch eine Krankenversicherung vorlag. Er hatte zudem den

Vornamen bei der Abfrage leicht verändert. Ich hielt das für ein Versehen und gab den richtigen Vornamen ein. Daraufhin spuckte der Computer einen Sperrvermerk aus. Der Typ war abgeschoben worden. Kleiber besorgte ihm auf diesem Weg eine neue Einreisemöglichkeit. Ich schrieb einen Vermerk und hörte tagelang nichts mehr davon. Dann ging ich zu Wagenknecht und fragte nach. Er pöbelte mich an, ich solle mich um meine Arbeit kümmern und hier nicht den Moralapostel spielen. Er deckt Kleibers Treiben. Mir ist nicht ganz klar, warum, aber vielleicht verdient er ebenfalls daran. Vor der Botschaft lungern ein paar Mafiosi herum, die Visa anbieten. Für jemanden mit einem Sperrvermerk kostet ein Visum circa 2000 Dollar. Für einen, der nur eine gefälschte Einladung braucht, immerhin noch 800 Dollar. Wer zwar alle Papiere hat, sich aber das stundenlange Anstehen ersparen möchte, bezahlt 500 Dollar. Ich habe einmal eine rumänische Bekannte gebeten, sich als ehemalige Asylantin um ein Visum zu bemühen. Sie hat die Preise in Erfahrung gebracht.«

»Das könnte Wagenknecht den Job kosten. Warum macht er so etwas?«

»Vielleicht braucht er das Geld für seine Spielsucht.«

Ich schnitt noch eine Scheibe Baguette ab und schenkte uns Wasser nach.

»Warum hast du damals eigentlich mit Judo aufgehört?«

»Weil man davon nicht leben kann. Das regelmäßige Training schränkte mich ein. Ich hatte andere Dinge im Kopf. Dann die Pleite bei den Olympischen Spielen. Danach hatte ich keine Lust mehr.«

»Du warst doch eine der Besten damals.«

»Ich hatte über Monate keinen Kampf mehr verloren und praktisch die gesamte Weltspitze besiegt. Ich war Weltmeisterin und wollte als Krönung noch den Sieg bei der Olympiade. Frauenjudo war zum ersten Mal olympische Disziplin. Ich war die amtierende Weltmeisterin und der Sieg erschien mir sicher. Aber ich hatte mich zu früh gefreut. Im ersten Kampf brach ich mir einen Finger. Es war eine unfaire Attacke meiner Gegnerin. Sie wurde disqualifiziert und für mich waren die Spiele vorbei. Heute glaube ich, dass diese Attacke geplant war, um den Weg für die spätere Olympiazweite freizumachen.«

»Wer war das?«

»Eine Rumänin namens Dinu, die ich schon bei den Europameisterschaften besiegt hatte.«

»Und gegen wen hast du damals gekämpft?«

»Es war ebenfalls eine Rumänin. Ich glaube sie hieß Niculescu. Sie war fast zehn Jahre älter als ich, hatte ungeheure Kraft, aber eine schlechte Technik.«

»Hast du später noch einmal etwas von ihnen gehört?«

»Die Dinu hat noch bis vor zwei Jahren Wettkämpfe bestritten. Die andere hat nach der Disqualifizierung aufgehört mit Wettkampfsport.«

»Und dann wirst du ausgerechnet nach Rumänien versetzt.«

»Ich denke ohne Wehmut zurück. Ohne mein frühzeitiges Ausscheiden hätte sich mein Leben wahrscheinlich völlig anders entwickelt. Ich hätte John nie kennen gelernt, wäre wahrscheinlich auch nicht für zwei Jahre in den USA geblieben, hätte vielleicht auch das Kind nicht. Jedenfalls denke ich heute, dass es für mich danach nicht schlecht gelaufen ist.«

»Weißt du, ich glaube dir nicht. Das hast du dir so zurechtgebogen. Du hast aus Ärger die Flinte ins

Korn geworfen, bist abgehauen und hast das alles versucht zu vergessen, indem du etwas ganz anderes angefangen hast: eine Beziehung, ein Kind. Dann hat auch das nicht funktioniert und du bist in die nächste Beziehung und hast's einfach noch mal probiert. Es hat wieder nicht geklappt und dann hast du dir einen Job gesucht, bei dem das Weggehen quasi institutionalisiert ist.«

»Was machen wir hier, eine Psychoanalyse?« Ich fühlte, wie Wut und Ärger in mir hochstiegen. Woher nahm er sich das Recht?

»Sorry.«

Frank präparierte gerade einen neuen Eisbeutel für sein Kinn, als das Telefon klingelte. Ich sprang sofort auf und rannte los. Es war 20 Uhr und 10 Minuten. Der Hof zur Botschaft wurde von einer Lampe und dem Licht aus zwei Büros erhellt. Ich wollte das Fenster zur Botschaft aufdrücken, doch es öffnete sich nicht. Frank kam über den Hof.

»Zu«, sagte ich.

»Mist.«

Er nahm seine Jacke, wickelte sie um den Ellenbogen und rammte diesen in die Scheibe. Das Glas splitterte und fiel in den Schnee. Frank griff durch das Loch im Glas und öffnete das Fenster. Schnitt sich dabei in die Hand und fluchte. Ich stieg ein. Ich lief durch einen schmalen Gang und öffnete die Tür zum Warteraum. Unter der Tür der Pressestelle sah ich einen dünnen Lichtschein. Es war also kein Fehlalarm gewesen.

Ich schlich in das Vorzimmer und lauschte an der Tür zu Breitmeiers ehemaligem Büro. Schubladen wurden geöffnet und Papier durchgeblättert. Ich fühlte meinen Herzschlag am Hals. Wo blieb Frank? Ich riss die Tür auf.

»Herr Nutzler und sein Führungsoffizier.«

Sie schauten mich überrascht an. Nutzler stand vor Breitmeiers Kartons und der Mann, der mir heute Nachmittag eine Pistole vors Gesicht gehalten hatte, fummelte am Schreibtisch herum. »Los, greif sie dir«, murmelte der diesmal anscheinend unbewaffnete Pistolero mit rumänischem Akzent. Nutzler zögerte.

»Geben Sie auf. Selbst wenn Sie hier rauskämen, würde man Sie kriegen – früher oder später«, sagte ich.

»Los, wir verschwinden. Halt sie fest«, befahl der Rumäne und Nutzler machte zwei Schritte auf mich zu.

»Es ist aus, Herr Nutzler. Machen Sie's nicht noch schlimmer.«

Der innere Kampf war ihm anzumerken. Die Augen wanderten schnell zwischen mir und dem Revolverhelden hin und her. Dann rannte er los. Er kam so plötzlich mit seinen hundert Kilo auf mich zu, dass ich mich nur noch wegducken konnte. Zunächst hatte ich einen Angriff erwartet, aber es war Panik – blinde Flucht. Er lief an mir vorbei und ich konnte ihn nur noch mit meinem Fuß erwischen. Er strauchelte, fing sich an der Tür. Als er hoch kam, hatte sein Kumpel die zwei Meter zu dem Mantel zurückgelegt, der auf einem Stuhl vor Breitmeiers Schreibtisch lag. Ich ahnte, was jetzt kommen sollte, vergaß Nutzler und sprang auf den Typen zu. Er zog die Pistole aus der Manteltasche. Ich ergriff sein Handgelenk mit der einen und die Waffe mit der anderen Hand. Judo beruht in erster Linie auf Hebelwirkungen. Ein richtig angesetzter Hebel kann eine ungeheure Kraft entfalten. Die Waffe fiel zu Boden. Ich entschied mich für einen Schulterwurf, was eigentlich schon ziemlich unfair war, denn mit der verrenkten Hand war er ohnehin nicht mehr zu einem Angriff fähig. Der Pistolero schlug mit dem Kopf auf und blieb benommen liegen. Ich nahm die Waffe, schloss das Büro ab und lief Nutzler hinterher. Der war nicht weit gekommen. Er lag bäuchlings im Besucherraum und Frank saß auf ihm. Franks rechte Hand blutete stark.

»Zeig mal.«

Auf dem Handrücken klaffte eine drei Zentimeter lange, tiefe Wunde.

»Das müssen wir verbinden und außerdem muss das genäht werden«, diagnostizierte ich.

»Bei mir im Zimmer ist ein Verbandskasten.« Das war Nutzler, der seine Dienste anbot.

»Gut, Rolf, wir gehen hoch, aber keine Faxen mehr.«

In Nutzlers Büro herrschte penible Ordnung. Aus einem Regal zog er einen Kasten mit einem roten Kreuz, den er öffnete. Ohne langes Suchen holte er die notwendigen Utensilien heraus und legte einen fachmännischen Verband an.

»Ich war Sanitäter bei der Bundeswehr.«

»Und seit wann arbeiten Sie für die Rumänen?«

»Im letzten Herbst lernte ich eine rumänische Studentin kennen. Wir lieben uns und wollen heiraten. Sie wird vom Geheimdienst erpresst. Sie bat mich um bestimmte Informationen. Es waren nur wenige und ganz gezielt ausgesuchte Dinge, die sie wissen wollten. Mir war gänzlich unklar, wozu. Nichts davon hatte besondere Bedeutung.«

»Oh Mann, Rolf, du bist so dämlich, dass es weh tut.«

»Nein, nein, nicht, was du denkst. Cristina und ich wollen heiraten. Sie war nicht auf mich angesetzt. Es war Zufall.«

»Cristina wirst du wahrscheinlich nicht mehr sehen. Sobald die Rumänen spitz kriegen, was hier gelaufen ist, werden sie ihre Agentin abziehen.«

Nutzler fing an zu weinen. Er kauerte auf seinem Bürostuhl, hatte das Gesicht in den Händen vergraben und schluchzte.

»Hat Breitmeier auch für die Rumänen gearbeitet?«, fragte ich.

»Das weiß ich nicht. Die Karfunke hat mir gesagt, Breitmeier habe herausgefunden, dass irgendjemand für die Rumänen spioniert, und habe einen entsprechenden Vermerk in seinem Büro hinterlegt. Ich hatte Angst und ging zu Cristina. Dann tauchte dieser Rumäne auf und schlug mir vor, den Vermerk zu suchen. Ansonsten könne er nicht mehr für Cristinas Unversehrtheit garantieren. Ich hab's für Cristina getan.«

14

Freitag, 11. Februar. Ich schlief bis 11 Uhr. Wir hatten Jobst gestern holen lassen und die beiden Spione an die Grenzschutzbeamten übergeben. Die weitere Befragung war mir ziemlich egal. Es war nunmehr klar, wer die zweite undichte Stelle gewesen war.

Nutzler hatte steif und fest behauptet, nichts mit dem Mord an Breitmeier zu tun zu haben. Ein Alibi hatte er für den betreffenden Zeitraum aber nicht vorzuweisen. Er sei zu Hause gewesen und habe sich dann zu dem Empfang in die Residenz des Botschafters begeben.

Der Rumäne war im Hinterzimmer der Pförtnerloge eingeschlossen. Er verlangte, sofort freigelassen zu werden, und verweigerte ansonsten die Aussage.

In meinem Büro sah es noch immer aus wie Kraut und Rüben. Die Kartons mit Breitmeiers Schriftgutsammlung waren geöffnet, einige Aktenordner lagen noch auf dem Boden. Ich setzte mich hinter den Schreibtisch. Einige Schubladen standen offen und waren durchwühlt worden. Ich versuchte, eine notdürftige Ordnung herzustellen, räumte die Schubladen auf und verschloss sie. Die obere Schublade beinhaltete nur einen Einsatz für Kugelschreiber, Bleistifte und ähnliches. Dieser Einsatz war verkantet. Die Schublade klemmte. Ich versuchte ihn in seine ursprüngliche Lage zu rücken und stellte fest, dass er sich herausnehmen ließ. Ich öffnete die Schublade bis zum Anschlag und hob den Einsatz heraus.

Darunter lagen fünf Blätter Papier, die alle die gleiche Handschrift trugen und auf denen ein nahezu identischer Text stand. »Schuldschein« stand über jeder Seite. Der Text lautete: »Ich bestätige, heute von Herrn Hans-Eberhard Breitmeier den Betrag von 20.000 DM erhalten zu haben. Die Rückzahlung erfolgt innerhalb eines Jahres. Der Zinssatz entspricht den heute gültigen Überziehungskreditzinsen der Deutschen Bank in Frankfurt.« Vier der fünf Schuldscheine waren älter als ein Jahr. Sie waren in einer nervösen, fliehenden Handschrift geschrieben und trugen die Unterschrift von Peter Wagenknecht.

Frau Dunkel schaute mich vorwurfsvoll an. »Diese ganze Aufregung ist Gift für den Botschafter. Wenn das so weitergeht…« Sie beendete den Satz nicht, sondern schüttelte den Kopf. Reuter schien indes von dem ungeheuerlichen Vorfall in seiner Botschaft weniger beeindruckt, als ich angenommen hatte.

»Sie haben außergewöhnliche Fähigkeiten, Frau Valentin. Ich bewundere Sie sehr. Auch Ihre Methoden sind sehr wirksam, wenn auch nicht unbedingt von der Diplomatenschule.« Reuter bedeutete mir, Platz zu nehmen.

»Leider hat diese Sache mit Nutzler den Mordfall Breitmeier weiter kompliziert«, entgegnete ich. »Ich kann mir denken, dass ein Übergriff wie durch den rumänischen Geheimdienst zu einer ernsthaften Belastung der Beziehungen führen könnte.«

»Machen Sie sich keine Sorgen. Die Sache ist bereits bereinigt. In wenigen Minuten wird der rumänische

Innenminister hier auftauchen und eine offizielle Entschuldigung im Namen der rumänischen Regierung abgeben. Der für die Operation zuständige Abteilungsleiter im rumänischen Geheimdienst wird versetzt. Wir werden im Gegenzug Stillschweigen bewahren. Alle, die in der Botschaft von dem Vorfall wissen, werden schriftlich darauf hingewiesen, dass dieser Vorfall der Geheimhaltung unterliegt. Es wird in Zukunft keine Aktionen gegen die Botschaft mehr geben.«

»Wie haben Sie das denn so schnell ausgetüftelt?«

»Auch ich habe außergewöhnliche Methoden.«

»Erzählen Sie mir davon.«

»Das werde ich vielleicht irgendwann machen, wenn ich Zeit habe, denn das ist eine lange Geschichte.«

Frau Dunkel kündigte den Innenminister an.

»Ich lasse bitten«, sagte der Botschafter, nickte mir zu und deutete auf eine zweite Tür, durch die ich in den Flur trat, gerade als der Innenminister seinen Canossa-Gang durch das Vorzimmer antrat.

Feilinger stand vor meinem Büro.

»Hallo, kommen Sie rein.«

Ich führte ihn an Frau Popescu vorbei.

»Kommen Sie voran?«, fragte er.

»Wie man's nimmt. Ich habe heute Nacht einen rumänischen Spion hier in diesem Zimmer auf frischer Tat ertappt und festgesetzt.«

Er schaute mich ungläubig an.

»Derzeit ist gerade der rumänische Innenminister beim Botschafter und entschuldigt sich. Wenn Sie noch ein paar Minuten hier bleiben, können Sie Ihren obersten Dienstherren sehen. Vielleicht fragen Sie bei Ihren Kollegen mal nach, welche Pfeife diese völlig hirnrissige Operation veranlasst hat. Sie sehen, ich komme voran, leider aber nicht mit der Aufklärung des Mordes an Breitmeier.«

Feilinger zündete sich eine Zigarette an.

»Was mich weiterbringen würde, wäre ein Gespräch mit dieser Frau Mikasch.«

»Ich habe gestern Abend mit ihr gesprochen – am Telefon. Ich habe sie um ein persönliches Gespräch gebeten. Sie hat abgelehnt. Ich habe ihr gedroht und dann hat sie aufgelegt. Sie scheint nervlich völlig am Ende zu sein.«

»Gratulation.«

»Wir haben alle Verwandten, Bekannten, Freunde, Schulkameraden und Bekanntschaften überprüft. Sie hält sich wahrscheinlich irgendwo da draußen in einem der Blocks auf, in einer Wohnung, die irgendjemandem gehört, der sie über irgendjemanden weitervermietet gegen eine Miete, die etwas höher ist, als es der Markt zulassen würde. Dafür gibt es keine Nachfragen, keine Anmeldung bei den städtischen Behörden und so weiter.«

»Was haben Sie jetzt vor?«

»Sie ist zur Fahndung ausgeschrieben. Irgendwann wird sie sich zeigen müssen.«

»Bis dahin hätte ich einen Vorschlag: behalten Sie Frau Ziegenbein ein paar Tage im Auge.«

»Warum?«

»Sie belastet aus unerfindlichen Gründen ihren Mann. Sie will ihm offenbar etwas anhängen und hat möglicherweise selbst etwas zu verbergen.«

»Ein fürchterlicher Mensch«, sagte Frau Popescu, als Feilinger gegangen war.

»Was haben Sie denn gegen ihn?«

»Ich kriege Gänsehaut, wenn ich einen Securisten

sehe. Was glauben Sie, wie wir vor diesen Typen früher gezittert haben.«

»Und Sie meinen, Feilinger war auch einer von ›diesen Typen‹?«

»Sonst würde ich ja wohl keine Gänsehaut bekommen.«

Am Nachmittag schrieb ich einen detaillierten Bericht auf der T1000 über die Vorkommnisse der vergangenen Nacht und schickte ihn nach Bonn.

Beim Verlassen der Botschaft traf ich Heissenberg. Er lud mich zum Tennis ein und ich sagte zu. Wir verabredeten uns für 18 Uhr im Sofitel. Als er sich mit den Worten »Also dann bis nachher« verabschiedete, kam Frank aus der Botschaft und schaute mich mit einem Gesichtsausdruck an, in dem sich Wut und Enttäuschung mischten. Er ging an mir vorbei, ohne ein Wort zu sagen.

Als ich um 18 Uhr aus dem Hotellift stieg, wartete Thomas Heissenberg bereits in der Lobby. Wir stiegen in seinen Grand Cherokee und fuhren zum Nastase-Club. Der nach einem früheren Tennisstar benannte Club lag direkt am Ufer des Herastrau-Sees, am Rande des sogenannten Primaveri-Viertels, in dem früher der Ceausescu-Clan und seine Hofschranzen gewohnt hatten. Die prächtigsten Villen wurden heute als Gästehäuser für hohe Staatsgäste benutzt. Der exklusive Nastase-Club mit Schwimmbad, Sauna und Massageräumen sowie einer Tennishalle ließ erahnen, wie sich der Diktator und seine Entourage vergnügt hatten, während nur wenige hundert Meter weiter die Menschen stundenlang in Schlangen standen, um einen Laib Brot oder ein Pfund Mehl zu erstehen. Heissenberg, der mir während der Fahrt von der Vergangenheit dieses Stadtviertels erzählte, schien das wenig zu belasten.

»Vielleicht bin ich zu naiv, aber mich würde diese Vergangenheit stören.«

Er lachte.

Ein verschneiter Weg führte von der Straße hinunter zum Clubhaus. Thomas Heissenberg war ein eleganter Tennisspieler. Er bewegte sich nicht so schnell und quirlig wie Frank, aber er spielte kraftvoll und präzise. Während ich versuchte ihn auszutricksen, servierte er mir die Bälle so vorteilhaft, dass ich mich kaum bewegen musste. Erst als ich ihn zu einem Satz herausforderte, begann er mich als Gegnerin ernst zu nehmen. Ich verlor prompt mit zwei zu sechs.

Nach dem Spiel lud er mich zum Essen ein und ich wunderte mich selbst darüber, wie selbstverständlich ich einwilligte. Vielleicht wollte ich ihn beobachten, um festzustellen, ob er wirklich der nette Kerl war, der einzige normale Mensch auf dem Narrenschiff, wie man in der Kaffeerunde behauptet hatte, oder der eiskalte Karrierist, für den ihn Frank hielt.

Wir fuhren den verschneiten Bulevardul Aviatorilor bis zu der riesigen Piața Victoriei, auf der der Schnee zu meterhohen Bergen zusammengeschoben worden war. Thomas Heissenberg führte mich in ein kleines Bistro gegenüber dem altehrwürdigen Athenäum, einem Prachtbau und Konzertsaal aus dem 19. Jahrhundert. Das Bistro erinnerte mich mit seiner Jugendstileinrichtung an das berühmte »A la Mort Subite« in Brüssel. Nur war hier alles ein wenig mehr heruntergekommen. Das Bistro Athenäum war erst kürzlich eröffnet worden und galt als Geheimtipp. Der Geschäftsführer geleitete uns an einen reservierten Tisch und ich fragte mich, wie weit Heissenberg diesen Abend geplant hatte. Beim Aperitif bot er mir das Du an. Ich akzeptierte.

Während des Essens fragte ich ihn nach den Ergebnissen seiner soziologischen Geheimstudie über das extrem abnormale Verhalten der Botschaftsangehörigen.

»Was willst du wissen?«

»Erzähl mir was über den Kulturreferenten.«

»Sorry, aber es gibt an dieser Botschaft keinen Kulturreferenten. Ein Mensch wie von Böhnsen, der Ravioli aus der Büchse isst, kann kein Kulturreferent sein.«

Thomas hatte zu jedem ein paar passende Sprüche und Anekdoten auf Lager.

»Hassler?«

»Würde wegen Breitmeier doch seine Ehe nicht aufs Spiel setzen.«

»Rauhbein?«

»Wahrscheinlich opiumsüchtig. War zu lange in Laos und Thailand.«

»Nutzler?«

»Das ist der Heribert Fassbender der Botschaft. Ein Mann mit einem unglaublichen Fundus an Plattitüden.«

»Frau Wilms?«

»Der Beweis dafür, dass es bei Bürokraten einen fließenden Übergang vom Leben zum Tod gibt.«

»Wagenknecht?«

»Hemmungslos korrupt.«

»Binder?«

»Das Beispiel dafür, dass man in der Ministerialbürokratie weder intelligent sein noch über sonstige nützliche Fähigkeiten verfügen muss, um bis zur Besoldungsstufe B3 aufzusteigen.«

»Thomas Heissenberg?«

»Ein weiteres Beispiel dafür, dass es zwischen Leistung und Beförderung keinen Zusammenhang gibt.« Er hatte ohne zu zögern geantwortet.

Ich schwieg. Es entstand eine Gesprächspause und dann redete er – diesmal ohne seinen typischen ironisch-zynischen Unterton.

»Als ich vor zehn Jahren im diplomatischen Dienst anfing, träumte ich von einer verantwortungsvollen Tätigkeit bei den Vereinten Nationen oder der Europäischen Union. Ich wollte internationale Politik mitgestalten. Und es fing auch gut an. Mein erster Posten war die Ständige Vertretung Deutschlands bei den Vereinten Nationen. Dann ging ich zurück nach Bonn und war drei Jahre im Referat für die ›Organisation für Sicherheit und Zusammenarbeit in Europa‹. Auch das war eine Herausforderung. Mein Chef schickte mich damals zu einer Konferenz über Minderheitenfragen in Osteuropa. Ich schrieb darüber einen Bericht, den man für recht gelungen hielt, und seitdem galt ich als Spezialist für Minderheiten. Dann wurde dieser Posten hier in Bukarest vakant und man bat mich die Stelle zu übernehmen. Ich hatte in New York gelernt, dass es nicht ausreicht, an eine wichtige Botschaft zu gehen, wenn man dort nur die Drecksarbeit machen muss. In Bukarest konnte ich Verantwortung übernehmen. Trotz aller Bemühungen waren die Angehörigen der deutschen Minderheit nicht in ihrer Heimat geblieben, sondern wanderten nach Deutschland aus. In Bonn begann man damals nachzudenken, ob eine grundsätzlich andere Konzeption unserer Stabilisierungspolitik erforderlich sei. Ich sollte dazu Vorschläge erarbeiten. Man versprach mir damals, das Ganze solle höchstens zwei

Jahre dauern. Danach sei mir ein Job im Leitungsbereich des Auswärtigen Amtes sicher. Ich hatte damals keine große Lust auf ein Land wie Rumänien. Auch zu dem Thema Minderheiten war ich nicht aus Interesse gekommen, sondern eher wie die Jungfrau zum Kind. Aber die Aussicht, in den Leitungsstab zu kommen, überzeugte mich. Das war die Karrierechance. Leider kam alles ganz anders. Inzwischen bin ich seit vier Jahren hier, von einer Versetzung in den Leitungsstab ist keine Rede mehr. Zuletzt hat man mir vor sechs Wochen den Posten eines Kulturreferenten in Bangladesch angeboten. Ich habe abgelehnt. Nun warte ich auf das nächste Angebot. Reuter will sich für mich einsetzen. Mal sehen, was daraus wird.«

Er lehnte sich zurück und trank von dem Cognac, den der Kellner serviert hatte. Er hatte sein Schutzschild – diese Mischung aus Zynismus und Überheblichkeit – abgelegt. Er trug an Stelle des Armanianzugs Jeans und einen Pullover und er erschien mir nicht mehr unnahbar und kalt, sondern verletzlich und sensibel.

Thomas zahlte die Rechnung und wir fuhren durch verwinkelte Seitenstraßen zum Universitätsplatz im Zentrum von Bukarest. Hinter dem Hotel Intercontinental, das zugleich das höchste und hässlichste Gebäude Bukarests war, befand sich der Club 33. Es handelte sich um eine Bar mit Lifemusik. Eine Band spielte »Desafinado« von Antonio Jobim. Das Publikum war eine Ostblock-typische Mischung aus neureichen Geschäftsleuten, jungen Frauen, die einen schnellen Weg zum Reichtum suchten, westlichen Diplomaten und Gestalten, die als Komparsen in jedem Gangsterfilm hätten mitspielen können. Vor der Band tanzten zwei Blondinen Samba. Thomas stellte mich einem amerikanischen Diplomaten vor, aber ich hatte keine Lust auf Smalltalk. Ich wollte diesen Abend mit Thomas Heissenberg allein zu Ende bringen.

Wenn ich heute daran zurückdenke, weiß ich immer noch nicht, was mich damals trieb. Ich kannte Thomas als coolen Zyniker, ich hatte ihn als geistreichen Literaturkenner erlebt und an diesem Abend hatte er endlich auch einen Teil seines Inneren offenbart. So wie er sein kontrolliertes Tennisspiel erst durch die Herausforderung zu einem Match aufgegeben hatte, wollte ich ihn nun zu einem anderen Spiel auffordern. Ich schob meinen Arm unter sein Jackett, streifte den Pullover an seinem Rücken hoch und strich über die nackte Haut seiner Hüfte. Während er mit dem Amerikaner Belanglosigkeiten austauschte, kratzte ich mit meinen Fingernägeln Spuren in seine Haut. Zuerst schaute er mich irritiert an, dann lächelte er und legte nun seinerseits den Arm um mich. Ich stellte mich auf die Zehenspitzen und küsste seinen Nacken. Dann erklärte ich dem Amerikaner, dass ich die Zeitumstellung noch nicht verkraftet hätte – ein Argument, das in meinem Fall zwar völlig schwachsinnig war, das aber bei Amerikanern nach meiner Erfahrung immer gut ankam. Die Band versuchte sich gerade an dem »Girl from Ipanema«, die beiden Mädels im Girly-Look versuchten es noch immer mit Samba. Der Amerikaner blickte ziemlich erstaunt und Bukarest empfing uns mit Schneetreiben.

Während der Fahrt sprachen wir kein Wort. Ich dachte an Frank. Verdammt noch mal, er hatte kein Recht, sich in meine Gedanken einzuschleichen, wenn ich mit einem anderen ins Bett wollte. Er selbst war auch kein Kostverächter. Susi hatte er den Kopf verdreht, zwei der Mädels aus dem Judoclub hatten ihm verschwörerische Blicke zugeworfen und mir gegenüber tat er so, als habe er Jahre auf mich gewartet. Ich hatte eine Aversion gegen Beziehungen, in denen ich meine Freiheit verlieren konnte. Frank hatte zwar nie gedrängt, aber eine feste Beziehung wäre ihm lieber gewesen. Und dann seine ständigen Warnungen vor Heissenberg. Das war nichts anderes als Eifersucht.

Thomas wohnte wie alle Referenten im Umkreis der Botschaft. Es war ein rotes Backsteinhaus, das von außen eher unscheinbar wirkte. Erst als ich im Wohnzimmer stand, wurde mir die Dimension bewusst.

»Das hat eine Hollywood-Schauspielerin gebaut, die aus Bukarest stammte. 1936 ist das Haus fertig geworden. 1946 wurde es von den Kommunisten enteignet. Heute gehört das Gebäude immer noch dem rumänischen Staat. Die Dame muss reich gewesen sein – mit viel Fantasie. Sie hat gespielt mit runden Formen und großen Räumen, hat Rumänisches mit Amerikanischem kombiniert. Ich habe versucht herauszufinden, was aus ihr geworden ist, aber die Spur verliert sich am Ende des Zweiten Weltkriegs.«

Das riesige Wohnzimmer war nur spärlich beheizt. Thomas sah, dass ich fröstelte, und deutete auf die Treppe.

»Der Gasdruck ist wieder total runter. Es gibt eben zu viele Abnehmer bei dieser Kälte und die Rohre sind zu dünn für die große Nachfrage. Oben ist es wärmer. Ich hole uns noch etwas zu trinken.«

Ich ging die Treppe hinauf und öffnete eine von drei Türen. Es war das Schlafzimmer. Ich zog mich aus und schlüpfte unter die Decke. Thomas kam mit einem silbernen Sektkübel, aus dem der Hals einer Champagnerflasche herauslukte. Er füllte zwei Gläser, reichte mir eines und stellte das andere neben das Bett. Ich trank und schaute ihm zu, wie er sich auszog. Er hatte einen schönen Körper, war schlank, groß, aber ohne die Muskelpakete, die Frank sich antrainiert hatte. Er kroch zu mir unter die Decke. Wir küssten und streichelten uns und ich versank bald in eine Trance, die mich Breitmeier und all die anderen verschrobenen Gestalten vergessen ließ. Selbst Frank verschwand irgendwann aus meinen Gedanken – ebenso wie die Frage, ob Thomas Heissenberg etwas mit dem Mord zu tun hatte. Er war ein perfekter Lover, der mir das Gefühl gab, als zähle nur ich, als sei ich der Mittelpunkt des Universums.

15

Samstag, 12. Februar. Dieser Samstagmorgen war nicht wie üblich frei. Um zwischen einem rumänischen Feiertag und dem folgenden Wochenende einen freien Tag herauszuarbeiten, war seit langem der heutige Samstagvormittag als Arbeitstag vorgesehen. Als ich aus Thomas Heissenbergs Jeep stieg, stand Frank am Fenster und wendete sich ab, als ich ihn erblickte.

Der Botschafter hatte eine außerordentliche Morgenrunde einberufen. Er berichtete von Nutzlers Spionagetätigkeit und seiner Festnahme. Er erzählte von der Entschuldigung der rumänischen Regierung und dem Besuch des Innenministers. Um diese Angelegenheit, die anscheinend von einer alten Seilschaft ausgeheckt worden sei, nicht zu einer Belastung der bilateralen Beziehungen werden zu lassen, habe man zunächst Stillschweigen gegenüber der Öffentlichkeit vereinbart.

»Herr Botschafter, wenn ich hier einmal einhaken darf, ja…« Hassler konnte bei seinem Lieblingsthema nicht schweigen.

»Es ist doch wohl anzunehmen, dass Nutzler und Breitmeier unter einer Decke steckten, ja.«

»Das ist doch alles Spekulation. Warten wir lieber ab, welche Fakten auf den Tisch kommen.« Bremer, der Dolmetscher, war immer gleich dabei, wenn es gegen Hassler ging.

»Für mich jedenfalls ist die Sache klar«, hakte der ›General‹ nach.

»Unklar dagegen ist der Verbleib Ihrer Dienstwaffe, die zufällig das gleiche Kaliber hat wie die Waffe, mit der der gute Breitmeier ins Jenseits befördert wurde.« Woher von Böhnsen das wusste, blieb sein Geheimnis.

»Ist das wahr, Herr Hassler?«, wollte Bremer süffisant grinsend wissen.

»Es ist richtig, dass meine Dienstpistole wahrscheinlich am Montag gestohlen wurde. Ich habe dies ordnungsgemäß gemeldet.«

»Was heißt das schon?«

»Herr von Böhnsen, ich verbitte mir diese ungeheuren Verdächtigungen. Wer im Glashaus sitzt, sollte nicht mit Steinen werfen.«

»Wenn wir ehrlich sind, gibt es jede Menge Motive, auch vonseiten der meisten hier versammelten Kollegen.« Heissenberg schaute in die Runde. Die Wilms zupfte am Ärmel ihrer weißen Bluse und schwieg. Binder schien tief in Gedanken versunken und blätterte in einer Akte, während Rauhbein seinen notorisch-glasigen Blick aufgelegt hatte und versonnen in die Unendlichkeit stierte.

»Davon möchte ich ausgenommen werden.« Bremer, der Dolmetscher, lächelte in die Runde. »Ich arbeite hier seit fünfzehn Jahren und kann Ihnen versichern, dass ich Breitmeier ehrlich vermisse. Ich habe in der ganzen Zeit an dieser Botschaft noch keinen Menschen mit einem derartigen Unterhaltungswert getroffen. Außerdem liebe ich die klassische Musik und hatte gewissermaßen sogar als Einziger ein verbindendes Element mit dem guten Breitmeier. Bei Tschaikowskis 1. Klavierkonzert erschossen werden – das hat Stil. So möchte ich auch einmal sterben.«

»Herr Bremer, dass ausgerechnet sie diesem Proleten Stil zubilligen, hätte ich nicht für möglich gehalten.« Von Böhnsen nahm Bremers Ironie für bare Münze, machte ein pikiertes Gesicht und schüttelte ablehnend den Rundkopf.

»Ich würde einen Hunderter auf Frau Breitmeier wetten. Sie hat angeblich kein Alibi für die Tatzeit. Die Rache einer betrogenen Frau ist außerdem das beste Motiv, das man sich denken kann.« Wagenknecht grinste feist.

»Mit dem Wetten solltest du ein bisschen vorsichtiger sein – nach allem, was man so hört.« Heissenberg war anscheinend auch über die Spielleidenschaft von Wagenknecht informiert.

»Und der liebe Legationsrat Erster Klasse Heissenberg«, Wagenknecht betonte den Titel, »ist der Einzige mit einem reinen Gewissen.«

»Meine Damen und Herren, ich glaube, wir können die Sitzung schließen.« Reuter unterband den Schlagabtausch genau zu dem Zeitpunkt, als sein Schützling Heissenberg in die Schusslinie zu geraten schien.

»Spekulationen über Breitmeiers Tod bringen uns nicht weiter. Wir werden wohl warten müssen, bis wir Unterstützung durch das BKA bekommen, wenn überhaupt jemals Licht in diese Angelegenheit kommt.« Reuter wollte aufstehen.

»Das heißt, dass unsere Freizeitkommissarin der Aufklärung des Verbrechens in den letzten Tagen auch nicht wesentlich näher gekommen ist?« Wagenknecht schaute mich herausfordernd an.

Ich weiß nicht, was in mir vorging – vielleicht fühlte ich mich tatsächlich herausgefordert, vielleicht wollte ich bluffen und die Selbstsicherheit eines möglichen Täters erschüttern, vielleicht ritt mich einfach nur der Teufel.

»Montagabend liefere ich Ihnen den Mörder«, sagte ich in die Runde.

Nach der Muppet-Show folgte ich Wagenknecht in dessen Büro.

»Ich habe leider sehr wenig Zeit«, erklärte er.

Ich ignorierte das und legte ihm Fotokopien seiner Schuldscheine auf den Tisch.

»Was wären Ihnen die Originale wert?«

»Woher haben Sie die?«

»Sagen wir, ich habe sie gefunden oder vielleicht hat Breitmeier sie mir kurz vor seinem Ableben geschenkt.« Ich schaute ihn grinsend an.

»Was erwarten Sie?«

»Die Hälfte und Sie bekommen die Originale.«

»Sie sind verrückt. Woher soll ich 50.000 Mark nehmen?«

»Was hat Breitmeier eigentlich dazu gesagt, dass Sie ihm 100.000 Mark plus Zinsen schuldig blieben?«

»Das geht Sie einen Dreck an.«

»Vorsicht, Herr Wagenknecht. Die Polizei wird sich dafür interessieren. Auch die Witwe würde sich sicherlich über dieses Sümmchen freuen. Stellen sie sich vor, wie viele Kinderheime man…«

»20.000 kann ich Ihnen geben.«

»Breitmeier hat sicher nicht auf die Rückzahlung gedrängt. Er hatte ja genug Geld. Stattdessen mussten Sie ihm auf illegalem Wege Visa beschaffen. Er hat Sie erpresst. Stimmt's?«

»Was wollen Sie?«

»Sie haben weder 100.000, noch haben Sie 20.000. Wenn Sie auch nur 200 Mark haben, dann gehen Sie damit ins Casino.«

»Geben Sie mir die Scheine. Ich kann 20.000 beschaffen.«

»Mit einem bisschen Glück wären die Scheine durch Breitmeiers Ableben vergessen worden. Haben Sie darauf spekuliert? Das Ableben von Breitmeier kam Ihnen zumindest äußerst gelegen. Wo waren Sie am Freitagabend zwischen sechs und sieben? Mit Ihrem Hund im Herastrau?«

»Ich war zu Hause.«

»Allein natürlich.«

»Ich habe ihn nicht umgebracht.«

»Aber Sie haben ihm unmissverständlich gesagt, dass Sie die Schuldscheine haben wollten, bevor er das Land verlässt.«

»Er hätte das Geld ohnehin nie einklagen können. Es war Schwarzgeld. Wenn ich Ihnen 20.000 biete, ist das ein fairer Tausch.«

Wagenknecht widerte mich an. Ich stand auf und er sah sich gezwungen, mehr zu bieten.

»Hören Sie, wir können uns natürlich auch anders einigen. Ich meine, wenn Sie mal Visa für Ihre Klienten brauchen, dann könnte ich behilflich sein.«

»Korruptes Schwein.«

Ich ließ ihn stehen und knallte die Tür zu. Der Kerl war zum Kotzen.

Frank saß in seinem Büro und kaute an einem Bleistift.

»Was ist los?«, wollte ich wissen.

»Das fragst du noch? Du verbringst die Nacht bei

diesem Armani-Model, kommst dann zu mir und fragst, was los ist. Ich fasse es nicht.«

»Na schön, ich war bei ihm, hab mit ihm geschlafen – so what? Ich bin keinem Menschen über mein Privatleben Rechenschaft schuldig. Diese Zeiten sind endgültig vorbei und werden nie wiederkommen. Du magst ihn nicht. Soll ich deshalb nicht mehr in dein Büro kommen? Ich dachte, wir arbeiten zusammen an diesem Fall.«

»Wie soll ich mit dir zusammenarbeiten, wenn du nicht mehr neutral bist? Der Botschafter hat dir den Fall übertragen, weil du von außen kamst und am ehesten die Fähigkeit hattest, alles und alle mit kritischen Augen zu sehen. Du hattest dich noch nicht von einem dieser Verrückten vereinnahmen lassen und du hattest zu allen die gleiche Distanz.«

»Heissenberg hat mit der Sache doch gar nichts zu tun. In Frage kommen aus den Reihen der Botschaft die Wilms, die Breitmeierin, die Mikasch, Hassler und vielleicht Wagenknecht. Eventuell sogar noch von Böhnsen und Ziegenbein. Und dann gibt es immerhin noch die Möglichkeit, dass der rumänische Geheimdienst seine Finger im Spiel hatte, und offen ist auch, wer Breitmeier über Wochen beschatten ließ. Wenn Feilinger die rumänische Seite aufklärt und endlich die Mikasch beischafft und wir die Verdächtigen aus der Botschaft noch einmal in die Mangel nehmen, dann kriegen wir den Mörder.«

»Siehst du, genau das habe ich gemeint. Du ziehst Heissenberg gar nicht in Erwägung. Ich weiß nicht, was er damit zu tun hat, aber es ist doch auffällig, wie er dich umgarnt. Dass er dir nachstellt, ist völlig normal. Du siehst nun einmal verdammt gut aus und er wird nicht der Letzte sein, der hinter dir her ist. Die berechnende Art, wie er vorgeht, ist das Besondere. Erst schickt er seine Geliebte vor, die angeblich aus Gewissensnot die Wilms in die Pfanne haut. Wahrscheinlich wusste er, dass die Wilms von Breitmeier betrogen worden war und ihr Geld wiederhaben wollte. Und Heissenberg wollte sicherstellen, dass auch du davon erfährst. Gleichzeitig spielt er den netten Jungen, den die ganze Sache nichts angeht. Das war früher anders. Keiner hat so abfällig über Beitmeier geredet wie Heissenberg. Es war Verachtung und Hass.«

»Er verachtet sie alle: Böhnsen, Hassler, Binder, die Wilms und Wagenknecht – und er hat Grund dazu.«

»Ich sage dir, er hat Breitmeier beschattet. Deshalb weiß er, dass die Wilms am Mordabend in der Breitmeierschen Villa aufgetaucht ist. Und weil er Dreck am Stecken hat, versucht er die Wilms zu belasten und dich ins Bett zu ziehen. Und das Schlimme ist, dass es ihm gelingt und er nach wie vor unbeschadet dasteht.«

»Vielleicht hat er die Gabrielescu dazu überredet, die Wilms zu belasten, aber den Rest fantasierst du dir aus Eifersucht zusammen.« Ich stand auf und ging. Als ich schon auf der Treppe war, kam Frank hinter mir her.

»Und noch was: Die Gabrielescu hat behauptet, an dem Mordabend bei einer Lesung von Wittstock im Goethe-Institut gewesen zu sein. Ich habe das überprüft. Die Lesung ist ausgefallen, weil Wittstock im Schnee steckengeblieben war. Und in Zukunft kannst du diese Sache allein weitermachen. Ich habe keine Lust mehr. Vielleicht hilft dir Heissenberg.«

16

Feilinger saß im Warteraum. Schon an der Begrüßung merkte ich, dass er gute Laune hatte. Er rang sich ein Lächeln ab, bei dem die Mundwinkel nicht ganz so tief heruntergezogen waren wie normalerweise. Ich bat ihn in mein Büro, aber er schlug eine Stadtrundfahrt in seinem Dacia vor. Ich nahm meinen Mantel und folgte ihm zum Wagen. Der Sergent öffnete die Türen zum Fond und ich ließ mich auf die durchgesessene Rückbank fallen.

»Gute Neuigkeiten, Herr Feilinger?«

»Wir kommen voran. Jedenfalls haben wir die Mikasch ausfindig gemacht. Sie wird derzeit überwacht. Ein Zugriff ist jederzeit möglich.«

»Worauf warten Sie noch?«

»Wir suchen sie nur als eine Zeugin, die ihre Aussage verweigert. Vielleicht kommt noch mehr dabei heraus – ich meine, irgendetwas, was auf eine mögliche Täterschaft deuten könnte.«

»Herr Feilinger, ohne die Mikasch komme ich nicht weiter. Ich glaube zum Beispiel, dass Frau Breitmeier am Abend des Mordes bei der Mikasch war. Ich glaube auch, dass sie uns noch einiges mehr zu erzählen hat, zum Beispiel über ihre plötzliche Entlassung aus dem diplomatischen Dienst.«

»Na schön, Sie kriegen sie.«

Wir fuhren den Bulevardul Ipatescu nach Süden, vorbei am Interkonti und weiter bis zur Piața Unirii.

»Ach ja, da ist noch eine Spur.«

»Als ob der Fall nicht schon kompliziert genug wäre.«

»Herr Ziegenbein spielt jeden Freitagabend Skat. Währenddessen erhält seine Frau Besuch vom Werkstattchef der hiesigen Mercedes-Vertretung.«

So etwas Ähnliches hatte ich erwartet, doch Feilinger legte noch nach.

»Und noch was: Dass Breitmeier umgedreht worden war, wusste man auf rumänischer Seite. Das hat niemanden sonderlich gestört, denn es gab ja noch Nutzler. Die Beschattung Breitmeiers wurde nicht von der Securitate angeordnet oder durchgeführt.«

»Sondern?«

»Von einem eher privaten Verein. Es sind ehemalige Securisten, die sich selbständig gemacht haben und ihre Dienste sozusagen auf dem freien Markt anbieten.

Bukarest war früher eine sehr übersichtliche Stadt. Damit meine ich weniger die breiten Boulevards und die gleichförmigen Trabantenstädte. Jeder hatte seinen Platz in der damaligen Gesellschaft. Es gab wenig Raum für Abweichungen. Kriminelles Verhalten konnte relativ früh entdeckt werden.«

»Trauern Sie diesem Polizei- und Spitzelstaat nach?«

»Als Bürger nicht, aber als Polizist erlaube ich mir bisweilen eine gewisse naive Sentimentalität. Früher stellte ich bei einem Mordfall zunächst einmal fest, ob ich überhaupt ernsthaft ermitteln sollte oder ob es aus politischen Erwägungen besser war, die Ermittlungen nach einer gewissen Schamfrist ergebnislos einzustellen.«

»Und dabei haben Sie mitgemacht?«

»Und wenn schon. Kommen Sie mir bloß nicht moralisch. Sie haben ja keine Ahnung, wie es hier unter Ceausescu zugegangen ist. Ich war immer Kriminalist, aber ich konnte es mir nicht aussuchen, wie ich eingesetzt wurde.«

»›Befehl ist Befehl‹. Kommt mir irgendwie bekannt vor, Herr Feilinger.«

»Sie wissen nicht, wovon ich rede.«

»Ihre Vergangenheit ist mir egal. Damit habe ich nichts zu tun. Das müssen Sie mit anderen abmachen. Ich will auch gar nicht wissen, gegen wen Sie Ihre kriminalistischen Fähigkeiten früher eingesetzt haben. Ich will nur wissen, ob Sie mir bei der Aufklärung des Mordes an Breitmeier helfen können.«

»Warten Sie es ab. Gleich werden sie eine weitere Information zu diesem Fall erhalten. Wir fahren zu meinen langjährigen Assistenten Stancu. Er hat Breitmeier beschattet.«

Feilinger schwieg einen Augenblick und nahm dann seine Ausführungen wieder auf.

»Früher gab es auch kaum Ausländer – mit Ausnahme von einigen wenigen Angehörigen der sozialistischen Bruderstaaten. Heute ist die Stadt voller Bulgaren, Ukrainer, Griechen, Türken, Arabern und Deutschen. Rauschgift wird heute bevorzugt über Rumänien, die sogenannte Balkanroute, nach Westeuropa geschmuggelt. Das Casino dient hauptsächlich der Geldwäsche. Wir sind von alldem völlig überrollt worden. Ich fahre hier im gleichen Dacia durch die Stadt wie schon vor zehn Jahren. Die Brigade zur Bekämpfung des organisierten Verbrechens hat nicht einen einzigen Computer. Wenn es regnet, fällt für Tage das Telefon in meiner

Dienststelle aus, weil die Kabelschächte unter Wasser stehen.«

Der Dacia hielt auf dem Bulevardul Unirii, hundert Meter, bevor die Prachtstraße sich zu einem riesigen Platz öffnete, der vom Palast des Volkes überragt wurde.

»Kommen Sie, ich zeige Ihnen ein Milieu von Bukarest, in dem sich Diplomaten normalerweise nicht bewegen.«

Ich begleitete Feilinger und Sergent Natea ins Erdgeschoss eines jener siebenstöckigen Neubauten, die Ceausescu für die Parteielite hatte bauen lassen. Kurz vor der Fertigstellung war dann alles anders gekommen.

Feilinger klingelte im Erdgeschoss an einer Tür, auf der mit goldenen Buchstaben »Body & Sport« geschrieben stand. Eine Kamera überwachte den Eingang. Es dauerte einige Zeit, bis der Summer betätigt wurde.

Neben einer spärlich bekleideten Rezeptionistin stand in Sporthosen und Trägershirt ein Schlägertyp mit mächtigen Muskelpaketen und lächelte uns kaugummikauend an.

»Bring uns zu Stancu«, forderte Feilinger.

»Folgen Sie mir, Herr Maior«, erklärte der Schläger, drehte sich um und öffnete eine Flügeltür, hinter der sich ein voll verspiegelter Fitnessraum verbarg. Die Maschinen waren vom Feinsten und mussten ein Vermögen gekostet haben. Eine langbeinige Blondine traktierte einen Stepper und eine andere junge Frau saß auf einem Fahrradergometer. Die beiden schauten mich neugierig an, kamen aber anscheinend schnell zu dem Schluss, dass ich keine Konkurrenz in ihrem Gewerbe darstellte. Ein

Glatzkopf mit tätowierten Oberarmen presste eine Butterflymaschine zusammen und ein etwa dreißigjähriger Blondschopf im Jogginganzug bearbeitete einen Beincurler. Dazwischen lag jemand mit dem Rücken auf einer Hantelbank und drückte keuchend eine 50-Kilo-Hantel vor der Brust. Bei jeder Bewegung keuchte er lauter und legte die Hantel schließlich mit letzter Kraft in eine Gabel, setzte sich auf und wischte sich schwer atmend das Gesicht mit einem Handtuch ab. Er mochte etwa vierzig Jahre alt sein und sah trotz der Anstrengung gepflegt aus. Im Gegensatz zu seinen beiden Nachbarn trug er keinen üppigen Goldschmuck oder andere Insignien plötzlichen Reichtums. Er stand auf und ging mit ausgestreckter Hand auf Feilinger zu.

»Hallo Chef, schön, Sie hier begrüßen zu können.«

Feilinger ignorierte die ausgesteckte Hand.

»Du hast dich schön eingerichtet, Stancu, seitdem du von uns weggegangen bist.«

»Die freie Marktwirtschaft bietet eine Menge von Entfaltungsmöglichkeiten.«

»Prostitution, Menschenhandel, Schutzgelderpressung, um nur einige dieser Möglichkeiten zu nennen.«

»Bösartige Gerüchte, von Neidern in die Welt gesetzt. Ich verdiene mein Geld mit Bodybuilding-Studios und einem Gebrauchtwagenmarkt. Übrigens suche ich noch einen Geschäftsführer. Vasile, sag dem Herrn Maior, was du bei mir verdienst.« Stancu hatte sich an den Glatzkopf gewandt, der nun neben mir stand und dümmlich grinste.

»Zier dich nicht. Der Herr Maior hat sicher keine Ahnung, was in der freien Wirtschaft inzwischen gezahlt wird. Los, sag's ihm.«

»1000 Dollar Grundgehalt und Zulagen bei Spezialaufträgen.«

»Sehen Sie, Chef, was Sie hier verdienen könnten, wenn selbst ein Schwachkopf wie Vasile zehnmal mehr verdient als ein Polizeimaior? Ich würde Ihnen 2000 Dollar zahlen. Ihren Assistenten können Sie auch mitbringen.«

»Und für die Kleine finden wir auch was.« Der Glatzkopf lachte und fasste mir an die Brust. Ich ergriff seinen Arm am Handgelenk und am Ellenbogen. Das Handgelenk drückte ich nach unten und den Ellenbogen riss ich nach oben. Es war eine blitzschnelle Bewegung und ich hatte den Glatzkopf schon wieder freigegeben, als er vor Schmerzen aufschrie und sich krümmte.

Stancus zweiter Bodyguard war aufgesprungen, aber Feilingers Assistent hielt bereits eine Pistole in der Hand.

»Hör zu, Stancu«, begann Feilinger. »Ich weiß, dass du in der Stadt drei Bordelle betreibst, eins davon in diesem Haus. Ich weiß, dass eine ganze Reihe von Restaurants und Geschäften Geld an dich bezahlen, damit du sie in Frieden lässt, und wenn ich will, wird es Leute geben, die das vor einem Staatsanwalt bestätigen. Ich werde deine illegalen Geschäfte fürs Erste nur dann weiter ignorieren, wenn du mir sagst, wer dich beauftragt hat, diesen Breitmeier zu beschatten.«

»Wie kommen Sie denn darauf, Chef?«

»Das hat mir deine Konkurrenz verraten.«

»Ich kann mich an einen solchen Auftrag nicht erinnern.«

»Du hast bis morgen Abend Zeit, dein Gedächtnis zu strapazieren. Dann will ich die Geschichte hören, und wenn sie dir nicht einfällt, mache ich dich fertig.«

»Große Worte, Herr Maior. Bevor Sie ernsthaft daran denken, meine Geschäfte zu stören, sollten Sie sich daran erinnern, dass das Leben zu schön ist, um es vorzeitig zu beenden.«

»Wenn mir etwas zustößt, Stancu, dann wirst du keine ruhige Minute mehr haben, solange es in Bukarest noch unbestechliche Polizisten gibt.«

Anfangs hatte ich den Verdacht gehegt, dass Feilinger hauptsächlich damit beauftragt war, bestimmte Sachverhalte im Zusammenhang mit der Ermordung Breitmeiers zu vertuschen. Das Misstrauen war inzwischen gewichen – auf beiden Seiten.

Während der Rückfahrt reichte ich Feilinger Wagenknechts Schuldscheine und erklärte ihm, wo ich sie herhatte.

»Auf der Rückseite stehen Namen. Vielleicht könnten diese Personen uns weiterbringen.«

17

Samstag, 12. Februar, 16 Uhr. Die Residenz des Botschafters lag am Ende einer Sackgasse, die von der Kisseleff-Allee abging. Das war Bukarests nobelste Gegend. Das Gebäude war eine geräumige Villa aus den vierziger Jahren, in der einst Georgiu Dej, der Vorgänger Ceausescus gewohnt hatte. Reuter war überrascht mich zu sehen und bat mich auf seine verglaste, aber leider nur spärlich beheizte Terrasse. Hier, von der Rückseite des Hauses überschaute man einen riesigen Garten, der zur einen Hälfte aus einer großen verschneiten Rasenfläche bestand und dessen andere Hälfte um einen romantischen Teich angelegt war. Reuter trug einen dicken Pullover.

»Ich würde Ihnen gern aus dem Mantel helfen, aber die Ölheizung funktioniert seit Tagen nicht und der Gasdruck ist heute wieder so schwach, dass die Flamme im Brenner auszugehen droht. An solchen Tagen muss man sich hier warm anziehen. Vielleicht kann ich Ihnen etwas Warmes anbieten.«

»Einen Tee würde ich gern nehmen.«

Reuter gab den Tee in Auftrag, setzte sich in einen gepolsterten Deckchair und legte eine Decke über seine Beine.

»Machen Sie es sich bequem.«

Er deutete auf einen zweiten Liegestuhl.

»Sie scheinen schon weiter zu sein, als Sie uns verraten haben«, vermutete er.

»Ich bin mir nicht sicher: Es gibt eine Reihe von Motiven, doch keine Spur, die zwingend auf eine Person hinführt.«

»Dann bleibt wohl nichts anderes übrig, als abzuwarten. Das Wetter soll ohnehin besser werden. Ich rechne damit, dass nächste Woche der Flughafen wieder geöffnet werden kann. In Bonn geht man sowieso davon aus, dass Breitmeier vom rumänischen Geheimdienst liquidiert wurde. Die machen sich wenig Hoffnung, den Täter zu fassen.«

»Welchen Grund sollte der rumänische Geheimdienst gehabt haben? Sie wussten seit Monaten, dass Breitmeiers Informationen nicht zu gebrauchen waren. Sie freuten sich darüber, dass der BND vom Gegenteil ausging, und sie hatten Nutzler, den sie mit einem Mord an Breitmeier gefährdet hätten.«

Er zuckte mit den Schultern. »Ich weiß nicht, welche Erkenntnisse man in Bonn und Pullach hat.«

»Vielleicht gar keine. Ich möchte Sie daher noch um einen Gefallen bitten: Ich will am Montag alle Personen, die irgendwie bei der Aufklärung von Breitmeiers Tod behilflich sein könnten, zusammenbringen, und zwar am Tatort. Sehen Sie eine Möglichkeit?«

»Das Haus ist versiegelt.«

»Aber es wurde von der rumänischen Polizei versiegelt und Feilinger ist bereit, am Montagabend einen Termin am Tatort zu gestatten.«

»Das ist zwar ein bisschen kurzfristig, aber da es sich bei den Meisten ohnehin um Botschaftsangehörige handelt, dürfte das kein Problem sein.

Erstellen Sie eine Liste der Personen. Frau Dunkel wird telefonisch einladen.«

Der Butler hatte den Tee gebracht. Ich hielt die warme Tasse in beiden Händen und genoss die Wärme und den Duft.

»Wie geht es Ihnen – ich meine, was macht Ihre Gesundheit?«

»Sie haben natürlich mitbekommen, dass ich krank bin. Das Herz will nicht mehr so recht. Zwei Klappen müssten erneuert werden. Das ist heute durchaus machbar – vom medizinischen Standpunkt aus kein großes Problem. Beruflich wäre es für mich das Ende, denn ich bin dreiundsechzig und die Personalabteilung würde sich die Hände reiben, wenn sie einen Vorwand fände, mich zu pensionieren. Botschafterposten der Besoldungsgruppe B6 sind heiß begehrt – das brauche ich Ihnen nicht zu erklären. Ich möchte hier noch zwei Jahre aushalten, weil ich glaube, dass meine persönliche Anwesenheit in Bukarest von Bedeutung ist. Vielleicht denken Sie, dass ich mich überschätze. Warten Sie noch mit Ihrem Urteil.«

Reuter war ein angenehmer Gesprächspartner. Er konnte erzählen. Seine Stimme war melodisch und zeichnete die Spannungsbögen seiner Sätze nach. Er legte geschickt Pausen ein, goss Tee nach oder schweifte auf interessante Weise vom Thema ab, ohne langweilig zu werden. 1934 sei er geboren. Er erzählte von einer Kindheit in Ostpreußen, dem Krieg und der Flucht, von den schweren Jahren in Ostberlin, der Freundschaft der Familie mit einem russischen General.

»Mit 18 war ich zum ersten Mal in Russland. Da konnte ich schon ganz gut russisch sprechen. Ich hatte ein Talent für Sprachen. Ich begann ein Jurastudium und bekam ein Stipendium für die Universität in Moskau. Damals studierten dort junge Leute aus der ganzen Welt, aus Afrika, Asien und Osteuropa. Ich freundete mich mit einem jungen Mann an, zu dem ich mich wegen seiner klugen Diskussionsbeiträge hingezogen fühlte. Er war Rumäne und sein Vater ein hohes Tier in Bukarest. Ich bin nach zwei Jahren zurück nach Deutschland. Im Westen ging es Anfang der fünfziger Jahre bergauf, aber im Osten herrschte Stagnation. Der Aufstand gegen das DDR-Regime 1953 hat mich dann endgültig zur Flucht bewogen. Nach dem Studium bin ich ins Auswärtige Amt eingetreten. Sie brauchten dringend Leute, die sich mit der Sowjetunion auskannten. Meinen rumänischen Freund habe ich aus den Augen verloren. Wir trafen uns in all den Jahren nur noch ein Mal. Ich war damals an unserer Botschaft in Washington und er gehörte zu einer Delegation von jungen Politikern aus Rumänien, die in die USA eingeladen waren. Damals hatte sich Ceausescu mit Moskau überworfen und die Rumänen waren die Helden des Westens. Es war ein schönes Wiedersehen. Danach hatten wir noch einige Zeit Kontakt, doch es wurde zu gefährlich für ihn. Ceausescu isolierte das Land immer mehr. Kontakte mit Ausländern waren untersagt. Mein alter Studienfreund zog sich an die Universität zurück und hat dort sozusagen überwintert. Jahrelang hatte ich keine Ahnung, wo er sich aufhielt. 1990 sah ich ihn im Fernsehen. Er gehörte zu jenen Kräften, die Ceausescu gestürzt hatten. Die zunächst sehr breite Anti-Ceausescu-Bewegung zerfiel schon bald in verschiedene Teile. Die Reformkommunisten erlangten die Oberhoheit und stellten bis vor wenigen Monaten die Regierung. Die bürgerliche Opposition, im Wesentlichen die Bauernpartei, wurde von einer Gruppe älterer Herren geführt, die bereits in der Vorkriegszeit politisch aktiv gewesen waren. Von diesen Greisen konnte sich keiner mehr als Präsidentschaftskandidat zur Verfügung stellen. Sie brauchten einen angesehenen und vorzeigbaren jüngeren Kandidaten und einigten sich auf einen Universitätsprofessor, den im Westen niemand kannte. Fast niemand. Ich kannte ihn sehr gut. Es war mein alter Kommilitone aus Moskau, der derzeitige Präsident Rumäniens.

Am nächsten Tag ging ich zur Personalabteilung und bat um meine Versetzung nach Bukarest. 1995 war es dann soweit: Ich wurde nach Rumänien versetzt. Seitdem ich hier bin, pflegen wir regelmäßigen Kontakt. Er kommt bisweilen unangemeldet hier vorbei und ich habe jederzeit Zugang zu ihm. Schon häufig haben wir wichtige Regierungsentscheidungen hier an diesem Tisch«, er deutete auf eine Sitzecke im Wintergarten, »vorbesprochen. Wenn ich je in meinem diplomatischen Leben Einfluss auf die Entscheidungen der Gastregierung hatte, dann hier und jetzt. Leider spielt mein Körper nicht mehr mit. Ich kann mich nicht mehr anstrengen, schaffe kaum mehr die Treppe in den ersten Stock und ich habe nicht mehr die Kraft, mich um die Botschaft zu kümmern. Wahrscheinlich sind deshalb dort solche Zustände eingerissen. Ich hatte gehofft, dass Binder diese Interna regeln könne, aber er steckt selbst zu tief in den Auseinandersetzungen. Der Einzige, auf den ich mich noch verlassen kann, ist Heissenberg. Er ist ein guter Mann.«

»Aber er wird nicht befördert.«

»Ich habe deshalb schon interveniert – ohne Erfolg. Er hat aus unverständlichen Gründen einen schlechten Namen in Bonn. Ich werde es wohl noch einmal versuchen müssen.«

Ich schwieg und Reuter stand auf.

18

Sonntag, 13. Februar. Der Weg um den Herastrau-See war noch immer mit Schnee bedeckt. Bei jedem Schritt sank ich leicht ein. Trotz der griffigen Sohle rutschte ich beim Abstoßen leicht ab. Der tiefe Boden kostete Kraft. Dennoch genoss ich das Laufen, das Spiel der Muskeln und die kalte Luft auf der Haut. Ich dachte an Montag und ärgerte mich über meine großspurige Ankündigung in der Morgenrunde. Das konnte blamabel enden, wenn mir Feilinger nicht noch mit der Mikasch zu Hilfe kam. Ich schaffte die Runde um den See in gut dreißig Minuten, duschte, ging in die Sauna und schwamm anschließend noch eine halbe Stunde. Als ich die Hotelhalle betrat, kam Thomas Heissenberg lächelnd auf mich zu. Er umarmte mich und wollte mir einen Kuss geben, aber ich wich ihm aus.

»Was hast du denn?«

»Ich habe das Gefühl, dass du mich benutzt, um etwas zu verbergen. Ich weiß nicht, was und warum, aber ich werde es herausfinden.«

»Wie kommst du denn plötzlich auf diesen Unsinn?«

»Es hat keine Lesung von Wittstock am Mordabend gegeben, die Frau Gabrielescu hätte besuchen können.«

Ich ließ ihn stehen und verschwand in einem der Fahrstühle. Von meinem Zimmer rief ich Frank an.

»Lass uns einen Waffenstilltand vereinbaren. Du hilfst mir weiter und machst keine Eifersuchtsszenen mehr.«

»Und du?«

»Ich ziehe in Betracht, dass du Recht gehabt haben könntest. Es ist möglich, dass ich Mist gemacht habe und nicht mit der notwendigen Distanz an die Sache herangegangen bin. Ich wäre dir dankbar, wenn du mit mir diese Geschichte bis zum Ende durchziehen könntest.«

Um 14 Uhr war ich bei Frank eingeladen. Er hatte gekocht, das einzige Gericht, das er konnte – Nudeln. Er kochte immer wieder und ausschließlich Nudeln. In allen erdenklichen Formen und mit allen möglichen Saucen. Diesmal gab es Tagliatelle mit Steinpilzen. Niemand verstand sich so gut auf Nudeln wie er. Dazu reichte er einen Orvieto Classico und Eis als Nachspeise.

»Da steckt doch bestimmt wieder dieser Dr. Oetker dahinter«, vermutete ich.

»Langnese heißt die Bande.«

Frank war einfach großartig. Er stocherte nicht mehr in meiner Wunde herum und verlor kein Wort über Thomas Heissenberg.

»Zur Sache«, forderte ich, nachdem mir der letzte Rest Eis auf der Zunge zerschmolzen war. »Morgen Abend werden sich alle, die etwas mit Breitmeiers Tod zu tun haben könnten, beim Botschafter einfinden.«

»Ich habe schon davon gehört, dass du morgen den Mörder präsentieren willst. So etwas spricht sich schnell herum.«

»Deshalb will ich mit dir jetzt den ganzen Fall noch einmal durchgehen.«

»Erst sollten wir noch den Kaffee in aller Ruhe genießen.« Frank warf die Espressomaschine an, wartete das Dampfen und Zischen ab und trug die beiden Mokkatassen ins Schlafzimmer. Ich verabscheute Filtertütenkaffee ebenso wie Instant-Kaffee, auch wenn er nach Amaretto, Vanille und Schokolade gleichzeitig schmeckte. Aber bei Franks Espresso wurde ich schwach.

19

Montag, 14. Februar. Um 10 Uhr rief Frau Dunkel an und bat mich zu Botschafter Reuter. Frau Dunkel hatte das Vorzimmer umgeräumt. Da, wo der Schreibtisch gewesen war, stand jetzt ein Plastikeimer, in den Wasser aus der Decke tropfte. Der Schreibtisch stand indes direkt vor dem Fenster. Frau Dunkel telefonierte:

»So, wie es jetzt ist, kann es auf keinen Fall bleiben. Wenn du das Dach nicht dicht kriegst, muss ich hier raus... Wie, wohin! Ist mir egal, dann setz ich mich auf den Flur. Das hält kein Mensch aus. Am Fenster zieht es wie Hechtsuppe. Da bin ich morgen krank. Es wäre überhaupt das Beste, ich würde mich mal für ein paar Tage ins Bett legen, um den ganzen Mist nicht mehr zu sehen... Nein, nein, nein, das sind nicht meine Nerven. Das sind die Zustände hier...«

Ich klopfte an und trat in Reuters Büro. Auch hier standen zwei Plastikeimer im Raum, um Tropfwasser aufzufangen. Reuter hatte bereits auf einem der abgesessenen Kunstledersessel Platz genommen, die in den siebziger Jahren wohl einmal modern gewesen waren. Ihm gegenüber saß Jobst. Beide hatten leere Kaffeetassen vor sich stehen und schienen schon eine

Weile beisammen zu sitzen. Sie standen auf und schüttelten mir die Hand.

»Bitte setzen Sie sich doch einen Augenblick. Sie trinken sicher einen Tee.«

Ich nickte.

»Nun, wie soll ich anfangen?« Reuter überlegte. »Ich habe heute Morgen lange mit Bonn telefoniert, dann Herrn Jobst dazugebeten und wir sind nach Rücksprache mit dem Sicherheitsreferat und der Fachdienststelle zu einem vorläufigen Ergebnis gekommen.«

Fachdienststelle war die offizielle Bezeichnung des BND, ein Relikt aus der Zeit der Geheimniskrämerei.

»Sie haben sich ja eine Menge Arbeit gemacht...«, fuhr Reuter fort.

»... mit den ganzen Gesprächsvermerken und so weiter«, ergänzte Jobst.

»Nur leider existiert nicht ein einziger Beweis, kein Anhaltspunkt, der gegen eine der fraglichen Personen spricht. Nehmen Sie zum Beispiel Frau Dr. Wilms. Sie gibt ja selbst zu, Breitmeier mit einer Waffe bedroht zu haben. Sie war sogar in seinem Haus.«

»Aber eben nicht zur Tatzeit«, fügte Reuter hinzu.

»Vor Gericht ist das alles nicht haltbar. Da brauchen Sie ein Geständnis oder hundertprozentige Indizien, Fingerabdrücke, die Mordwaffe, Zeugen und so weiter.«

»Ich dachte, es sei Aufgabe des BKA, sich darum zu kümmern«, erwiderte ich. »Deshalb kommen die doch.«

»Wie stellen Sie sich das vor – eine Woche nach der Tat, ohne Spurensicherung?« Jobst streichelte seinen Oberlippenbart mit dem Zeigefinger. »Das hat wenig Sinn. Ich glaube, wir sollten realistisch bleiben.«

»Das meint auch das Auswärtige Amt.«

»Was ich andeuten will, haben wir auch bereits mit dem Bundeskriminalamt besprochen. Es wäre das Einfachste, wenn wir in einem Abschlussbericht darauf hinweisen, dass der rumänische Geheimdienst aller Wahrscheinlichkeit nach Breitmeier aus Rache für dessen Doppelagententätigkeit liquidiert hat. Vielleicht auch aus Angst, er könnte Nutzler auf die Spur gekommen sein.«

Es war nicht zu fassen. Ich selbst hatte das Gerücht gestreut, Breitmeier habe den zweiten Spion aufgedeckt, um diesen aus der Reserve zu locken. Jetzt argumentierte dieser Schwachkopf genau damit und machte aus der Falle für Nutzler ein Mordmotiv.

Ich war über die Kehrtwendung Reuters überrascht. Anscheinend hatte Jobst über den BND Druck gemacht.

»Welchen Grund sollte der rumänische Geheimdienst gehabt haben?« Ich versuchte ruhig zu bleiben, obwohl ich innerlich kochte.

»Die Rumänen wussten seit Monaten, dass Breitmeiers Informationen nicht zu gebrauchen waren. Sie freuten sich darüber, dass der BND vom Gegenteil ausging, und sie hatten Nutzler, den sie mit einem Mord an Breitmeier gefährdet hätten. Woher, wenn nicht von einem zweiten Agenten, hätten sie sonst wissen können, dass Breitmeier nur Mist lieferte?«

»Ich glaube, Sie gehen da mit zu viel Logik an die Sache heran. Sie dürfen die irrationale Komponente nicht vergessen. Immerhin waren die von Breitmeier belogen worden.«

»Sie wissen genau, dass das Unsinn ist. Was genau wollen Sie von mir?« Ich schaute die beiden Herren an. Zumindest Reuter schien sich nicht wohl zu fühlen. Er rutschte unruhig auf seinem Sessel herum.

»Frau Valentin, es geht gar nicht darum, was wir nun im Detail davon halten. Tatsache ist, dass wir Weisung haben, einen Abschlussbericht vorzulegen.«

»Und der soll entgegen den bisher ermittelten Fakten diese unsinnige Geheimdiensttheorie beinhalten?«

»Ich höre immer ›Fakten‹. Sie haben aber keine Fakten, sondern nur unterschiedlichste Vermutungen.« Jobst wollte oder konnte es nicht begreifen.

»Deshalb will ich ja weitermachen.«

»Das wird nicht gehen. Die Weisung aus Bonn lautet anders.«

»Okay, ich mache den Bericht, aber erst, nachdem wir uns heute Abend alle gemeinsam noch einmal am Tatort zusammengesetzt haben.«

»Dabei kommt doch nichts heraus.« Jobst schaute mich mitleidig lächelnd an.

»Dann brauchen Sie ja auch nichts zu befürchten, Herr Jobst.« Ich schaute den Botschafter an, der die Chance zu einem Kompromiss erkannt hatte. Bevor Jobst noch einmal einhaken konnte, sagte Reuter:

»Ich glaube, mit Ihrem Vorschlag können wir einverstanden sein.« Er sah Jobst an. »Ich denke, das widerspricht auch nicht den Interessen Ihres Hauses.«

Feilinger hatte schon mehrmals versucht mich zu erreichen. Auch als ich ins Büro kam, klingelte das Telefon wieder. Frau Popescu sagte auf rumänisch: »Ja, jetzt ist sie da, Herr Feilinger, Moment noch, ich stelle durch.«

»Wir haben sie.«

»Bitte?«

»Die Mikasch und auch Stancu.«

»Gratuliere. Was hat Ihnen die Mikasch erzählt?«

»Nichts, was irgendwie verwertbar wäre. Für die Tatzeit hat sie ein Alibi. Sie war bei ihrer Mutter.«

»Sehr stichhaltig.«

»Ich habe nichts gegen sie in der Hand und werde sie binnen 24 Stunden wieder laufen lassen müssen.«

»So ist das nun mal in einem Rechtsstaat.«

»Sparen Sie sich Ihren Zynismus.«

»Wann haben Sie sie festgenommen?«

»Gestern Abend um 21 Uhr 30.«

»Prima. Dann lade ich Sie und Frau Mikasch heute Abend zu einem Treffen bei Breitmeier ein und ich wäre Ihnen dankbar, wenn Sie die Sache mit der Versiegelung des Tatorts für mich regeln könnten.«

»Was soll denn das?«

»Ich möchte alle zusammenholen, die etwas mit dem Fall zu tun haben. Wenn heute die Auflösung nicht gelingt, dann bleibt der Fall ungeklärt. Das Interesse, die Wahrheit herauszufinden, ist weder auf deutscher noch auf rumänischer Seite sonderlich groß.«

»Wie soll ich denn die Mikasch überzeugen?«

»Die können sie ohnehin bis 21 Uhr 30 festhalten. Wo Sie das tun, steht ja wohl kaum in Ihrem Gesetz über die Untersuchungshaft. Bei Stancu waren Sie weniger zimperlich, was die Überschreitung von Vorschriften anbelangt. Apropos Stancu: Was hat der Ihnen erzählt?«

»Der saß gestern Abend mit zwei Rechtsanwälten, von denen einer für die Regierungspartei im Parlament sitzt, in seinem Laden und hat sich verhaften lassen.«

»Hat er geredet?«

»Er wird reden, keine Sorge. Wir sind gerade dabei, ihm zu erklären, dass ihm sein Rechtsanwalt nichts nutzt. Solange er in meinen Händen ist.«

»Hören Sie, Herr Feilinger, ich will mit Ihren Verhörmethoden nichts zu tun haben.«

»Ich weiß, in Deutschland macht ihr es vielleicht anders. Wir arbeiten...«, er zögerte, »... sagen wir – ergebnisorientiert.« Er lachte. »Erst werfen Sie mir vor, dass ich mich an meine Vorschriften halte, und dann werden Sie plötzlich zimperlich.«

»Alles zu seiner Zeit. Es ist ein Unterschied, ob man einen Untersuchungshäftling eine Stunde länger festhält, als es die Vorschriften erlauben, oder ob man ihn mit Folter zu Aussagen zwingt.«

»Wer redet denn gleich von Folter. Ich werde vielleicht ein wenig Druck ausüben. Aber das ist nicht Ihre Angelegenheit.«

In der Mittagspause hatte ich mich mit Frank beim Italiener verabredet.

»Heute können wir fahren.«

»Schau an, du hast dein Auto wieder zurück?«

»Ja, Dorin, der Bruder von Tatjanas Freundin hat es gestern vorbeigebracht und sich mit einer Kiste Wein, einem Riesenschinken und ein paar Kilo Schafskäse aus Satu Mare bedankt.«

»Dann ist ja alles in Ordnung. Ich hätte wetten können, dass...«

»Was mich ein bisschen stört, ist die Tatsache, dass Dorin in den letzten 14 Tagen mit meinem Auto offenbar 10.000 Kilometer zurückgelegt hat.«

Bei einer Dracula-Pizza erzählte ich Frank von dem Gespräch mit Reuter und dass man in Deutschland anscheinend davon ausging, dass der Fall nicht zu lösen und Breitmeier ein Opfer des rumänischen Geheimdienstes sei.

»Warum machen die das – ohne Nachforschungen, ohne mit uns zu sprechen und ohne unsere Ergebnisse abzuwarten?«

»Reuter sprach Jobst gegenüber von ›den Interessen Ihres Hauses‹ – was immer er damit gemeint haben mag.«

»Vielleicht hat er noch andere Operationen laufen, die er gefährdet sieht«, mutmaßte Frank.

»Oder die suchen eine Lösung, die keinem weh tut, die keine Fragen aufwirft, keine Arbeit macht, keine Nachforschungen erfordert und ins Weltbild von Bonn und Pullach passt.«

»Und du? Was suchst du?«

»Die Wahrheit. Ich will wissen, wer's war.«

»Du kannst nicht gut verlieren.«

»Ich bin es nicht gewohnt.«

»Diesmal wirst du dich wahrscheinlich damit abfinden müssen.«

Den Nachmittag verbrachte ich im französischen Club. Ich absolvierte ein Krafttraining wie in den Zeiten, als ich mich auf internationale Wettkämpfe vorbereitete. Das monotone Heben und Drücken von Gewichten war nicht nur Training, sondern auch mein Rezept zur Entspannung. Die Konzentration auf den Körper entspannte den Geist.

20

Montag, 14. Februar, 19 Uhr. Ich war mit Frank und mit Ausnahme eines Mitarbeiters von Feilinger, der das Siegel aufgebrochen hatte, als Erste in Breitmeiers Villa. Frau Dunkel hatte auf Geheiß des Botschafters einen kleinen Tisch mit Getränken aufbauen lassen. Ein paar Flaschen Wein, die bereits entkorkt waren, Whisky, diverse Softdrinks und Bier. Daneben stand ein Tisch mit Gläsern aus dem Bestand der Breitmeiers.

Als Frank kam, begrüßte er mich mit dem Kompliment, ich sähe hervorragend aus. Das war das Mindeste, was ich an diplomatischer Höflichkeit erwarten durfte, nachdem ich eine Stunde im Badezimmer mit Föhn, Bürste und verschiedensten Farbtöpfen zugebracht hatte. Außerdem trug ich das kurze Schwarze von Chanel, das allein schon genügt hätte, Bewunderung hervorzurufen.

Während ich auf die anderen Teilnehmer dieses Ortstermins wartete, schaute ich mir das Wohnzimmer näher an, das die Breitmeiers mit einer teuren Variante von Gelsenkirchener Barock eingerichtet hatten. An den Wänden hingen Fotografien, die fast ausnahmslos die Breitmeiers einzeln oder gemeinsam mit irgendwelchen Größen des öffentlichen Lebens zeigten. Der junge Breitmeier mit Heinrich Lübke.

Der schon etwas angegraute Breitmeier hinter Helmut Schmidt bei irgendeinem Staatsbesuch. Frau Breitmeier, die das Bundesverdienstkreuz in Empfang nimmt. Dazwischen ein Porträt eines Alt-Bundespräsidenten mit der Aufschrift »Herrn Breitmeier in freundlicher Erinnerung«. Die Fotos waren aufgereiht wie die Trophäen bei Hassler.

Die Ankunft von Botschafter Reuter beendete die Betrachtung der Breitmeierschen Eitelkeiten. Reuter war in Begleitung von Heissenberg und Jobst.

Fast zeitgleich erschienen Oberstleutnant Hassler und Hauptfeldwebel Kleinich. Beide trugen die dunkelblauen Uniformen der Bundesluftwaffe. Hassler, dem es offensichtlich peinlich war, mit Jobst in ein Gespräch eintreten zu müssen, wollte gerade anheben, mir von den Tücken der Bärenjagd in den Karpaten zu erzählen, als von Böhnsen erschien. Ich nutzte die Gelegenheit, Hassler und Kleinich stehen zu lassen.

Binder erschien gleichzeitig mit Wagenknecht, der aus irgendeinem Grunde noch immer sein feistes Lächeln mit sich herumtrug.

Dr. Wilms kam zusammen mit Frau Gabrielescu, was wohl eher Zufall als Planung war, denn die beiden Frauen hatten sich mit Sicherheit nicht mehr viel zu sagen. Danach erschien das Ehepaar Ziegenbein und ein verpickelter, vierzigjähriger Skinhead.

»Das ist Kleiber, der Visahändler«, erklärte Frank laut genug, damit es auch die Umstehenden hören konnten. Kleinich und Hassler lächelten verlegen, weil sie nicht wussten, ob dies ein derber Scherz unter Kollegen oder eine ernst gemeinte Beschuldigung war.

Nutzler tauchte in Begleitung von zwei Beamten des Bundesgrenzschutzes auf, die den Befehl hatten, seine Flucht zu verhindern. Nutzler war in den letzten Tagen enorm gealtert und verfallen. Es schien, als habe er gar nicht mehr die Kraft zur Flucht.

Thomas Heissenberg trug einen anthrazitfarbenen dreiteiligen Anzug, der, wenn mich nicht alles täuschte, von Kenzo war, dazu eine schlichte blaue Krawatte und ein Einstecktuch aus dem gleichen Stoff. Die Haare, die er länger trug, als es im Auswärtigen Dienst Mode war, hatte er zurückgekämmt. Ich überlegte, warum ich mit ihm geschlafen hatte. Vielleicht war es die Spannung zwischen seiner Arroganz und seiner offenen Art, mit der er auf Menschen zuging, die mich fasziniert hatte. Er war einer, der nett sein wollte und sich stattdessen zynisch gab, einer, der cool sein wollte und stattdessen verletzlich war.

Von Böhnsen war inzwischen mit vorgerecktem Kinn, den Kopf in den Nacken geworfen auf die beiden Militärs zugegangen und berichtete von »einer genialen Aufführung« der Zauberflöte in der rumänischen Staatsoper.

Als Nächste erschienen Reichelts mit Frau Breitmeier. Alle drei trugen eine Trauermiene und Frau Breitmeier außerdem noch das Bundesverdienstkreuz.

Um halb acht waren alle Eingeladenen mit Ausnahme von Feilinger und der Mikasch erschienen und hatten sich in dem geräumigen Wohnzimmer versammelt. Reuter begrüßte die Gäste und erklärte, dass der heutige Abend Gelegenheit bieten solle, eine Zwischenbilanz über die derzeit vorliegenden Erkenntnisse zu ziehen.

Ich beobachtete die Szenerie.

»Möchte wissen, was das Ganze hier soll«, raunte Ziegenbein seiner Frau zu.

»Is doch egal. Wann wird unsereiner schon mal eingeladen? Sei ruhig und lass es dir gut gehen.«

Hassler und Kleinich saßen nebeneinander auf dem Sofa. »Für mich ist es eine Befriedigung, heute aus diesem Anlass hier sein zu können, ja.« Hassler grinste. Kleinich entfernte gerade ein paar Schuppen von der Uniform seines Chefs. Hassler stoppte ihn, als er merkte, dass ich auf ihn zusteuerte.

Ich hatte mich bei Reuter eingehakt und ihm erklärt, dass ich ihm die Motive der Anwesenden nach meinem derzeitigen Kenntnisstand vorstellen wollte.

»Fangen wir mit dem Militärattaché an«, sagte ich, zog ihn sanft am Arm und platzierte ihn gegenüber den beiden Uniformierten. Heissenberg stand in einiger Entfernung, aber so, dass er jedes Wort verstehen konnte.

»Herr Hassler hat die Agententätigkeit Breitmeiers aufgedeckt«, begann ich. »Er war davon überzeugt, dass Breitmeier für die Rumänen arbeitete.« Hassler schaute mich misstrauisch an und Kleinich rutschte nervös hin und her.

»Ich wusste ja nicht, dass der BND den Mann, ja, inzwischen umgedreht hatte, ja.«

Ich fuhr unbeirrt fort: »Herr Hassler hat wiederholt geäußert, dass seiner Meinung nach Verrätern ein kurzer Prozess gemacht werden sollte. Diese Drohungen machen sich auf jeder Cocktailparty gut und keiner hat sie wohl ernst genommen, mit Ausnahme von Herrn Hauptfeldwebel Kleinich. Als Breitmeier tot war, ich nach einer 9-Millimeter-Waffe suchte und Herr Hassler behauptete, dem Mörder gehöre seine höchste Sympathie, da bekam Hauptfeldwebel Kleinich es mit der Angst. Stimmt's, Herr Kleinich, zumal das Alibi frei erfunden war?«

Ich machte eine Pause, doch der Hauptfeldwebel rutschte nur unruhig hin und her und schaute auf seine Schuhspitzen.

Stattdessen griff Hassler ein: »Das ist alles Unsinn, Herr Botschafter, ja.«

»Als dann der Botschafter noch anordnete, die Waffe solle als Beweismittel sichergestellt werden, da drehten Sie durch und schafften das Ding beiseite, um Ihren Vorgesetzten zu schützen. Das war aus zwei Gründen unklug. Erstens lenkten Sie damit den Verdacht erst recht auf ihn und zweitens hätten Sie wissen müssen, dass von jeder Dienstpistole eine ballistische Probe gemacht wurde, die sich bei Ihrer vorgesetzten Dienststelle, in diesem Fall also beim Verteidigungsministerium, befindet. Wäre es die Mordwaffe gewesen, so hätte man es ohnehin herausgefunden. Heute wissen wir, dass es Herr Hassler nicht gewesen sein kann, der den lieben Kollegen Breitmeier ins Jenseits befördert hat.«

Kleinich schaute mich mit großen Augen an, der Mund war leicht geöffnet. Er atmete mit hörbarer Erleichterung aus.

»Also, wo ist die Waffe, Herr Hauptfeldwebel?«

Kleinich schaute wieder vor sich und sagte leise: »In der Botschaft.«

»Hänschen!« Hassler schaute den Hauptfeldwebel entsetzt an.

»Wo genau?«

»In der Fahnenkammer.«

Ich winkte einen der Grenzschützer herbei und gab ihm Anweisung, mit Kleinich in die Botschaft zu gehen und die Waffe sicherzustellen.

»Ansonsten wünsche ich den beiden Herren noch einen angenehmen Abend.«

»Woher wussten Sie denn von der ballistischen Probe?«, wollte Reuter wissen.

»Das war ein Bluff.«

»Wie, das gibt es gar nicht?«, fragte nun auch Frank, der uns gefolgt war.

»Keine Ahnung, meine Herren. Es ist ja auch ziemlich egal.«

»Und wieso kommst du zu der Annahme, dass es Hassler nicht gewesen sein kann?«

»Noch ein Bluff. Sonst hätte Hänschen das Versteck nie preisgegeben.«

»Unglaublich.«

»Jetzt jedenfalls haben wir die Waffe und können uns alsbald von der Unschuld Hasslers auch durch einen ballistischen Versuch überzeugen, denn eines scheint mir so gut wie sicher: Hassler ist harmlos. Er kann militante Sprüche klopfen, aber mit der Waffe hätte er sich eher selbst verletzt.«

Von Böhnsen hatte sich aus einer Vitrine einen Cognacschwenker geholt und zielstrebig eine von Breitmeiers Flaschen geöffnet. Er trank einen Schluck, hielt dann das Glas in die Höhe und sagte leise, aber vernehmlich: »Von Kultur keine Ahnung, aber vom Saufen verstand er was.«

Ich führte den Botschafter zu Frau Dr. Wilms und platzierte ihn neben der Dame in Grau, entschuldigte mich kurz und kehrte dann mit der Gabrielescu zurück. Nach einer kurzen Einführungsrunde kam ich direkt zur Sache.

»Frau Dr. Wilms, Sie gehen davon aus, dass der Ermordete Sie um Ersparnisse in Höhe von 200.000 US-Dollar betrogen hat. Das war verständlicherweise für Sie ein äußerst schmerzlicher Verlust. Sie haben deshalb versucht, das Geld durch Androhung von Gewalt zurückzubekommen. Sie haben Breitmeier einmal in seinem Büro bedroht und dabei einen Termin für die Rückzahlung gesetzt. Diese sollte vor seiner Ausreise erfolgen. Am Freitagabend der vorletzten Woche waren Sie bei Breitmeier, um Ihr Geld abzuholen. Sie haben sich mit der Pistole in der Hand Einlass bei Breitmeier verschafft. Wie spät war es, als Sie bei Breitmeier eintrafen?«

Die Wilms schluckte und sagte dann kaum vernehmlich:

»Ja, das habe ich doch schon gesagt. Es muss kurz nach sechs gewesen sein, denn um halb sieben war ich ja schon wieder zu Hause und habe mir das rumänische Wirtschaftsjournal im Fernsehen angeschaut.«

»Der Mord muss gegen 18 Uhr 50 geschehen sein. Diese genaue Zeitangabe verdanken wir Tschaikowskis 1. Klavierkonzert und der rumänischen Gerichtsmedizin. Frau Gabrielescu hat Sie erst später in Breitmeiers Haus verschwinden sehen, denn sie wollte ja zu einer Lesung, die um 19 Uhr 30 im Goethe-Institut begann. Sie ging von der Botschaft zur Metro, fuhr drei Stationen zur Piața Romana, lief die vierhundert Meter zum Institut und kam pünktlich zur Lesung. Folglich hätte Frau Wilms das Breitmeiersche Haus gegen 18 Uhr 45 betreten und wäre mit großer Wahrscheinlichkeit unsere Mörderin. Ihr Alibi ist nicht stichhaltig, denn eine Fernsehsendung kann man auch aufnehmen und sich später anschauen. Was mich dennoch stutzig macht, Frau Gabrielescu, ist die Tatsache, dass die Lesung von Wittstock an diesem Abend wegen des plötzlichen Schneefalls ausfiel.«

Die Gabrielescu reagierte gelassen.

»Na und? Das hätte ich Ihnen auch schon früher

sagen können. Ich habe lediglich behauptet, dass ich die Lesung besuchen wollte.«

»Ich hatte Sie in der vergangenen Woche gefragt, was Sie von der Lesung gehalten haben. Sie waren begeistert.«

»Ich hatte die Frage so interpretiert, als wollten Sie wissen, was ich von Wittstock im Allgemeinen halte. Es tut mir Leid, wenn das zu Missverständnissen geführt hat.«

»Frau Gabrielescu, ich glaube Ihnen nicht. Sie hatten nie vor, in diese Lesung zu gehen. Wenn Sie Frau Wilms überhaupt bei Breitmeier gesehen haben, dann war es kurz nach sechs und nicht Viertel vor sieben.«

»Das brauche ich mir ja wohl nicht bieten zu lassen.« Irina Gabrielescu stand auf und ging zur Garderobe.

Ich wandte mich an Frank und fragte nach, ob die beiden Jungs vom Bundesgrenzschutz anwesend seien, was er bejahte.

»Die sollen keinen hier herauslassen, bevor die Veranstaltung vorbei ist.«

»Das war ja wohl ein ziemlicher Schuss in den Ofen«, sagte Heissenberg, der hinter mir stand. Ich reagierte nicht darauf. Die Nonchalance, mit der die Gabrielescu hier eine neue Geschichte auftischte, war wohl kaum spontan. Sie wusste, was auf sie zukommen würde. Mich hätte es eher enttäuscht, wenn sie überrascht gewesen wäre.

Reuter schaute mich fragend an.

»Ich erklär's Ihnen später.«

Jobst kam auf mich zu. Ihm passte die ganze Veranstaltung nicht.

»Frau Valentin, was geht hier vor? Herr Kleinich sitzt weinend im ersten Stock und Frau Gabrielescu wird vom Bundesgrenzschutz am Verlassen dieses Hauses gehindert. Sie wissen, das alles widerspricht den Weisungen des AA. Ich will wissen, was hier vorgeht.«

»Kleinich hat soeben gestanden, wo er Hasslers Waffe versteckt hat, und die Gabrielescu wird wahrscheinlich nicht die Letzte sein, die heute Abend gern auf einer anderen Veranstaltung wäre. Da drüben sitzen Wagenknecht und Kleiber. Bitte kommen Sie.«

Den Botschafter, Jobst, Heissenberg und Frank im Schlepptau, ging ich auf die beiden zu.

»Ah, Frau Valentin ist dabei, einige ihrer fantasievollen Geschichten auszubreiten. Ich möchte Sie aber gleich zu Anfang darauf aufmerksam machen, dass ich nicht länger gewillt bin, diesen Unsinn hinzunehmen. Sie wissen doch sicherlich, was üble Nachrede und Verleumdung bedeuten. Hüten Sie sich, sonst sehe ich mich gezwungen, Anzeige zu erstatten.« Wagenknecht lächelte süffisant.

Ich reichte dem Botschafter Kopien der fünf Schuldscheine.

»Fälschungen«, lächelte Wagenknecht. »Rechtlich völlig bedeutungslos.«

»Sie irren, Herr Wagenknecht. Die haben Sie im Beisein von Zeugen unterzeichnet und von Herrn Breitmeier dafür Bargeld erhalten. Breitmeier war keineswegs so einfältig, wie Sie denken. Die Namen auf der Rückseite sind die Namen von Zeugen, die die rumänische Polizei inzwischen ausfindig gemacht hat.«

»Na schön, selbst wenn dem so wäre, dann hätte ich eben Schulden. Das ist ja wohl nicht strafbar.«

»Strafbar ist die Tatsache, dass Sie im Gegenzug dafür, dass Breitmeier anscheinend zeitweilig darauf verzichtet hat, die Schulden einzutreiben, einer Vielzahl von Breitmeiers zweifelhafter Kundschaft widerrechtlich Visa verschafft haben.«

Der Botschafter öffnete sein Pillendöschen und genehmigte sich eine Ration.

»Breitmeier kam morgens in die Botschaft und hatte eine Tasche voller Pässe dabei, die ihm von irgendwelchen rumänischen Mittelsmännern überreicht worden waren. Herr Wagenknecht oder sein Vertrauter, Herr Kleiber, holten die Pässe ab und stellten die Visa aus, obwohl die Antragsteller nicht persönlich erschienen, die erforderlichen Papiere nicht vorlagen und es sich bei der Mehrzahl der Passinhaber um Rumänen handelte, die zur illegalen Arbeitsaufnahme nach Deutschland einreisen wollten. Breitmeier kassierte pro Pass zwischen 700 und 2500 Dollar. Kleiber machte aus Geldgier mit und Sie, Herr Wagenknecht, weil Sie damit Ihre Schulden zurückzahlten. Alles gegenstandslose Behauptungen? Keine Beweise? Sie irren.«

Ich schaute Frank an, der einen Aktenkoffer öffnete und Dossiers verteilte.

»Wir haben drei Fälle lückenlos dokumentiert. Es war keine leichte Arbeit. Eine der rumänischen Kontaktpersonen Breitmeiers hat eine eidesstattliche Versicherung abgegeben. Daraus gehen auch die Preise hervor, die man für ein solches Visum zu zahlen hatte. In drei Fällen ist es der rumänischen Polizei zudem gelungen, die Antragsteller selbst zur Aussage zu bewegen. Die Rolle meines Kollegen Kleiber ist durch mehrere Zeugenaussagen belegt. Näheres wird sich sicher aus einer Prüfung seiner Vermögensverhältnisse ergeben.«

Frank wandte sich an Reuter: »Ich erstatte hiermit«, er reichte ihm eine schmale Akte, »Anzeige gegen meinen Kollegen Berthold Kleiber und gegen meinen Vorgesetzten Peter Wagenknecht wegen Vorteilsannahme und Bestechlichkeit.«

Reuter nahm verdutzt die Dokumente entgegen. Jobst hatte Schweiß auf der Stirn und schaute Wagenknecht an. Auch Reuter schaute ungläubig auf seinen Rechts- und Konsularreferenten.

»Herr Wagenknecht, was sagen Sie denn dazu?«

»Breitmeier hat mich erpresst. Mein Anwalt wird zu gegebener Zeit zu den Vorwürfen Stellung nehmen.«

»Dann haben Sie Breitmeier...« Reuter hielt inne.

»Nein«, sagte ich. »Das Geschäft lief doch prima. Herr Wagenknecht zahlte langsam seine Schuldscheine zurück, Breitmeier kassierte und Kleiber kassierte. Diese Harmonie stört man doch nicht durch einen Mord.«

Von Böhnsen hatte inzwischen großzügig Breitmeiers Cognac verteilt. Er bot uns ebenfalls einen Cognacschwenker an. Sowohl Reuter als auch ich lehnten ab. Von Böhnsen ergriff sofort die Chance, sich in Szene zu setzen.

»Ich gehöre ja anscheinend auch zum Kreis der Verdächtigen. Ich war zur Tatzeit zwar zu Hause, aber das kann außer meiner Frau niemand bestätigen und die Gute ist ja leider etwas verwirrt. Ein Motiv wird mir ebenfalls nachgesagt. Dennoch, meine Herren, spricht ein Fakt unzweifelhaft für meine Unschuld: Ich hätte ihn nicht feige niedergeschossen, sondern in einem fairen Duell getötet.«

Das Telefon klingelte. Alle verstummten. Ich nickte Frank zu, der das schnurlose Gerät von der Konsole neben der Stereoanlage nahm und es mir dann in die Hand drückte. Es war Feilinger. Ich solle mir keine Sorgen machen, er sei aufgehalten worden, aber

Stancu habe nun endlich geredet und die Mikasch bringe er auch mit. Feilinger verriet ein paar Details von Stancus Aussage und ich wollte lieber nicht daran denken, wie sie zustande gekommen waren.

»Wir können den Ausführungen von Herrn von Böhnsen Glauben schenken«, erklärte ich, was außer dem vertrottelten Kulturreferenten alle verstanden, und fügte hinzu: »Mir geht es eigentlich auch mehr um Dr. Binders Rolle in der Geschichte.«

Binder schaute überrascht auf. Anscheinend hatte er damit gerechnet, mit seiner Geschichte von dem rückgängig gemachten Kaufvertrag davonzukommen.

»Dr. Binder hat auf Breitmeiers Anraten hin eine größere Summe in den Ankauf einer Wohnung bei der Immobilienfirma Mitraco investiert. Er hat mir zwar erklärt, er habe nie gezahlt und den Vertrag einfach ignoriert, aber das entspricht nicht der Wahrheit. Eine Überprüfung Ihrer Bankkonten in Deutschland hat eine Bewegung von 120.000 Dollar auf ein Konto von Mitraco verzeichnet. Und, Herr Binder, Sie haben versucht, das Geld zurückzubekommen, indem Sie eine rumänische ›Spezialfirma‹ oder sagen wir lieber eine mafiöse Vereinigung alter Securisten damit beauftragt haben, Breitmeier unter Druck zu setzen.«

»Unsinn.«

»Der Auftrag ging sogar noch weiter. Wenn er bis Freitagabend nicht zahlte, sollte er vor seiner Ausreise liquidiert werden.«

»So ein Quatsch.«

»Die Absprache bezüglich der Bezahlung lautete auf 30 Prozent der eingetriebenen Summe, mindestens jedoch 30.000 Mark. Diese Spezialfirma war es auch, die Breitmeier auf Schritt und Tritt folgte, und sie hätte auch nicht gezögert ihn umzubringen. 30.000 Mark sind in einem Land mit einem Durchschnittsverdienst von 150 Mark im Monat eine gute Bezahlung.«

»Sie fantasieren.«

»Diese ›Firma‹ kam aber gar nicht mehr dazu, den Auftrag auszuführen. Irgendjemand war ihr zuvorgekommen. Das hat den Geschäftsführer aber nicht daran gehindert, sich das Geld dennoch abzuholen, und Dr. Binder hat in der Annahme, der Auftrag sei ordnungsgemäß ausgeführt worden, auch anstandslos bezahlt.«

»Wo haben Sie denn dieses Märchen her?«

»Der Geschäftsführer hat ausgesagt – aufgrund alter Verpflichtungen.«

»Man wird den Ausführungen eines Verbrechers doch wohl keinen Glauben schenken können.« Binder schien verzweifelt.

»Vielleicht doch, wenn man feststellt, woher die 30.000 Mark stammen. Ich bin überzeugt, dass die Polizei bei ihren Nachforschungen auch die Abbuchung dieser Summe auf einem Ihrer Konten entdecken wird.« Binder war bleich. Schweiß stand ihm auf der Stirn.

Ich schaute auf die Uhr. Es war Viertel nach neun und Feilinger und die Mikasch waren immer noch nicht erschienen. Ich bat den Botschafter, mich zu Frau Breitmeier zu begleiten. Von Böhnsen schenkte Hassler einen weiteren Cognac ein.

Frau Breitmeier trug ein schwarzes Kostüm, dessen Rock ihr zu lang war und dafür am Bauch spannte. Ich hätte schwören können, dass ihr die Reichelt zu dieser unvorteilhaften Kostümierung geraten hatte.

»Es tut mir Leid, noch einmal auf den leidigen Abend zurückkommen zu müssen, doch bei mir und meinem Kollegen«, ich deutete auf Frank, »ist der Eindruck entstanden, dass Ihre Aussage noch nicht vollständig ist. Frau Breitmeier, Sie haben das Abschiedsfest im Kinderheim um 18 Uhr 15 verlassen. Um 23 Uhr sind Sie nach Hause gekommen. Wo waren Sie in der Zwischenzeit? Waren Sie in der Strada Balcescu ganz im Süden von Bukarest, in jener Wohnung, die Ihr Mann für Dana Mikasch angemietet hatte?«

»Ja. Ich wollte Frau Mikasch sprechen. Mein Mann hatte mir versprochen, dass wir in Bonn neu anfangen würden. Daran hatte ich fest geglaubt. Dann hörte ich zwei Tage vor unserer Ausreise, dass Frau Mikasch jetzt beim rumänischen Außenministerium arbeite und demnächst nach Bonn versetzt werde. Ich sprach meinen Mann darauf an, der mir das bestätigte, mir aber gleichzeitig versicherte, er habe damit nichts zu tun. Das müsse sich die Mikasch ausgedacht haben. Ich habe versucht sie zu erreichen – schon am Donnerstag. Ihre Mutter sagte mir, sie sei ausgezogen, wusste jedoch die neue Adresse nicht. Am Freitag fand ich im Briefkasten einen anonymen Zettel, auf dem nur Strada Balcescu 144 stand. Sonst nichts.«

»Von wem stammte der Hinweis, dass Frau Mikasch nun künftig in Bonn arbeiten werde?«

»Am Mittwoch traf ich Frau Gabrielescu bei einer Wohltätigkeitsveranstaltung. Sie hat's mir erzählt.«

»Und am Freitagabend haben Sie die Feier im Kinderheim verlassen, um einen letzten Versuch zu unternehmen, Ihre Ehe zu retten?«

»Ja. Die Strada Balcescu ist in einem der südlichen Neubauviertel. Ich habe lange gebraucht, um sie zu finden. Die Wohnung befindet sich im oberen Stock von einem dieser Blocks. Es war niemand dort. Die Fenster waren dunkel. Ich habe dann gewartet.«

»Wann waren Sie dort?«

»Ich bin lange gefahren. Bestimmt eine Stunde, weil ich immer wieder anhalten und auf den Stadtplan schauen musste, und es schneite ja so fürchterlich.«

»Dann waren Sie gegen 19 Uhr 15 dort?«

»Ja, so ungefähr.«

»Was haben Sie gemacht, als Ihnen niemand öffnete?«

»Ich habe gewartet. Es war meine letzte Möglichkeit.«

»Wie lange haben Sie gewartet?«

»Zwei Stunden. Sie kam um kurz nach neun. Ich sah sie kommen, stieg aus meinem Wagen und ging auf sie zu. ›Frau Mikasch, ich möchte mit Ihnen reden‹, hab ich gesagt und sie schaut auf, sieht mich und rennt weg. Sie ist dann in dem Haus verschwunden. Ich habe irgendwelche Klingelknöpfe gedrückt, bis mir jemand geöffnet hat, und bin hoch in den sechsten Stock gelaufen. Ich habe geklingelt und geklopft. Ich habe gebettelt und geweint. Dann kam einer der rumänischen Nachbarn und hat sich über den Lärm beklagt. Jedenfalls hat er ebenfalls geklopft und etwas gerufen, das ich nicht verstanden habe. Sie hat dann geöffnet und hat zu mir gesagt, ich solle verschwinden, es sei ohnehin alles vorbei. Sie hat es nicht gesagt, sondern geschrien. Da habe ich gewusst, dass mein Mann ihr ernsthaft zu verstehen gegeben hatte, dass er dieses Verhältnis beenden wollte.«

Ich dankte Frau Breitmeier für ihre Aussage.

»Wo ist die Mikasch eigentlich?« Reuter schaute mich fragend an. »Sie kommt gerade.« Ich deutete auf die

Tür. Es waren inzwischen neun Jahre vergangen, aber die Körperhaltung, die breiten Schultern und die dünnen Lippen, die sich beim Lächeln asymmetrisch verzogen, erinnerten mich deutlich an eine Zeit, über die ich versucht hatte, den Mantel des Vergessens zu legen. Jetzt kam sie zur Tür herein. Sie war dicker geworden und trug die wasserstoffblond gefärbten Haare länger als damals. Dennoch gab es keinen Zweifel. Dana Mikasch war identisch mit jener Dana Nikulescu, die mir 1988 bei den Olympischen Spielen eine sicher geglaubte Medaille dadurch vermasselt hatte, dass sie mir bei einer unfairen Attacke den Zeigefinger der rechten Hand gebrochen hatte. Hinter ihr stand Feilinger, der einen Kopf kleiner als sie war. Sie hatte die Figur einer Walküre und schaute sich selbstbewusst um. Als sich unsere Blicke trafen, lächelte sie abschätzig. Reuter hatte die Neuankömmlinge ebenfalls bemerkt. Er begrüßte die Mikasch und schüttelt auch Feilinger die Hand. Dann stellte er mich vor.

»Wir kennen uns bereits«, sagte die Mikasch mit starkem Akzent. Feilinger und Reuter schauten sie überrascht an.

»Und ich freue mich sehr, Sie endlich wiederzusehen, Frau Nikulescu.«

»Mikasch«, sagte sie, »nach meinem verstorbenen Mann.«

Alle Gäste schienen die Neuankömmlinge anzustarren. Die Gespräche waren verstummt. Es schien, als sei nun allen klar, dass an diesem Abend der Mord aufgeklärt werden würde.

»Kommen Sie doch bitte.« Ich führte Feilinger, die Mikasch, Reuter, Frank und Frau Breitmeier zu einer Sitzgruppe. Heissenberg stand gegen ein Bücherregal gelehnt und hielt ein Weinglas in der Hand. Trotz aller gespielten Lässigkeit schien er das Geschehen doch aufmerksam zu verfolgen.

»Kommen wir zur Sache«, begann Feilinger. »Ich habe Frau Mikasch gestern Abend vorübergehend festgenommen, weil sie sich einer Vorladung als Zeugin im Mordfall Breitmeier entzogen hatte. Frau Mikasch hat ihre Aussage gemacht, wonach sie sich zum Zeitpunkt des Mordes bei ihrer Mutter aufgehalten hat. Diese hat das Alibi bestätigt. Frau Mikasch wird also heute Abend noch auf freien Fuß gesetzt, wenn es keine neuen Erkenntnisse gibt.« Feilinger schaute mich auffordernd an.

Ich stand auf und blickte zum Botschafter. Es herrschte eine Stille, in der man eine Stecknadel hätte fallen hören können.

»Frau Mikasch war Herrn Breitmeiers engste Mitarbeiterin in der Botschaft«, begann ich. »Sie war seine Assistentin bei dem wöchentlichen TV-Quiz und sie hatte seit längerer Zeit ein Verhältnis mit ihrem Chef, was dessen Frau und auch sonst in der Botschaft jedermann seit längerem bekannt war. Keiner der Beteiligten schien sich an dem Dreiecksverhältnis zu stören – am wenigsten Herr Breitmeier selbst. Er war es denn auch, der sich Gedanken darüber machte, wie dieses Verhältnis nach seiner anstehenden Versetzung nach Deutschland fortgesetzt werden könnte. Über seine Kontakte im rumänischen Außenministerium verwirklichte er eine geniale Idee. Seine Geliebte kündigte bei der Botschaft, trat in die Dienste des Ministeriums und sollte nach einer Probezeit nach Bonn versetzt werden. Davon wusste Frau Breitmeier zunächst nichts. Sie ging davon aus, sie könne mit ihrem Mann in Bonn einen Neuanfang machen. Einen Tag vor Breitmeiers

Ermordung wird Frau Mikasch fristlos gekündigt. Alle Träume von einem Bonner Diplomatenleben in der Nähe des spendablen Geliebten sind plötzlich dahin. Was war die Ursache? Frau Mikasch traf sich am helllichten Tag mit dem Leiter des hiesigen BND-Büros. Das war für die Securisten ein gefundenes Fressen. Wahrscheinlich waren sie ohnehin dagegen gewesen, dass die Freundin eines Doppelagenten in die Dienste des Außenministeriums trat.«

»Das Treffen mit Jobst war arrangiert, um mich hereinzulegen.« Die Mikasch reagierte, als ob es etwas nütze, den Spionagevorwurf jetzt noch aus der Welt zu räumen.

»Mit wem hatten Sie sich verabredet?«

»Mit Irina Gabrielescu.«

»Warum erschien sie nicht?«

»Sie war angeblich von Hans-Eberhard, ich meine von Herrn Breitmeier, aufgehalten worden«, erklärte die Mikasch.

»Stattdessen saß Herr Jobst dort, der ebenfalls auf jemanden wartete, der nicht erschien – auf Thomas Heissenberg«, sagte ich.

Jobst stand neben Heissenberg und strich sich mit der rechten Hand über den Schnauzbart. Er war ein Puppenspieler, der gerade entdeckte, dass er selbst bei diesem Spiel von einem anderen gelenkt worden war.

»Wie ging es weiter, Frau Mikasch?«

»Als ich aus dem französischen Club kam, traf ich Herrn Heissenberg, der erzählte, dass er am pünktlichen Erscheinen im Club durch einen Anruf gehindert worden sei. Am nächsten Morgen, es war der Freitag, kam ich ins Büro, wo mir mitgeteilt wurde, dass meine Anstellung beendet sei. Ich fragte nach dem Grund und mein neuer Chef, mit dem ich gut gearbeitet hatte, erklärte mir, das dürfe er mir eigentlich nicht sagen, aber es gebe Sicherheitsbedenken.«

Die Mikasch schwieg. Feilinger schaute mich an. Wie soll es jetzt weitergehen?, schien sein Blick zu fragen. Reuter schien ebenfalls nicht klar, was das alles mit Breitmeiers Tod zu tun hatte. Heissenberg hatte sich mittlerweile ein neues Glas Wein geholt und auf das Sofa gesetzt. Er lächelte mich mitleidig an. Er schien sich für unangreifbar zu halten und ich hatte das Gefühl, dass es nun Zeit für das Finale war.

»Kommen wir zu Thomas Heissenberg. Er taucht nur selten in dieser Geschichte persönlich auf. Das braucht er aber auch nicht, denn Irina Gabrielescu ist eine bereitwillige Helferin, die alles für den Geliebten tun würde. Sie verabredet sich mit Frau Mikasch ausgerechnet da, wo sich Herr Heissenberg mit Herrn Jobst treffen will. Beide – Gabrielescu und Heissenberg – erscheinen nicht und lassen Frau Mikasch in die Falle laufen, denn es sieht so aus, als habe sie sich mit Jobst treffen wollen. Zudem gelingt es Thomas Heissenberg, die Spur so zu legen, dass es aussieht, als habe Breitmeier vor, seine Geliebte nun doch nicht mitzunehmen nach Bonn. Gleichzeitig informieren sie Frau Breitmeier über die wirklichen Pläne ihres Mannes und geben sogar die Adresse der Wohnung heraus, die Breitmeier für die Rendezvous mit seiner Geliebten gekauft hatte. Eine der beiden Frauen wird sich am Ende so betrogen fühlen, dass sie mit Breitmeier abrechnet. Das ist der Plan. Vielleicht tut es auch Frau Dr. Wilms, die ihre Ersparnisse verloren hat bei einem Geschäft, das von Herrn Breitmeier zumindest vermittelt wurde. Vorsorglich hat Thomas Heissenberg ihr schon mal eine Pistole besorgt. Welches Motiv, so fragt man sich, treibt den allseits beliebten, souveränen Thomas Heissenberg dazu, Breitmeier das Leben möglichst schwer oder gar unmöglich zu machen?«

Heissenberg schaute mich freundlich und interessiert an.

»Als Thomas Heissenberg gerade eine Woche hier in Bukarest an der Botschaft war, entschied sich der Außenminister für einen Blitzbesuch in Rumänien. Der Botschafter lag zu dieser Zeit im Krankenhaus und Dr. Binder hatte einen Nervenzusammenbruch. Der Botschafter entschied sich vom Krankenbett aus dafür, dass Thomas Heissenberg den Minister begleiten sollte und nicht der ständig alkoholisierte Breitmeier, der eigentlich für das Protokoll zuständig gewesen wäre. Breitmeier war zutiefst beleidigt, weil ihm ein Newcomer den Job wegnahm. Er wollte dem Neuen zeigen, dass ohne ihn, Breitmeier, nichts lief. Der Besuch, ohnehin schlecht vorbereitet, wurde ein ziemliches Desaster. Die angemieteten Limousinen erschienen nicht, Gesprächstermine platzten, der Minister war nicht zusammen mit seiner Begleitung untergebracht, die Opposition war bei einem Abendessen des Ministers nicht eingeladen worden und es wundert nicht, dass der Minister nach einer ganzen Anzahl von Pannen wissen wollte, wer für dieses Chaos verantwortlich sei. Breitmeier hatte es geschickt verstanden, das ganze Desaster Heissenberg in die Schuhe zu schieben. Der hätte damals eigentlich befördert werden sollen, doch diese Beförderung lässt bis heute auf sich warten. Später hat sich dann herausgestellt, dass Breitmeier das Chaos verschuldet hatte, aber da war in Bonn niemand mehr an der Sache interessiert. Heissenberg galt seit dem Besuch des Ministers bei einigen wichtigen Leuten im Amt als

Versager und Chaot. Seit damals überlegt er, wie er Breitmeier heimzahlen kann, was ihm vorkommt wie das Ende seiner Karriere. Relativ einfach war es, in der Botschaft die Ablehnung gegen Breitmeier zu schüren und den Ruf Breitmeiers in der Diplomatic Community zu zerstören. Dazu gehörte wahrlich nicht viel, denn Breitmeier hat selbst mitgeholfen. Thomas Heissenberg wollte aber mehr. Er wollte ihn vernichten. Zunächst sah es so aus, als böten Breitmeiers Immobiliengeschäfte einen Ansatzpunkt, aber Frau Wilms taugte nicht als Mörderin. Dann kam Breitmeier auf die Idee, seine Geliebte mit nach Bonn zu nehmen, und Thomas Heissenberg sah eine neue Chance. Dass Breitmeier mit den Geheimdiensten zu tun hatte, wusste er wahrscheinlich von seinem Freund und Kollegen Jobst. Zudem behauptete Breitmeier ja selbst ständig, dass er beschattet würde. Die Mikasch zu kompromittieren war also einen Versuch wert und es funktionierte. Frau Mikasch verliert ihren Job und denkt, Breitmeier wolle sie loswerden. Als der davon erfährt, dass seine Geliebte entlassen wurde, sucht er kurzfristig nach neuen Möglichkeiten einer Beschäftigung in Deutschland, denn nur so hätte das Dreiecksverhältnis ohne Gesichtsverlust für alle Beteiligten aufrechterhalten werden können. Während Breitmeier noch denkt, er habe alles im Griff, fühlt sich Dana Mikasch immer mehr als die Betrogene. Sie hat für ihn ihren Job aufgegeben und alles verloren. Sie fühlt sich betrogen – wieder einmal. Sie hat schon einmal alles aufgegeben: den Ruf einer fairen Sportlerin. Die Teilnahme an internationalen Wettkämpfen hat sie aufgegeben gegen Versprechungen, die dann nicht erfüllt wurden. Was hat man Ihnen damals versprochen für die unfaire Attacke?«

Ich schaute sie an, doch Dana Mikasch schien weit weg. Der Blick war ins Unendliche gerichtet und sie kaute auf ihrer Unterlippe.

»Versetzen wir uns in die Lage von Dana Mikasch: Von der Abschiedsparty in der Residenz hatte sie erfahren, obwohl sie nicht eingeladen war. Die halbe Stadt spricht davon, dass Breitmeier nun geht. Sie hat ihn seit Tagen nicht gesehen oder gesprochen, hat sich beleidigt zurückgezogen. Er sucht den Kontakt nicht, denn er denkt, es sei alles in bester Ordnung. Als er merkt, dass etwas schief gegangen ist, kann er sie nicht erreichen. Aber es kommt dennoch zu einer Begegnung. Dana Mikasch glaubt alles verloren: die Zukunft, die Ehre, ihre Existenz und den Glauben an die Liebe. Woher sie eine Pistole hat, ist nicht klar, aber um 18 Uhr 45 am Freitag der vorigen Woche steht sie in Breitmeiers Wohnzimmer. Woher sie den Schlüssel zum Breitmeierschen Haus hatte, weiß ich nicht, aber sie hat nicht geklingelt. Sie hat aufgeschlossen und ist in das hell erleuchtete Wohnzimmer getreten. Breitmeier erholte sich noch von der Begegnung mit Frau Wilms, er hatte geduscht und zog sich gerade um, als aus dem Wohnzimmer Tschaikowskis 1. Klavierkonzert erklang. Er liebte dieses Konzert. Das frische Hemd noch halb geöffnet, die Krawatte über der Schulter liegend, kam er die Treppe hinunter, betrat das Esszimmer und da stand Dana Mikasch im Wohnzimmer und hielt eine Pistole in der Hand.«

Ich hatte mich in die Mitte des Raumes gestellt und deutete mit ausgestrecktem Arm auf einen imaginären Hans-Eberhard Breitmeier, der die Treppe herunterkam.

»Er war sicher der Meinung, dass er auch dieses Problem würde lösen können. Er ging auf sie zu, als ihn der erste Schuss traf. Wie hat er reagiert, Frau Mikasch? Er hat kurz gestoppt, die Hand auf das weiße Hemd gelegt, das sich plötzlich rot färbte, Sie verwundert angeschaut und dann ging er auf Sie zu. Sie gingen rückwärts bis zur Stereoanlage.«

Ich ging rückwärts langsam auf die Stereoanlage zu und schrie die Mikasch an, die wie leblos auf dem Sofa saß.

»Wie oft haben Sie geschossen? Zweimal, dreimal oder viermal? Wie oft haben Sie geschossen, bevor Sie in Panik weggelaufen sind? Was muss das für ein Grauen gewesen sein. Breitmeier war getroffen, aber dieser Kerl wollte nicht sterben. Er war nicht zu stoppen. Als sei er unverwundbar, ging er auf Sie zu. Vielleicht wollte er Sie umarmen oder mit in den Tod reißen.«

Sie saß zusammengesunken auf dem Sofa und schien keiner Reaktion fähig. Frau Breitmeier hatte das Gesicht in ihren Händen vergraben. Ich wandte mich an die versammelte Abendgesellschaft, um zu erklären, wie ich mir den weiteren Verlauf des Mordabends vorstellte:

»Dana Mikasch ergriff die Flucht. Sie lief in Panik aus dem Haus. Die Waffe hat sie wahrscheinlich achtlos weggeworfen, auf der Straße, im Vorgarten oder noch in der Diele. Als Dana Mikasch aus dem Haus kam, saß der Spiritus rector ein paar Meter weiter in seinem geheizten Land-Cruiser. Er hatte die Wilms kommen und gehen sehen, er sah nun die Mikasch in panischer Flucht und er wollte wissen, ob sein teuflischer Plan aufgegangen war. Thomas Heissenberg nahm die weggeworfene Waffe an sich und betrat das Haus. Er hatte die Schüsse gehört und rechnete mit einem tödlich verwundeten Breitmeier. Stattdessen stand dieser im Wohnzimmer und versuchte zu telefonieren. Thomas Heissenberg konnte es kaum fassen. Der Totgeglaubte stand telefonierend im Wohnzimmer. Heissenberg hatte weniger Skrupel als Frau Wilms und er geriet nicht in Panik wie Frau Mikasch. Er drückte ab – einmal, zweimal, bis das Magazin leer war. Wann ist er umgefallen, Herr Heissenberg – nach dem letzten Schuss oder hat er sich selbst dann noch gegen den Tod gewehrt? Oder hat er schon gekniet, als Sie ihm die letzte Kugel verpasst haben? Was war das für ein Gefühl, Herr Heissenberg, den Feind nun endlich am Boden zu sehen? Haben Sie lächelnd abgewartet, bis er verreckt ist, oder waren Sie so distinguiert, sich das Ende zu ersparen?«

Ich schaute ihn an. Das arrogante Lächeln war eingefroren. Wahrscheinlich bastelte er mit Hochdruck an einer neuen Verteidigung.

»Das Ganze war übrigens völlig unnötig. Die Schüsse, die Frau Mikasch abgegeben hatte, hätten ausgereicht. Breitmeier spürte den Tod kommen, als die Mikasch geschossen hatte, und er tat das, was man von vielen Sterbenden kennt. Sie denken am Ende zurück an ihren Ursprung. Der letzte Gedanke galt auch bei Breitmeier seiner Mutter. Die alte Frau Breitmeier lebt in einem Kölner Altenheim. Ihre Telefonnummer war noch gespeichert. Ich brauchte nur auf die Wiederwahl-Taste zu drücken. Das Telefon war noch blutverschmiert. Im Bericht der rumänischen Spurensicherung ist aber von Blutspuren am Telefon keine Rede mehr – entweder aus Nachlässigkeit oder weil jemand zwischenzeitlich die Spuren beseitigt hatte, damit niemand auf die Idee käme, Breitmeier habe mit sechs Kugeln im Leib noch telefonieren wollen. Du hast das Telefon zu spät von den

Blutspuren gesäubert, Thomas. Es wäre sonst niemand auf die Idee gekommen, dass es zwei Schützen gab.«

Heissenberg saß mir gegenüber und sah mich lächelnd an.

»Tolle Geschichte, wirklich. Sie enthält einiges, was durchaus richtig sein mag. Das Ende erscheint mir aber sehr dramatisch. Beweise, liebe Charlotte, musst du schon vorbringen, sonst kann ich deine Geschichte nicht akzeptieren.«

»Als du aus dem Haus gingst, bist du dem Kollegen Ziegenbein begegnet. Es war ziemlich genau 18 Uhr 50. Ziegenbein hegte ebenfalls keine guten Absichten gegenüber Breitmeier. Es war daher klar, dass er schweigen würde – zumindest gegenüber der Polizei. Ziegenbein hat dennoch geredet, wenn auch nur gegenüber seiner Frau, aber das genügte.«

Ich schwieg. Es war an der Zeit, nach dem letzten Bluff die Reaktion Heissenbergs abzuwarten. Zwar war ich sicher, dass Ziegenbein Heissenberg tatsächlich begegnet war, aber Beweise hatte ich keine. Die Spuren im Schnee, elegante Herrenschuhe mit flacher Sohle und Gummistiefel mit grobem Profil sowie eine Hundespur: das waren Heissenberg, Ziegenbein und sein Köter gewesen. Die Abdrücke im frischen Schnee waren noch zu deutlich gewesen, als ich keine fünf Minuten nach dem letzten Schuss die Szene betreten hatte.

»Dann lügt er eben.«

Ich überlegte, was ich ihm entgegensetzen konnte, und schaute zu Lothar Ziegenbein, der auch sofort auf den Vorwurf der Lüge reagierte.

»Wer lügt hier? Sie sind ja fast in mich reingelaufen, als Sie aus dem Haus kamen.«

Heissenberg schaute mich an und stellte bedauernd fest: »Tja, da steht ja dann wohl Aussage gegen Aussage. Möglicherweise war es jemand, der mir ähnlich sah. Die Straße ist dunkel, es hat geschneit. Da kann man sich schon mal täuschen.«

Heissenberg war ein Aal.

Plötzlich erwachte die Mikasch aus ihrer Lethargie. Sie schnellte aus dem Sessel und sprang an Reuter vorbei auf Heissenberg zu.

»Du Schwein.«

Bevor ich noch reagieren konnte, war sie über ihm. Ihre Attacke war gezielt und galt jenem Organ, dass im Judo absolut tabu ist. Im Aufstehen sah ich, wie sich ihre Hand um Heissenbergs Kehlkopf krallte. Frank saß neben Heissenberg und reagierte als Erster. Er packte ihren Ellenbogen und rettete Heissenberg damit vermutlich das Leben. Der Ellenbogen ist im Judo das zentrale Gelenk zum Ansetzen eines Hebels, der zur Aufgabe des Gegners führt. In diesem Kampf gab es aber keine Aufgabe. Stattdessen ließ die freie Hand von Heissenbergs Kehlkopf ab und schlug auf Franks Nase. Das dumpfe Krachen des Nasenbeins hörte ich eine Sekunde, bevor ich die Mikasch erreichte. Ich versuchte von hinten einen Ushiro-jime-Würgegriff anzusetzen. Sie reagierte mit einem Schulterwurf und ich trat meinen Flug durch die Lüfte an. Fallen ist im Judo keine Schande, nur das Liegenbleiben. Bereits im Fallen nahm mein Körper die tausendfach geübte Haltung an, mit der Verletzungen beim Aufschlag vermieden und die Energie des Fallens in neue Bewegung umgesetzt wird. Ich traf mit der Seite auf und klatschte die Handflächen auf den Boden. Eigentlich hätte jetzt ein Bodenkampf folgen müssen, doch so weit kam es nicht. In den Kreis der um den Tisch versammelten Zuschauer kam allmählich Bewegung: Feilinger reagierte als Erster und zog eine Waffe. Die Mikasch war schneller. Sie erfasste seine Hand mit der Pistole und drehte sie blitzschnell um. Feilinger ließ vor Schmerz die Waffe fallen. Mir gab die Ablenkung Gelegenheit, wieder auf die Beine zu kommen. Zum ersten Mal standen wir uns nun in klassischer Kampfhaltung gegenüber. Jobst wollte sich einmischen.

»Bleiben Sie, wo Sie sind«, herrschte ich ihn an.

Ich hatte mich über all die Jahre in Form gehalten, doch nie mehr einen Wettkampf bestritten. Jetzt hatte ich zum ersten Mal wieder das Gefühl, dass es um etwas ging. Das Prickeln in den Adern, die Aufmerksamkeit, die Zeitlupe, mit der ich selbst schnelle Bewegungen wahrnahm, als seien sie künstlich verlangsamt.

Ich hatte nie eine besondere Vorliebe für eine bestimmte Taktik ausgeprägt. Angriff und Verteidigung hatte ich gleichermaßen entwickelt. Diesmal entschied ich mich für die Defensive. Meine Gegnerin war weit schwerer als ich und keineswegs untrainiert. Es war eine klassische Judo-Situation. Stärke und Gewicht des Angreifers mussten durch Technik und Taktik des Verteidigers aufgewogen werden. Sie versuchte einen Hüftwurf, den ich früh genug erkannte. Aus der gescheiterten Bewegung war sie leicht aus der Balance zu bringen. Ich zog und setzte einen Sutemi-waza an, bei dem ich sie mit zu Boden riss. Ich versuchte einen Armhebel anzusetzen, was mir aber nicht gelang.

Hassler war inzwischen zu der Überzeugung gelangt, dass er nicht einfach zusehen könne, wenn sich zwei Frauen prügelten. Er wollte anscheinend die Mikasch festhalten, ging aber so ungeschickt dazwischen, dass ich das Gleichgewicht verlor, als sie ihn gegen mich schleuderte. Sie kam wieder auf die Beine, kurz bevor auch ich wieder stand. Auch Hassler kam wieder hoch. Ich stieß ihn weg. »Halten Sie sich da raus«, rief ich den verdutzten Zuschauern zu. Feilinger war trotz seiner Schmerzen auf dem Weg zu seiner Pistole, die in einer Ecke des Raumes auf dem Boden lag. Er hielt inne.

Ich hatte häufig genug mit Männern trainiert, die mir an Kraft und Gewicht überlegen waren. Wenn sie mir technisch annähernd ebenbürtig waren – aber das waren nur wenige – hatte ich diese Kämpfe meistens verloren. Die Mikasch schob und zerrte. Ich täuschte erfolglos Würfe an und konzentrierte mich auf mein Gleichgewicht. Ich sah eine Chance für einen Beinwurf. Sie konterte geschickt, ich verlor mein Gleichgewicht, fiel und fand mich in einer unkomfortablen Lage: Ich lag auf dem Bauch und die Mikasch setzte einen Würgegriff an. Ich presste meinen Kopf auf die Brust und versuchte die Schultern hochzuziehen. Ihre Hände waren wie Schraubstöcke und sie zielten auf meine Halsschlagader. Lange konnte man eine solche Attacke nicht aushalten. Ich lockerte die Muskulatur leicht. Die Mikasch wähnte sich vor dem Sieg und vernachlässigte ihr Gleichgewicht. Ich konnte mich aus der Klammer drehen und zum ersten Mal meine Schnelligkeit ausspielen: Mit einer Hand stützte sie sich am Boden ab. Ich stand schon, als sie noch hochkam. So musste sie wohl damals neben mir gestanden haben. Der Mattenrichter hatte den Kampf unterbrochen. Wie aus Versehen hatte sie plötzlich auf meiner Hand gestanden. Schlimmer noch als der stechende Schmerz war die Gewissheit, dass das Turnier für mich vorbei war. Eine Medaille bei den Olympischen Spielen hätte der Höhepunkt und Abschluss meiner Karriere als Sportlerin werden sollen. Stattdessen schied ich in der Vorrunde mit einer Verletzung aus. All die Jahre des Trainings, die monatelange gezielte Vorbereitung, die Schinderei – alles umsonst. Damals hatte ich mich einen Tag in meinem Zimmer eingeschlossen, dann meine Sachen gepackt und war abgereist. Seitdem habe ich nie wieder einen Wettkampf bestritten – nicht einmal über meine Enttäuschung geredet. Ich hatte alles verdrängt und jetzt in diesem Bruchteil einer Sekunde wurde mir diese dunkle Seite wieder bewusst. Wut und Hass überkamen mich und blendeten meinen Verstand aus. Ich trat mit der ganzen Wucht meines Körpers auf die Hand, mit der sie sich am Boden abstützte, und als ich das Brechen der Knochen und den Schrei hörte, wusste ich, dass der Kampf beendet war. Feilinger hatte inzwischen seine Waffe aufgehoben. Die Mikasch kniete gekrümmt und stöhnte vor Schmerzen. Sergent Natea ließ die Handschellen zuschnappen. Die Mikasch verdrehte die Augen und brach zusammen.

»Schnell, die Beine hochlegen.«

Nutzler eilte hilfsbereit herbei.

»Sie hat einen Schock. Ich war Sanitäter bei der Bundeswehr. Keine Sorge, das kriegen wir in den Griff.«

Nutzler hob die Beine der Bewusstlosen an.

»Holen Sie einen Arzt«, rief Reuter einem der Grenzschutzbeamten zu. Feilinger überlegte sich anscheinend, ob er sich um seinen schmerzenden Arm kümmern oder lieber eine Zigarette anzünden sollte. Er entschied sich für die Zigarette.

Mein kurzes Schwarzes konnte ich vergessen. Es war ein Fall für die Mülltonne. Mein Hals war so malträtiert, dass ich die nächsten drei Wochen im Rollkragenpullover herumlaufen konnte. Frank legte den Kopf zurück. Er sah übel aus. Noch immer lief ihm Blut aus der Nase. Hemd und Hose waren blutverschmiert.

Der Botschafter griff in sein Jackett, zog sein Pillendöschen hervor und genehmigte sich eine weitere Ration. Heissenberg erholte sich langsam von der Attacke. Er massierte seinen Hals, räusperte sich und sagte dann zu mir:

»Das ist das Ergebnis deiner haltlosen Verdächtigungen.«

Er stand auf und wollte gehen.

»Einen Augenblick noch.« Das war Feilinger, der in die Tasche seines abgewetzten Trenchcoats griff und eine Videokassette herausholte.

»Vielleicht kann ich auch noch etwas zur Aufklärung des Falles beitragen.« Er ging zu dem Fernseher und sah sich hilfesuchend um.

»Weiß jemand, wie das funktioniert?«

Frau Breitmeier, kreidebleich, nahm ihm schweigend die Kassette ab, schob sie in den Videorekorder und stellte den Fernseher an.

»Das Band habe ich vor zwei Stunden von der privaten Überwachungsfirma bekommen, die von Herrn Binder beauftragt war. Eigentlich sollte die Binders Geld eintreiben oder Breitmeier umlegen. Bevor sie den Auftrag ausführen konnten, fielen den Mitarbeitern aber ein paar Merkwürdigkeiten auf, die sie für ihren Chef dokumentiert haben. Schauen wir uns doch mal an, was sich am Abend des Mordes in der Strada Rabat zugetragen hat. Leider hatte ich noch keine Gelegenheit mir das Band anzuschauen. Ich hoffe, es ist von ausreichender Qualität, um uns weiterzuhelfen.«

Das Fernsehen zeigte die schwach erleuchtete Strada Rabat. Am linken unteren Bildrand war die Zeit eingeblendet. 18 Uhr 13. Der Film war aus einem Auto durch die Windschutzscheibe aufgenommen. Es schneite und ab und zu wischte ein Scheibenwischer durch das Bild. In einer Entfernung von 30 Metern war der Eingang zu Breitmeiers Villa sichtbar. Eine hoch gewachsene Frau in der typischen Körperhaltung der Wilms betrat die Szene. Sie blieb vor Breitmeiers Haus stehen und schien zu zögern. Dann ging sie entschlossen los und klingelte. Sie stand vor der Eingangstür und wartete. Es handelte sich eindeutig um Frau Dr. Wilms. Die Tür ging auf und Breitmeiers Silhouette war für kurze Zeit im Gegenlicht zu erkennen. Die Besucherin hielt ihm eine Waffe entgegen und erzwang sich Einlass.

Die Kamera lief weiter. Es herrschte absolute Stille. Feilinger drückte den Videorekorder auf schnellen Vorlauf und ließ das Band dann weiterlaufen. Die eingeblendete Zeit zeigte inzwischen 18 Uhr 25. Die Tür ging auf und Breitmeier und Heidrun Wilms erschienen. Die Wilms ging mit schnellen Schritten die Treppen hinunter, wendete sich nach rechts und verschwand eilig aus dem Bild.

Feilinger ließ die Kassette vorspulen. Als eine Gestalt im Licht einer Straßenlampe erschien, ließ er das Band wieder mit normaler Geschwindigkeit laufen. Die Gestalt einer kräftigen blonden Frau war deutlich erkennbar. Sie ging die Treppe zu Breitmeiers Haustür hinauf, griff in die Manteltasche und schloss die Tür auf. Es dauerte genau vier Minuten, bis sie wieder herauskam. Feilinger hatte die vier Minuten ungekürzt laufen lassen. Allen Anwesenden war klar, was sich in dieser Zeit zugetragen hatte. Es war Breitmeiers Ende. Die Tür ging um 18 Uhr 44 auf. Die Mikasch rannte die Treppe hinunter und warf irgendetwas weg. Sie verschwand aus dem Bild und weiter hinten in der Straße öffnete sich die Tür eines großen Wagens. Thomas Heissenberg tauchte im Licht der Lampe auf, sah sich kurz um, bevor er in Breitmeiers Grundstück einbog. Auf der Treppe bückte er sich, doch als man hätte sehen können, ob er tatsächlich eine Pistole aufhob, schob der Scheibenwischer eine breite Schicht Schnee über die Windschutzscheibe und durch das Bild. Als Nächstes sah man Heissenberg im Haus verschwinden. Zwei Minuten später erschien ein stämmiger Mann mit einem riesigen Hund – Ziegenbein. Als er den Eingang zu Breitmeiers Haus fast erreicht hatte, kam Thomas Heissenberg schnell die Treppe herunter und wandte sich nach links zu seinem Wagen. Dabei wäre er fast mit Ziegenbein zusammengestoßen. Der Köter bellte ihn an. Heissenberg ging mit schnellem Schritt in Richtung seines Wagens, stieg ein und fuhr weg. Ziegenbein stand vor dem Haus. Er schien zu überlegen, was zu tun sei. Am anderen Ende der Straße wurden die Scheinwerfer eines großen Wagens sichtbar. Der Videofilm zeigte 18 Uhr 55. Ziegenbein hatte seinen Entschluss gefasst. Eiligen Schrittes zog er ab. Der Wagen hielt vor Breitmeiers Haus. Ich erschien auf dem Bildschirm und ging die Treppe zur Eingangstür hinauf. Licht fiel durch den Spalt der unverschlossenen Haustür. Ich trat in das Haus. Fünf Minuten später erschienen im Laufschritt die beiden Grenzschützer. Dann stoppte der Film. Feilinger holte die Kassette aus dem Rekorder und übergab sie Reuter.

»Herr Botschafter, der Fall ist damit geklärt.«

21

In den nächsten Wochen und Monaten veränderte sich an der Botschaft einiges. Nutzler wurde wegen Landesverrats zu einem Jahr Haft auf Bewährung verurteilt. Binder wurde pensioniert. Sein eigentliches Vergehen, nämlich die Beauftragung von Killern, um Breitmeier zu ermorden, konnte ihm nicht vorgeworfen werden, da der Auftrag nicht ausgeführt worden war. Die Wilms wurde wegen Erpressung angeklagt und freigesprochen. Wagenknecht wurde zunächst beurlaubt und einen Monat später entlassen. Wegen Bestechlichkeit wurde er zu einer dreijährigen Haftstrafe verurteilt. Kleiber wurde ebenfalls entlassen und musste für zwei Jahre ins Gefängnis. Der Prozess gegen Heissenberg ließ mehrere Monate auf sich warten und war dann relativ schnell zu Ende. Heissenberg wurde freigesprochen. Trotz intensiver Spurensuche war kein Belastungsmaterial gefunden worden – weder Blut- oder Schmauchspuren an seiner Kleidung, noch war ein Zeuge auffindbar, der bestätigt hätte, was sich nach dem Videofilm zwar vermuten, nicht aber beweisen ließ, nämlich dass Heissenberg die Waffe der Mikasch an sich genommen hatte. Zwar legte Irina Gabrielescu ein Geständnis ab und bestätigte damit, dass Heissenberg tatsächlich versucht hatte, die Mikasch und Breitmeiers Frau gegen den Ermordeten aufzuhetzen, doch eine Intrige ist nicht strafbar.

Zum großen Aufräumen an der Botschaft gehörte auch der Besuch eines Inspekteurs des Auswärtigen Amtes, der zur Versetzung von Böhnsens führte. Von Böhnsen war zwar offensichtlich geistesgestört, doch Dienstvergehen waren ihm nicht nachzuweisen. Er wurde in der Zentrale auf einen jener Posten abgestellt, auf denen man nicht viel an- und ausrichten kann.

Rauhbein wurde krankgeschrieben und zu einer Entziehungskur geschickt.

Auch der Botschafter wurde zum Opfer im Fall Breitmeier. Sein letzter Arbeitstag fiel mit dem Freispruch im Prozess gegen Heissenberg zusammen. An diesem Abend verabschiedete er sich von seinen Mitarbeitern. Es war ein melancholischer Abend, denn es gab niemanden, der nicht bedauerte, dass Reuter ging.

Dana Mikasch wurde von einem Bukarester Gericht wegen Mordes an Breitmeier angeklagt. Sie hatte gestanden, drei der sechs Schüsse abgefeuert zu haben. Da aber nicht eindeutig nachweisbar war, ob einer dieser drei Schüsse zum Tode geführt hatte, wurde sie nur des Mordversuchs für schuldig befunden. Das Strafmaß war mit drei Jahren ungewöhnlich niedrig. Bereits nach sechs Monaten wurde sie aus der Haft entlassen. Feilinger erklärte das mit ihren früheren sportlichen Verdiensten für Rumänien.

»Sie hat noch ein paar gute Beziehungen«, meinte er, als ich ihm Monate später durch Zufall begegnete. Er stand in einem der langen dunklen Gänge des rumänischen Innenministeriums und rauchte.

»Werden Sie befördert, Herr Feilinger?«

Für einen Augenblick war er überrascht darüber, dass ich ihm hier über den Weg lief. »Leute wie ich werden heutzutage nicht befördert.«

Ich lud ihn ein. Er zögerte und stimmte dann doch

zu. Wir trafen uns am Abend in dem Bistro gegenüber dem Athenäum. Feilinger sah übermüdet aus. Ich fragte ihn nach seiner Arbeit. Er leite einen Sonderstab gegen organisiertes Verbrechen, erklärte er.

»Es wird immer schlimmer, aber das ist wohl der Preis, den eine Gesellschaft wie unsere für die Freiheit bezahlen muss. Damals im Dezember 1989, als Ceausescu keine fünfhundert Meter von hier seine letzte Rede vom Balkon des Zentralkomitee-Gebäudes hielt und die Menschen erst zaghaft und dann immer lauter ›jos dictatura‹ – nieder mit der Diktatur – schrien, da dachten wir, dass eine neue Zeit beginnen würde. Anders ist es schon geworden. Jetzt haben wir die Freiheit, aber wir können uns nichts kaufen. Diejenigen, die heute mit teuren Luxuslimousinen über die Calea Victoriei fahren, haben die Freiheit clever ausgenutzt. Hinter dem Steuer erkenne ich viele, die eigentlich hinter Gitter gehören. Auch Stancu ist wieder frei. Sein Anwalt hat ihn herausgeholt.«

Feilinger zeichnete das Bild einer maroden, korrupten und kranken Gesellschaft. Ich hielt dagegen, dass sich das Land in einem Umbruch befinde und positive Entwicklungen mit negativen einhergingen. Feilinger hatte seine eigene Sicht der Dinge. Das war bei Polizisten überall auf der Welt wahrscheinlich nicht ungewöhnlich. Wir verabschiedeten uns, als der Wirt lange nach Mitternacht das Lokal schloss.

»Damals, als ich Ihnen zum ersten Mal begegnete, hätte ich nicht gedacht, dass dieser Mord aufgeklärt würde. Ich muss Ihnen ehrlich sagen, dass ich sehr skeptisch war, als ich hörte, Sie würden an dem Fall arbeiten. Nun ja, ich habe mich geirrt – wie so oft. Sie wären eine gute Kriminalistin geworden.«

Das war aus Feilingers Mund das höchste Lob.